新媒体时代下的

文学理论教育教学研究

郑　义◎著

吉林出版集团股份有限公司

图书在版编目（CIP）数据

新媒体时代下的文学理论教育教学研究 ／ 郑义著
. — 长春：吉林出版集团股份有限公司，2022.9
ISBN 978-7-5731-1406-8

Ⅰ．①新… Ⅱ．①郑… Ⅲ．①文学理论－教学研究
Ⅳ．①I0

中国版本图书馆 CIP 数据核字 (2022) 第 053660 号

新媒体时代下的文学理论教育教学研究

著　者	郑　义
责任编辑	滕　林
封面设计	林　吉
开　本	787mm×1092mm　　1/16
字　数	250 千
印　张	11.25
版　次	2022年9月第1版
印　次	2022年9月第1次印刷

出版发行　吉林出版集团股份有限公司

电　话　总编办：010-63109269

　　　　　发行部：010-63109269

印　刷　北京宝莲鸿图科技有限公司

ISBN 978-7-5731-1406-8　　　　　　　　定价：68.00 元

前　言

随着现代科学技术的超速发展,"信息社会"在中国随着硬件技术一同发生发展,并从理论变为事实。现代信息技术已经深入到我国社会、政治、经济、文化生活等各种领域。随着一代又一代电子计算机技术的更新、一种又一种新型微电子产品向普通人群的普及,数字化媒介技术已经牢牢扎根于当今社会生活与人们的思维之中,影响着我们生活的方方面面。与信息技术顺利进入人们接纳视野,成为大众生活密不可分的一部分略有不同的是,随着数字媒体技术的发展而受到冲撞的文学艺术,在世纪之交数十年来的颠簸之中,却仍旧未能找到自己明确的新形象、新定位。从某种程度上来说,由于数字传播技术的介入,当前的文学发展显得杂乱无章,令人感到焦躁不安。而其对文学教育领域有着直接的影响,并颇具挑战性。

如此重大的变化与发展,自然而然使高校文学教育研究因新媒体而具有新的价值:一方面,从理论价值及其应用方面来说,将有助于进一步推进对新媒体时代文化及信息产品的新形态、功能、运作过程及方式的研究,也有助于我们探索如何适应这些变化从而有效开展文学教育活动;另一方面,从社会意义方面来说,该研究将会顺应时代的呼唤,寻求文学作品与人文精神的深层次、多角度的契合点,以更宽阔的视野揭示文学教育过程中的矛盾和规律,给提高文学教育实效性这一举措提供了科学依据。

于光远先生说:"一个国家,要把优秀的文化遗产接受过来,流传下去。文学作品,广义的文学作品,历史上的许多文化包含在里面。不管是历史方面的知识,不管是哲学思想,不管是文学,许多东西都要通过文学的教育来传授。什么叫美、美感,什么是比较高的境界,这些问题都应该在文学教学中体现出来。要成为有文化的民族,像我们中国这么长历史的文化发达国家,不重视文学教育是不行的。"走在人生发展道路上的学生,存在着比较大的成熟和完善的空间,他们始终被寄予厚望。因此,在新媒体时代,高校文学教育需要更加尊重、理解、关心和爱护学生,从而引导他们全面发展。

本书试图从新媒体与文学的现状而非理想状态出发,探索当下文学理论发展的方式及可能趋势。我们从新媒体入手,联系当前新媒体文化和新媒体文学,从而探究新媒体时代下的文学教育和发展革新的现状,并从文学教学方式和文学教材转型的方面,来分析文学教育的发展,对其影响机制、价值取向、发展载体合力进行解说,由此揭示出当前文学教育教学存在的现实,及其隐含的时代本质。当然,承认当前文学教育存在的问题并加以研究,批判现存文学教育不利的一面,发掘并维护文学教育的重要性,在现代社会新媒体传播下倡导一种文学教育的智慧,正是本书写作的基本立场和题中之义。同时,也希望借助于当下文学教育发展状态和存在方式的理论研究，对日常生活中的文学教育和教学倾向、人文学科的综合倾向等加以探讨和研究，希望这种对新媒体时代下文学教育和教学的关注能够为人文学者提供某种有益的启示。

目　录

第一章 新媒体与文学的碰撞与融合

一、新媒体是个什么

中央电视台"新闻联播"播出的"你幸福吗"专题节目变成了网络热点;"网络直播"成为主播与粉丝疯狂互动的平台;《舌尖上的中国》《中国好声音》等屏幕热映节目与微博等新型媒体引起大众的广泛热议。

中国互联网络信息中心(CNNIC)已完成第 38 次《中国互联网络发展状况统计报告》,在报告中详细分析了中国网民规模的情况。截至 2016 年 6 月,中国网民规模达到 7.1 亿,半年共计新增网民 2132 万人,半年增长率为 3.1%。

《报告》显示,截至 2016 年 6 月,我国手机网民规模达 6.56 亿,较 2015 年底增加了 3656 万人。网民中使用手机上网的比例由 2015 年底的 90.1% 提升至 92.5%,手机在上网设备中占据了主导地位。同时,仅通过手机上网的网民达到 1.73 亿,占整体网民规模的 24.5%。手机网民规模的持续扩大促进了手机端各类应用的发展,手机已经超过电脑成为第一大上网终端。其中微博、微信用户都超过了 5 亿,电子商务年度市场规模超过 16 万亿元,新媒体经济已成为中国当前增长最快的经济产业形态。无论人们对新媒体的快速扩张持欢迎还是批评的态度,新媒体已经无可阻挡地强势嵌入我们的生活,对现有的政治、经济、社会和文化格局正产生着深远的影响。

(一)关于新媒体的定义

学界关于新媒体的定义众说纷纭,至今没有定论。新媒体(New Media)一词源于美国 CBS(美国哥伦比亚广播电视网)技术研究所所长 P. 戈尔德马克的一份商品开发计划(1967 年)。之后,美国传播政策总统特别委员会主席 E. 罗斯托在向尼克松总统提交的报告书中,也多处使用了"New Media"一词(1969 年)。由此,新媒体一词开始在美国流行并不久扩展至全世界。

关于新媒体的定义,国内外专家各执一词。早期,联合国教科文组织对新媒体下过一个定义:新媒体就是网络媒体。与之类似的是把新媒体定义为"以数字技术为基础,以网络为载体进行信息传播的媒介"。

清华大学熊澄宇教授提出,所谓新媒体,或称数字媒体、网络媒体,是建立在计算机信息处理技术和互联网基础之上,发挥传播功能的媒介总和。它除具有报纸、电视、电台等传统媒体的功能外，还具有交互、即时、延展和融合的新特征。互联网用户既是信息的接收者，又是信息的提供者和发布者。包括数字化、互联网、发布平台、编辑制作系统、信息集成界面、传播通道和接收终端等要素的网络媒体，已经不仅仅属于大众媒体的范畴，而是全方位、立体化地融合大众传播、组织传播和人际传播方式，以有别于传统媒体的方式来影响我们的社会生活。

上海交通大学的蒋宏和徐剑从内涵和外延两个方面对新媒体做出了界定。他们认为，就内涵而言，新媒体是指 20 世纪后期在世界科学技术发生巨大进步的背景下，在社会信息传播领域出现的建立在数字技术基础上的，能使传播信息大大扩展、传播速度大大加快、传播方式大大丰富，与传统媒体迥然相异的新型媒体。就外延而言，新媒体包括了光纤电缆通信网、有线电视网、图文电视、电子计算机通信网、大型电脑数据库通信系统、卫星直播电视系统、互联网、手机短信、多媒体信息的互动平台、多媒体技术广播网等。

中国传媒大学黄升民教授将 IPTV、地面移动电视、手机电视视为新媒体的三大部分。

学者宫承波认为，门户网站、搜索引擎、虚拟社区、电子邮件、网络文学、网络游戏属于新媒体。

新传媒产业联盟秘书长王斌："新媒体是以数字信息技术为基础，以互动传播为特点，具有创新形态的媒体。"

分众传媒 CEO 江南春："分众就是区分受众，分众传媒就是要面对一个特定的受众族群，而这个族群能够被清晰地描述和定义，这个族群恰好是某些商品或品牌的领先消费群或重度消费群。"

上海莱可传媒媒介部经理彭允好："新媒体是继报纸、广播、电视、网络之后，基于无线通信技术，通过以手机为代表的移动终端，展现信息资讯内容的媒体形式，其应用形式主要包括移动互联网门户、手机报、手机电视、手机社会网络、手机微博、电子阅读等。"

阳光文化集团首席执行官吴征："相对于旧媒体，新媒体的第一个特点是它的消解力量——消解传统媒体（电视、广播、报纸、通信）之间的边界，消解国家与国家之间、社群之间、产业之间的边界，消解信息发送者与接收者之间的边界，等等。"

BlogBus 副总裁兼首席运营官魏武挥："受众可以广泛且深入参与（主要是通过数字化模式）的媒体形式。"中国传媒大学黄升民："构成新媒体的基本要素是基于网络和数字技术所构筑的三个无限，即需求无限、传输无限和生产无限——社会关系层面的理解。"

综合起来，有人把近 10 年内基于技术变革出现的一些新的传播形态，或一直存在但长期未被社会发现传播价值的渠道、载体都称作新媒体。

持这种观点的人将手机电视、网络电视、网络广播、博客、播客、楼宇电视、车载移动电视、光纤电缆通信网、都市型双向传播有线电视网、高清晰度电视、互联网、手机短信、数字杂志、数字报纸、数字广播、数字电视、数字电影、触摸媒体等等，均列入新媒体。这种界定不仅过宽，而且以上媒体并列本身就存在分类混乱的逻辑错误。按照分类的逻辑，子类之和等于母类，子类之间相互排斥。

尽管关于新媒体的定义存在着文化习惯和理解偏好的差异，但在对象性认识和载体辨识上，新媒体与传统媒体之间实际上有着清晰的边界。相对于报刊、广播、电视、杂志四大传统媒体介质和形态，新媒体被形象地称为"第五媒体"，是新的技术支撑体系下出现的新型媒体形态。新媒体与传统媒体的区分，并不在于出现时间而在于传播方式和内容形态的不同。新媒体是指利用数字技术、网络技术和移动通信技术，通过互联网、宽带局域网、无线通信网和卫星等渠道，以电视、电脑和手机为主要输出终端，向用户提供视频、音频、语音数据服务、连线游戏、远程教育等集成信息和娱乐服务的所有新的传播手段或传播形式的总称，包括"新兴媒体"，也包括"新型媒体"。

（二）新媒体的种类

目前我国已出现的新媒体多达数十种，比较热门的有：网络媒体（网站、电子邮件报刊、电子公告板……）、手机媒体（手机短信、手机彩信、手机彩铃、手机游戏、手机电视、手机电台、手机报纸……）、数字电视、直播卫星电视、移动电视、IPTV、网络电视、楼宇视屏、户外大屏幕、网上即时通信、虚拟社区、博客、播客、搜索引擎、简易聚合（RSS）等等，其中既有新媒体形态，也有不少属于新媒介硬件、新媒介软件，或者新的媒体经营模式。从信息传播的角度，公众接触最多、对政府公共管理影响最大的新媒体主要有两类：一类是以互联网为信息传播为载体的新媒体，简称网络媒体，例如门户网站、博客、网络论坛等；一类是以手机为连接终端的新媒体，简称手机媒体，例如手机短信、手机电视等等。随着"三网融合"技术的日趋成熟和政策推动，新媒体的物理和内容差异日趋模糊，发展将呈现出明显的融合趋势。

1. 微博和微信

微信和微博只是新媒体的一小部分，社交属性强，也是现在新媒体中使用最多的互联网媒体形式。微博有短微博和长微博，而且互联网的很多热点大部分都是通过微博先爆出来的。而微信是基于腾讯庞大的用户群体，能够方便用户在琐碎的时间里面阅读、学习和沟通的公共平台，另外在腾讯大力支持下的微信公众平台，现在日均浏览量达30亿次，不过现在越来越商业化了。

2. 博客

从2002年博客正式在中国兴起以来，营销界对它的研究就没有中断过。它是一种颠覆传统的传播方式，横跨人内传播、人际传播和大众传播3种类型。

有学者认为："博客突破传统的网络传播，是个人性和公共性的结合。"

也有学者认为，博客的即时性、自主性、开放性和互动性为人们提供了一定程度的话语自由，这种自由颠覆了"把关人"的概念，是网络舆论的制造者。

3. 网络文学

网络文学，指新近产生的，以互联网为展示平台和传播媒介，并借助超文本链接和多媒体演绎等手段来表现的文学作品。这类文学文本是含有一部分文学成分的网络艺术品。其中，以网络原创作品为主。

网络文学是随着互联网的普及而产生的。互联网络为上亿网民提供了多如恒沙的各类文学信息，与此同时，一种以这种新兴媒体为载体，以网民为接受对象，具有不同于传统文学特点的网络文学悄然勃兴。

由于借助强大的网络媒介，网络文学具有了多样性、互动性和知识产权保护困难的特点。其形式可以类似传统文体，也可以是博文、帖子等非传统文体。实时回复、实时评论和投票是网络文学的重要特征。

4. 手机媒体（移动媒体）

手机媒体，开创媒体新时代，在后来可以称作为移动新媒体。现在的手机已不再单单是通信工具，它还担当起了新媒体的重任。当前，在移动端领域，手机媒体虽不是全部，但却是不容忽视的大头。

截至 2016 年 6 月，我国手机网民规模达 6.56 亿，再创新高。移动互联网接入流量月均突破 366.5 兆。另外，据百度第四季度财务报表显示，2015 年百度全年总营收为人民币 663.82 亿元（约合 102.48 亿美元），比 2014 年增长 35.3%。移动营收在百度 2015 年总营收中所占比例为 53%，高于 2014 年的 37%。可见移动媒体可能就是当下新媒体的主战场。

5. 移动电视

移动电视是最近几年新兴的一种新媒体，但它的发展速度是人们没有预料到的。它具有覆盖广、移动性强、反应迅速的特点，除了具备传统媒体的宣传和欣赏功能外，还具备城市应急信息发布的功能。

6. IPTV

IPTV 即交互网络电视，一般是指通过互联网络，特别是宽带互联网络，传播视频节目的服务形式。互动性是 IPTV 的重要特征之一。有人指出，"IPTV 用户不再是被动的信息接受者，可以根据需要有选择地收视节目内容"。

如今，网络从 2G 到 3G 再到现在的 4G，而且离 5G 也不远了（中国移动和华为等互联网企业正在研究 5G 网络）。所以网速提升的同时，用户也不再只是满足于文字和图片的流量了，IPTV 就会变成趋势，也可能是下一次新媒体大战的主战场。而且以后 IPTV 使传播者与接收者之间的位置不再是固定的，而是不断在互相的、共享的、移动的。数字交互电视的发展还使得"大众传播研究的重心"转移到了"信息使用者"身上。

7. 数字电视

作为新媒体之一的数字电视同样在吸引着人们的眼球，而且政府（广电总局）也一直在支持创新。有关机构对此有过研究，发掘数字电视潜在用户的经济承受能力是影响数字电视发展前景的决定性因素。而且付费模式也可能是以后数字电视的一个趋势，例如现在的乐视电视、小米电视等。

8. 播客

"播客"是 2005 年《新闻传播》学术期刊上的又一个让人们耳目一新的词汇。很多人会随手拍一些及时性的片段或视频上传到网络，既真实又方便，所以很多人认为播客就是新一代的广播。它使文字传播转变为音频、视频的传播，增加了娱乐成分。

（三）新媒体的特点

新媒体需要以数字影像、网络传播、无线通信等最新技术为依托，但光有这些技术还不能称作真正意义上的新媒体。这是因为目前这些技术已经被广泛地运用到各行各业，包括传统媒体的生产制作过程。而新媒体真正改变的是传播模式，它具有互动性，使得人人都能成为自媒体，从而改变了人际传播模式。总体来看，新媒体主要有如下特点：

1. 依托数字技术

依靠数字技术对多媒介信息的整合，新媒体可以为信息使用者提供文本、图片、声音、影像等多媒体信息，这些多媒体信息同样按照超文本的方式组织。比尔·盖茨曾在《未来之路》中这样描述未来新媒体所能提供的超媒体信息服务："假设你正在观看新闻，你看到一个你不认识的人与英国首相走在一起，你想知道她是谁。你用电视的遥控器指着这个人，这个动作就会带给你关于她的小传，还有最近出现过她的其他新闻报道名单，指着名单上的一件东西，你就能阅读或观看它，无数次地从一个话题跳到另一个话题，在全世界范围内搜集视频、音频和文本信息。"

2. 交互性

交互性是新媒体区别于传统媒体的最突出特点。它包括两个含义：信息发送者和接收者之间的信息交流是双向的；参与的个体在信息交流过程中都拥有控制权。作为大众传播媒介的报刊、广播、电影、电视，其信息的传播具有单向性，信息反馈不方便，交互性比较差。交互性则是新媒体最突出的优势之一。数字技术使新媒体中的信息采集、制作非常简单，信息交流的参与者可以利用文本输入系统（电脑、手机键盘、书写触摸屏等）、数码相机、数码摄像机轻易地制作、采集数字信息，有些新媒体如智能手机已经将文本输入、数码照相、摄影等信息采集技术与信息发送技术融为一体，使数字信息的采集、发送更加简易可行。网络（互联网和移动通信网络）的普及以及使用成本的降低又为人们提供了廉价的传播渠道。这就使任何拥有互联网信息终端的个人可以是信息的接收者也可以是发送者，真正实现了信息的双向交流。新媒体使参与者对信息交流过程具有平等的控制权，参与者可以依据自己的兴趣和需要，选择性地交流信息。在新媒体环境中，交流双方真正实现了信息的交互传播。

3. 跨时空

历史上，每一种新媒体的出现都扩大了人类信息传播的地理范围，特别是广播、电视等电子媒体出现之后，信息可以借助电波传播至地球上的任何一个角落。然而由于传统的大众媒体主要依靠地面的信息传递系统，同时国家之间出于文化控制的需要，对境外媒体在本国的传播进行限制，所以传统大众媒体所传播的大部分信息被限制在国家和地区的范围内，并未真正实现信息的全球化传播。而新媒体利用连接全球电脑的互联网和通信卫星，完全打破了地理区域的限制，只要有相应的信息接收设备，在地球的任何角落都可以接收到由新媒体传播的信息。另外，无线网络的发展，还使新媒体摆脱了有线网络的限制，用户可以随时随地地接收信息。新媒体大大缩短了信息交互传播的时间，甚至实现了信息的"零时间"即时传播。

4. 个性化信息服务

新媒体提供点对点的信息传播服务，使信息传播者可以针对不同的受众提供个性化的服务。在新媒体环境下，信息终端在网络中都有一个固定的地址，如 IP 地址、手机号、电子邮箱地址、QQ 或微信号等，信息传播者可以根据地址确定一个或多个受众，向其传播特定信息。另外，受众对信息具有同样的控制权，受众可以通过新媒体定制信息、选择信息、检索信息。这样，每一个新媒体用户都可以发布和接收完全个性化的信息，大众传播转变为"小众传播"。

5. 虚拟多样性

数字化信息以比特（"0"或"1"）的排列组合来表示和传播，人们可以方便地通过调整比特的排列来修改信息，甚至制作虚拟的信息。利用各种软件，人们可以方便地毫无痕迹地修改文本、图片、声音、影像，也可以制作出逼真的虚拟信息，例如数字电影中的特效制作、数字动画、Flash、电脑游戏中的任何信息，包括文字、声音、影像，都是由技术人员利用数字技术，模拟真实世界信息制作出来的。数字技术甚至还模拟出了虚拟人类，2001 年英国报业联合会新媒体公司推出了全球第一位虚拟主持人——阿娜诺娃，为全球网民提供 24 小时的新闻播报服务，引起了全球的轰动。新媒体的虚拟信息传播不仅指信息本身的虚拟性，还指传播关系的虚拟性。人类之间信息传播的目的是在人与人之间建立关系，进行信息的沟通和交流。在传统媒体环境下，传播者和受众的角色是特定的，至少传播者的角色是特定的，人们知道信息的来源。然而在新媒体环境下，传播者和受众的角色大部分是虚拟的，交流双方的信息对彼此都是未知的，"谁也不知道电脑的另一端是人还是狗"。所以建立在虚拟数字信息交流基础上的人际关系也具有一定的虚拟性，而这种虚拟的人际关系将极大地改变传统社会的人际关系模型。

6. 融合性

新媒体改变了以往某类传统媒体只能提供某种单一形态信息的特点，它将各种信息形态（文本、图片、动画、音频、视频）、各种传输渠道（固定网络、移动网络、卫星、地面）、各种接收终端（电脑、电视机、手机、PDA）整合在一起，将所有的信息站点与不同媒介的用户互联，保证用户可以在任何地方、通过任何终端进入新媒体网络，得到直接或间接的服务。新媒体的融合性还体现在它具有超强的消解力和沟通力：消解了传统媒体各形态（电视、广播、报纸、通信）之间、国家与国家之间、社群之间、产业之间、信息发送者与接收者之间的边界，沟通了以往泾渭分明的计算机、电信、大众化传媒业。

（四）新媒体时代

新媒体的出现，已经不单纯是信息传播载体的改变，而是新媒体正在改变文学的生态环境，重新塑造文学内外形态，给文学的发展提供了新的空间。新媒体对文学的介入，改变了文学的生产机制，改变了人们的文学生活方式。这种改变在文学发展历史中可以说是划时代的。可以说，我们目前正处于新媒体发展的最好时代。那么什么是新媒体时代呢？由前文可知，新媒体是一个相对的概念，"新"是对"旧"的传统媒体而言的。当新的信息载体使用者达到一定数量，便可称为新媒体。所谓的"传统媒体"是指报纸、杂志、广播、电视等，"新媒体"则是利用数字技术、网络技术、移动技术，通过互联网、无限通信网、卫星等渠道，以及电脑、智能手机、数字电视、触摸媒体等终端，向用户提供信息和娱乐服务的媒体形态。其中，博客、微博、短信等作为"新媒体"所开发的应用平台，为信息的接受、发布等提供了宽广的平台空间。"新媒体"较"传统媒体"而言，具有很强的交互性、即时性、海量性、共享性，更能够实现信息流通的平等和对话。新媒体时代主要依靠上述提到的载体去实现信息的传递与交流，文化的沟通与创造。"时代"在这里不只是一个历史的时间概念，而是新媒体所创造的一种新的思维方式、行为方式和生活方式。虽然数字化没有完全涵盖生活，但与过去相比发生了重要变化，影响了大部分的生产生活。

在新媒体之外，还涉及对全媒体、自媒体、大数据等概念的辨识。

全媒体，是人类掌握信息流手段的最大化的集成者，通过文字、声音、影像、动画、网页等，利用广播、电视、音像、电影、出版、报纸、杂志、网站等不同媒介形态，实现任何人、任何时间、任何地点、任何终端信息的发布和接受。全媒体并不排斥传统媒体，从而实现了网络媒体与传统媒体的全面互融和信息的全面覆盖，满足个性化的服务要求。

自媒体，又称"公民媒体""个人媒体"，指私人化、自主化、普泛化的传播，个人通过电脑、手机、平板电脑等自主地发布和接受信息。常见的自媒体平台有博客、微博、微信、论坛等社交网站。在自媒体时代，人们不再被一个"统一"的"声音"所支配，因此可以发表自己的所见、所闻、所感，成为一个信息的制造者和输出者。

大数据，指收集和分析数据的能力，而这些信息涉及人们生活的方方面面。最早提出"大数据"时代到来的是麦肯锡，他认为，数据已成为重要的生产要素，渗透到当今每一个行业和业务职能领域。通过对海量数据的分析，新的生产和消费关系正在形成。

二、新媒体文化与新媒体文学

（一）新媒体文化

文化是人类特有的现象，人类的历史在很大程度上就是文化不断更新的过程。在这个过程中，媒介是文化传播的载体。媒介在自身发展过程中，也会形成其自身的文化特性，于是产生了"媒介文化"。媒介文化把传播和文化凝聚成一个动力学过程，将每一个人裹挟其中，于是媒介文化变成我们当代日常生活的仪式和景观，它构造了我们的日常生活和意识形态，塑造了我们关于自己和他者的观念；它制约着我们的价值观、情感和对世界的理解。人类历史上的媒介变迁大致经历了四个阶段，由此孕育了相应的媒介文化。口语传播时代的文化被贵族阶层所垄断，因而催生的是一种贵族文化，同时口语传播容易失真的特点又使得口语传播文化成为一种具有强烈"在场感"的文化；印刷文化遵循严密的思维逻辑，树立了知识分子的权威，由此催生了一种典型的精英文化，同时印刷媒介的空间物质性使得作者能够远离读者，为读者与作者创造了各自的独立空间，因而使得文化的"不在场"成为可能；电子媒介文化则大大摆脱了时空的束缚和印刷文字符号为文化传播设置的障碍，使得电子媒介文化具备了大众文化的特征，同时，通过拟象与仿真的手段营造了一种逼真的现场感，突破了不在场的文化传播方式；以新媒体为代表的网络数字媒介将人类社会带入了一个消除权威、去中心化的散点传播状态，逐渐建立起一种以个人为中心，强调自由与个性的文化形态。新媒体的诞生正在从技术、观念和文化的层面上重塑整个社会形态，深刻地影响着人们的思维方式和行为方式。正如传播学大师麦克卢汉所言："任何媒介（即人的任何延伸），对个人和社会的任何影响，都是由于新的尺度产生的；我们的任何一种延伸（或曰任何一种新的技术），都要在我们的事物中引进一种新的尺度。"在新媒体发展基础之上形成的新媒体文化，作为当代文化系统中极具活力的一个子系统，已经成为当代文化发展的重要潮流，正在对这个时代产生深远的影响。新媒体之所以能够快速崛起，被大众所青睐，从文化的层面来看，就在于新媒体所代表的文化理念适应了社会大众的内在需求，满足了他们在日常生活中获取信息、表达意见、人际社交等各方面的深层需要。从这个意义上来说，新媒体比传统媒体更敏锐而深刻地把握了人性，即新媒体对人的延伸发展到了新的阶段。新媒体文化是一种开放包容的文化，自由、平等、开放是其基本要义。正如它所倡导的开放精神那样，其内涵也是多元的，并且处于不断丰富与发展的状态中。尽管理论界并不存在对于"新媒体文化"的统一界定，但人们对它的精神内涵的认识却是基本达成了共识的，例如宫承波在《新媒体文化精神论析》一文中指出："新媒体的文化精神主要体现在：强调互动、追求平权；回归'本我'，崇尚自由；标榜'草根'，抗拒精英；高扬感性，尊重个性。"新媒体文化作为一种充满活力的当代文化系统，充满了时代气息，在与社会现实的深度碰撞中构筑和完善着自身的价值功能和意义体系。

（二）新媒体文学

当新媒体与文学相遇之时，便产生了"新媒体文学"。目前比较常见的新媒体文学样式有网络文学、手机文学、互动小说、微博小说等。这些"新媒体文学"更确切地说是"新媒介文学"，在形态上真正实现了新媒体化。在这里，笔者想简单探讨一下在此基础上文学与新媒体文化理念能在多大程度上实现沟通与融合。

网络文学是数字新媒体技术孕育出的最典型的文本，它以互联网为发表平台和传播媒介，借助超文本链接和多媒体演绎的手段来表现主题，在网上创作发表，供网民阅读。这里涉及两种类型的网络文学：一种是指用电脑创作的、在互联网上发布的原创文学，这一类文学与传统文学的区别不仅体现在媒介载体上，更有创作方式、作者身份和文学体制上的不同；另一种是更能体现网络文学本性的超文本链接和多媒体制作的作品，这类作品具有网络的依赖性、延伸性和网民互动性等特征，一旦离开了网络环境就不能生存，这样的作品与传统文学完全区分开来，因而是真正意义上的文学。这两种类型的网络文学在中国和欧美不同的文化土壤中获得了不同的成长。就中文网络文学而言，其主要以第一种类型为主。它发源于海外，最初是由一批留学海外的理工科学子抒发家国之思，然后逐渐扩散的产物，是一批爱好文学的非专业人士开辟的文学新天地。它最初以免费的形式在广大网民中间传播，后来随着互联网商业模式的逐渐确立，网络文学也进入了商业化阶段，这时的创作规模、用户群都实现了飞跃式发展，文学被纳入了流水线式的生产，有了"小说工厂"的说法。

手机文学，又被称为"拇指文学""短信文学"，它的命名方式与网络文学有很大的相似之处。手机文学最初是为手机用户创作的，以手机短信的方式进行传播的文学，随后又出现WAP文学、彩信文学等形式。随着移动通信技术的发展和三网融合进程的推进，现在手机用户所能接触到的文学资源早就突破了早期简陋的短信形式，实现了与互联网领域内的资源共享。因而可以理解为，手机文学与网络文学实现了融合，它们只在具体表现形态上存在差异。

互动性是新媒体的显著特征，对新媒体的这一特征进行充分挖掘，就形成了互动小说。互动小说通常由作者在网上发布小说的一部分内容，然后由网友决定剧情发展，作者根据网友的意见续写下文，或者干脆由不同的网友续写下文，小说的情节与结局具有不确定性。也有一些学者将互动小说的概念与叙事学中的"超文本叙事"结合起来，将互动小说界定为"一个程序，以文本的形式输入和输出"，其界面显示几行或几段叙事文字，读者输入比较简单的命令语句，电脑描述相应的情景或事件，并等待下一步命令，读者可以决定故事的走向与结局。这就将电子游戏也纳入了互动小说的范畴，对于更深入地理解新媒体的特性具有一定的启发意义。

微博是继博客之后兴起的又一新媒体平台，各界精英、名人以及草根阶层都以极大的热情参与其中，真正实现了"人人都是自媒体"的目标，新媒体的强势影响力由此得到真正确立。微博集合了即时性、互动性、便利性、个人化等特性于一身，契合了快节奏的生活下对快速阅读的需求以及压抑的社会生活中自我表达的心理需求，因而能够迅速繁荣起来。为了实现理想的表达效果，人们自觉不自觉地引进了一些文学的习惯性话语和修辞手段，格言式的、世说新语式的、谜语式的、歌谣式的、短诗式的，和文学形成某种对立和互补，好像是切割开，但又是关联陪衬。微博与文学的结缘孕育了微博文学这一全新的文学样式。有论者将微博文学的含义概括为：它是借助微型博客为传播媒介，以传递信息、表达情感、交流思想为目的，以140个以内的字符为文本样式，具有俳句体的凝练传神、即时化的个性表达、集聚式的实时互动特质的一种新文体。国内较早的微博小说是闻华舰于2010年开始创作的《围脖时期的爱情》，这是一部由多篇微博组成的片段式小说，由此拉开了微博小说创作的序幕。此外，随着微信的兴起，与此相关的"微信文学"也开始出现。

三、新媒体文化对新媒体文学产生的影响

（一）对文学审美理念的影响

新媒体文化对传统文学的冲击，首先源于新媒体的技术特性，技术因素对文学的影响比以往任何时候都更加明显地显现出来。以网络文学为例，网络文学在技术上实现了互动性、超文本性和多媒体化，颠覆了传统文学写作那种相对封闭的状态。这就使得写作者的思维能够有更大程度上的自由发散，从而极大地拓展了作者的创作空间和想象力。声音、画面和影像的因素通过多媒体技术手段，不仅融入到文学作品的内容中去，更是深刻地影响着文学作品的审美风格。新媒体时代的文学艺术不仅是"机械复制"的，更是人人皆可参与其中的，众人的参与是作品诞生的重要条件，从而奠定了它消解精英文化、趋向草根文化的基本立场。数字化生存的状态极大地激发了人类各方面的创造潜能，除了艺术实践领域取得重大进展之外，更能引发创作的民主意识、生存理念乃至于艺术思维等各方面的革新。

纵观文学发展的历史，尤其是在中国的文化背景之下，文学一直被赋予了神圣的意义，承载着来自道德伦理、政治教化等方面的重负。从"文以载道""文章，经国之大业，不朽之盛事"的古代文学正统观念，到现代文学主题在"启蒙与救亡"之间的双重变奏，文学无不承担了巨大的社会功能。而文学从本质上来说，更是一种审美创造活动，文学的审美性、超功利性、创造性正是文学艺术的独特价值所在，由此展现了具有普适性的人类情感价值。新媒体的出现对文学的这种审美理念形成了极大的挑战，新媒体文化是一种典型的后现代文化。后现代主义以解构"现代性"为宗旨，抛弃了关于现代性的各种"权威""中心""基础"和"本质"，消解了所有法典的合法性，从根本上动摇和颠覆现

代人生存的根据。后现代主义的典型特征是削平深度模式、消退历史意识、主体性与个人风格丧失、距离感消失等。正是在这些文化精神的层面上，以网络文学为代表的新媒体文学中凝聚着解不开的后现代情结——后现代话语的知识态度、边缘姿态、平面化理念等，影响了网络文学的精神建构，而网络的思维范式和话语模式犹如复调音乐中的"卡农变奏"般响彻后现代主义的思想旋律，蕴藏着后现代文化的逻辑内涵。

（二）对文学的生产与传播机制的影响

在互联网诞生之前的传统文学体制中，文学作品的生产与传播之间存在一道巨大的障碍，那就是严格的出版发行制度。作者创作的作品只有在符合了编辑、出版商以及出版审查机构的要求之后，才能得以发表和发行，作品的内容才能被读者接触到。这种文学生产与传播机制实质上反映出文学话语权的垄断。在这个过程中，文学出版物的控制者（主编、编辑）与文学评论家对文学话语权有着至关重要的影响力。文学出版物的控制者能够决定文学作品是否能够问世，掌握着作品进入文学圈的"入场券"。怀抱文学理想的作者最终由于"把关人"的不认可而丧失了进入文学殿堂的机会，这样的案例在中外文学现实中并不罕见。而文学评论家则掌握着作品的评判权，是文学传播的"引路人"，他们的评论和研究行为能够发掘文学作品的深层价值，从而确立"经典"，却也能捧杀一部作品和一个作者。

在中国社会文化经济市场化转型的过程中，市场的力量日益增强，大众文化迅速崛起，原本占据主导地位的精英文化逐渐退居边缘，作为精英文化代表的文学也开始走下圣坛，大众文化开始对文学话语权发挥重要的影响力。以广播电视为代表的电子媒介取代了印刷媒介，成为大众文化发展最有利的推手，影视文化的繁荣发展使得整个社会向"读图时代"迈进，这对文学格局产生了深远的影响。一方面，文学开始与影视媒介展开频繁的联姻，文学借助影视的传播力得以进入大众的视野；另一方面，影视文化的特性开始对文学语言、文学审美等内部因素产生影响。然而，由于电子媒介依旧存在"把关人"的角色，真正的"大众"在大众文化中只是有限的参与者，并未成为话语的主体。

真正改变这种局面的是以互联网为代表的新媒体的崛起。网络是一个开放的平台，它消解了社会等级结构，跨越了时空的界限，使得每一个人都能在此自由出入，取消了外部因素对于自我表达的种种限制。网络媒介对大众权利的珍视使得它成为真正意义上的大众文化媒介，大众文化不再只是被表现的对象，而是成为言说的主体，开始掌控自身的主体话语权。网络的这种文化意义在中国表现得尤为明显，在强大的主流意识话语之外，中国民间社会对自由话语权的渴望使得互联网的出现带上了更多社会学意义和理想主义色彩，互联网为那些渴望进行自我表达的人提供了理想的平台，这也就能解释网络文学、网络社区在中国空前火爆的现象了。正如早年的网络写手李寻欢所言："在过去的文化体制里，文学是属于专业作家、编辑、评论家们的事情，他们创作，发表，评论，津津有味，却不知不觉间'离普通人'越来越远。现在我们有了网络，于是不必重复深更半夜爬格子，寄编辑，等回音，修改等等复杂的工艺了。我们想到什么，打开电脑，输入，发送就可以了，甚至可以在几分钟之后看到读者给你的回应。网络文学的真正意义，就是它借助网络这个工具使文学回到民间，使之成为人们表达自己和彼此沟通的便利工具。"这段文字道出了一位文学爱好者在获得网络空间自由书写权利后的欣喜，足以证明网络写作对于大众的吸引力。

（三）对文学语言的影响

有人说，语言是存在的家园。语言的丰富性造就这个意义世界，文学中璀璨的"沉思翰藻"及"缘情绮靡"成了一种美学追求。人类生存状态的变化是一种常态，这就要求承载意义世界的语言也要保持实时更新的状态，才能适应现实的需要。回顾中国文学发展史就能发现，文学史的推进与语言的变革有着密切的联系。在中国现代文学的确立过程中，白话文取代文言文是其中极为关键的一个环节，它将"言为心声，言文一致"由理论层面推进到了实践操作的层面，从而适应了已然迈进现代社会的现代中国人的表意需要，由此树立了现代文学语言的基本规范。经过一个多世纪的演变与发展，中国的社会文化环境已发生了翻天覆地的变化，语言的处境与遭遇也随之发生变化，社会转型时期的潜在矛盾也通过语言的形式表现出来。而此时，网络社区的兴起和网络语言的诞生无疑为语言的复活提供了一种全新的可能。网络书写的语言从一开始便给人们带来了惊喜，它解构了既成的文学语言规范，冲破了传统媒介对于语言的控制，使得语言的表意功能能够抵达原生态的民间世界，直达传统媒介的"禁区"，从而适应人们当下最真实的精神需要。网络上经常会出现一些讽喻现实的段子，其语言的表现力丝毫不亚于某些文学作品，与现实中的"语言腐败"形成了鲜明的对照。而网络文学那种诙谐幽默、简单直白、想象大胆、平易近人的语言风格直接挑战了传统文学所树立起来的神圣形象，将文学的主题引向一个充满感官体验与世俗追求的日常世界。

网络语言的生成同时也是一个技术实现的过程，这就使得网络语言本身也具备了超文本、多媒体的特性，各种数字化图像符号也进入了文学语言系统，与文字符号一起发挥着表情达意的作用，并且呈现出图像表意强化与文字表意式微的趋势。这就是"图像时代"的特征。数字化世界里的"图像化生存"挤压了印刷文化的审美空间，将文字书写与语言艺术的审美转移至幕后，改变了人们长期以来形成的文字语言习惯，从而改变文学语言的呈现方式。一位美国学者对此作出了生动的描述："你的行文现在读起来味道变了。在开始写作之前你不再仔细思考了。你的思想上了屏幕。你一边写一边更加积极地编辑，因为不用担心受誊写或重新打字的惩罚了。可能的改动迅速而又频繁地涌了出来，于是从字纸篓中冒出一座歪歪斜斜的打印纸盖成的塔。你指尖的力量总是让你认为越快越好，意味着容易产生瞬时的质量。"数字媒介不仅成为文学的载体，也在事实上成为一种媒介修辞，深刻地影响着文学的面貌。

在技术进化的过程中，互联网以更丰富的形式去交流和分享，所容纳的内容也越来丰富多样。建立在开放的技术架构基础上的互联网，其所形成的文化也是以开放为基础的，开放是互联网文化的生命与活力所在。开放性意味着互联网世界的大门向所有人敞开，更确切地说，互联网的世界没有"门"的存在，任何人都可以从中获取所需的内容，也可以贡献自己的内容，人们各取所需，这就形成了互联网世界特有的分享型文化，"分享"成为互联网文化中的一个重要关键词。开放和分享也推动着社会观念的转型，毫无疑问，一个开放的、分享的社会更接近理想社会的典型。同时，开放性也意味着任何个人或组织，甚至国家，都不能完全控制互联网，信息垄断在事实上已经失去可能，开放性正在消解传统的金字塔模式的社会结构。在迈向全球化的道路上，开放性使民族国家的概念遭受了巨大冲击。若将互联网开放文化的这些特征投射到当前的文学发展现状上，可以发现这二者有着惊人的相似。文学是人类思想与情感的结晶，同时人类的情感是共通的，因而文学具有开放包容的天性，能够容纳丰富多样的人类世界。不同的民族国家都形成了自己的文学特色，在全球化的作用下这些不同民族的文学相互影响、吸收、借鉴，并彼此渗透，共同创造着世界文学的繁荣。不同民族的文学本身并无优劣之分，但却需要以一种开放的视野为文学不断注入新鲜的活力，才能在全球化的语境中保持本民族的文学和文化个性，在跨文化的语境中找到自身的定位。中国现代文学的产生在很大程度上就是开放所带来的成果。明清之际中国传统文化日益走向闭塞的境地，曾经的包容力逐渐萎缩，仅靠中国文化自身已无法解决现实问题，因而向外寻求精神资源成了唯一的出路。"五四"新文学的倡导者们大都有着留学欧美日的背景，他们自觉地承担起了文化中介人的角色，为中国文学和文化的现代转型提供了丰富的精神资源，开创了"五四"新文化多源共生的局面。新文学多源头的开掘，是数脉并存，并驾齐驱，并无"中心"和"边缘"、"主流"和"支流"之分。尽管后来话语权力有了分化，"中心"确立，余者黯然失色，甚至悄然退场，但在"五四"前的源头上，却是有容乃大，才造成了日后隐现交替中有泉可涌。外来文化的引入不仅将中国文学带入了跨文化的世界语境之中，并且也孕育着中国现代文学自身的跨文化因素，中华民族内部也形成了不同文化生态中的跨文化交流与互动。台湾、香港由于其殖民地的文化背景，其文学明显具有了中国内地文学所没有的外来文化因素；至于海外华文（华人）文学存在于欧美澳、东南亚、东北亚几十个国家，更构成了汉文学内部的东西方跨文化因素。这些都是构成当代文化开放格局的重要因素，只是在当前的文学叙述体系中，这些文学都成了边缘化的"他者"，亚洲文化便自觉地产生。

文学的开放性不仅体现在全球化进程中的跨文化对话，在日益多元化的当代社会，文学的开放性更表现为文学对不同领域的吸收借鉴，文学边界不断向外延伸。新的生存观念、生活方式可以促使我们从更深层次上改变过去偏狭封闭的思路，确立一种开放开阔的现代文学价值观。因此文学更短平快了，也更多了点游戏的成分，甚至"书写"方式本身也将产生前所未有的革命性的更新，由单纯的语言艺术，变成兼容音乐、绘画、摄影、建筑、影视等多种艺术和科技因素的有机综合体。现代科技的飞速发展还在伦理、道德、人性等诸多问题上为文学开辟了新的思维空间，也对文学自身的存在提出了挑战。以互联网为代表的新媒体力量更是开启了文学"泛化"为新媒体混合形态的路径。在这个不断开放的过程中，文学自身也需要坚守文学独特的人性关怀与精神超越性，不在平庸媚俗中自我陷落。

四、新媒体时代下的文学的调整与应对

（一）新文学逻辑的产生

随着社会的发展，技术的进步，作为信息的承载物的媒体不断更新。在人类历史上，信息的传播手段已经发生了三次巨大的革命：在文字诞生前，是以声音为介质的口头传播，信息转瞬即逝，难以流传，且在传播过程中容易发生变异；第二次是以文字为介质的书写传播，以镂刻、书写、印刷术为依托所留下的物质符号，使人类文明的流传成为可能；第三次是用"0"和"1"编码的数字化传播，以网络、手机等为依托，使世界紧密地联系在一起，加速了文化发展的全球化。

纵观人类历史进程中的媒介发展，每次传播媒介的革新，都超越了作为信息载体的意义，因为媒介已经参与到社会经济结构、意识形态、文化心理、个人心理的塑造中。人类创造了媒介，反过来，媒介又在塑造着人。正如马歇尔·麦克卢汉所说："所谓'媒介即是讯息'，只不过是说，任何媒介（即人的任何延伸）对个人和社会的任何影响，都是由于新的尺度产生的，我们的任何一种延伸（或曰任何一种新的技术），都要在我们的事务中引进一种新的尺度。"

"每一种媒介都为思考、表达思想和抒发情感的方式提供了新的定位"，而以计算机、手机等为代表的新媒介所带来的种种迹象，则表征着后现代的文化逻辑。这种新的文化逻辑打破了传统二元对立的思维结构，动摇了在现代性进程中所建立的理性秩序，倡导一种多元并存的文化秩序。新媒体时代的新的文化逻辑，为当下社会提供了一种新的价值评判依据，倡导评判的多元性，并尊重多元性。后现代主义与其说是时间概念，不如说是一种全新的思维方式和文化逻辑。"后现代主义是一种文化风格，它以一种无深度的、无中心的、无根据的、自我反思的、游戏的、模拟的、折中主义的、多元主义的艺术，反映这个时代性变化的某些方面，这种艺术模糊了'高雅'和'大众'文化之间，以及艺术和日常经验之间的界限。其打破了传统的中心论、整体观，倡导多元主义、非同一性，并试图消解权威、'元话语''宏大叙事'。其对现实存在的质疑，在虚无产生的同时，相对主义和多元价值也正取代非此即彼的一元思维。"

去除中心、颠覆权威、多元主义、无根据、无深度、弃绝意义成了当下社会整体的文化趋势。新媒体打破了文人知识分子的文化垄断，大众成了文化活动的主体。在文学创作中，其呈现出深度模式的削平、主体性的缺失、历史意识的弱化、距离感的消失等诸特点，应和着后现代主义文化特征。以图像为主导的影视直观，借助感性符号的表征，只剩

下能指的漂浮。

互联网对于滋生和传播后现代的文化精神起到巨大的推动作用，电脑和手机在其中扮演了重要角色。在新媒体时代，四通八达的网络通道编织成网，每一台电脑、每一部手机都是一个独立的接受信息和发出信息的终端，即使有电脑出现问题，也不会影响到整个网络中其他用户的正常工作状态。网络的平等参与性和自由随意性，打破了既有的话语等级秩序，出现了众声喧哗的场面，任何声音都很难成为权威。至于网络上的用户，除了虚拟的名字和一连串的 IP 地址，就再也找不到任何踪迹了。

新媒体创造的文学活动新环境给文学创作、文学接受、文学批评提供了多种可能，拓展和改变了文学的领域。从目前的文学状况来看，文学发展已经改变了传统文学的发展条件和由此造成的制约因素。全民自由参与的虚拟时空和新的文化逻辑共同为文学生产机制的改变提供了条件，社会的文学生产也面临着持续的调整与发展。不仅如此，这也给文学自身的特点带来新变，使文学必然地要突破传统的文学规约。不同的媒体平台给文学生产、创作、传播、接受带来多种发展的可能性。种种新变可能是传统条件下难以预测和接受的，已经出现的新变大大挑战了人们的文学经验、文学观念、文学理想。——正在发生和将要发生的新变会给文学带来什么影响，这是都是我们需要研究的。

（二）自我调整与适应

文学与社会的关系一直是文化研究领域的一个热点问题。在儒家文化占主导的中国文化语境中，文学始终承担着重要的政治教化功能，寄托着文人志士们的政治理想，这种传统一直被延续到了当代，文学的命运起伏也与这种传统有着分不开的联系。从春秋时期孔子的"兴观群怨"说，到唐代白居易的"文章合为时而著，歌诗合为事为作"，再到近代的梁启超提出的"诗界革命""小说界革命"，以及"五四"新文化运动时期文学一度充当了革命的急先锋，文学始终处于政治社会话语的中心地带，承担着重要的历史使命。新中国成立以后直至 80 年代，尽管文学内部的发展经历了坎坷，但文学在社会文化领域的中心地位一直未发生改变，文学一直维系着神圣而崇高的形象。

进入市场经济时代，促使文学由社会文化的中心走向边缘的直接力量是市场经济的浪潮。大众文化在这股浪潮中趁势崛起，迅速压过了精英文化的势头，作为精英文化代表的文学，也随之淡出大众的视野，走向边缘。文学边缘化带来的影响要从正反两个方面加以考察。就积极的方面来说，文学由社会生活的中心退居边缘，卸除了沉重的历史使命，文学得以恢复原貌，将其立足点重新设定在文学艺术该有的位置上，这将更有利于文学的自然发展。边缘化的位置更适于为文学的参与者们提供一个相对自由宽松的环境，这既有利于文学创作向更加丰富多元的领域开发，也有利于人们更加冷静客观地认识和反思过去的文学史，从而开启文学的新时代。对话、交流与诉说取代了启蒙，小说家们不再承担新时期甚或"五四"以来的文学传播思想、启蒙大众的使命，文学在审美的意义上开始回归到文学自身，审美感受与审美愉悦越来越受到读者与作者的重视。作家们以更为平常的心态创作出来的作品，多了人间的烟火气，多了真诚，多了对现实生活的实实在在的关注，少了虚假，少了说教，大众化为它赢得了大众，也赢得了文学的生命力。而消极的方面主要表现为，从当下文学的真实处境来看，文学的处境似乎已经远远超越了回归正常位置的局面，种种危险的信号不断昭示着文学被彻底边缘化的境遇。文学阅读的人数和时间都大幅缩减，严肃文学创作越来越不景气，文学经典遭到一波甚于一波的调侃和戏弄，专业的文学研究和文学教育也日益陷入困顿。对此，不少学者表现出了担忧，还引发了一场文学存亡之争。代表性事件是美国文学批评家希利斯·米勒在2001年提出文学"终结论"，引起了学术界的广泛关注。米勒指出，文学的概念在西方更多的要与笛卡尔的自我观念、印刷技术、西方式的民主和民族独立国家概念，以及这些民主框架下言论自由的权利联系在一起，而新的电信时代正在通过改变文学存在的这些前提和共生因素而把它引向终结。站在今天的视角再来重新审视米勒提出的这个问题，正是印证了王国维关于"凡一代有一代之文学"的观点，属于过去历史的文学最终会被尘封在特定的历史结点上，取而代之的是与新时代特性共生的文学。在这个过程中，文学所依赖的媒介会发生改变，文学的风格、体裁和语言都会发生改变，文学传达的思想观念也会发生改变，但永恒不变的是文学与人类精神情感的联系。因此，我们不妨将文学边缘化视作是文学向另一个阶段发展的新契机，摆脱过去所形成的文学观念，向当下、向不远的未来寻找文学新的可能，新媒体文化就是这样一个值得关注的领域。新媒体时代的到来为文学提供了新的生长空间，文学要积极从传统媒介的束缚中走出来，适应多媒体共生的环境，走出一条文学与时代相结合的新路。网络文学就是一个很好的范例，近年来网络文学的快速发展为文学注入了新鲜的血液，以一股全新的力量开始对文坛产生一些影响。当然，网络文学与传统意义上的文学之间的磨合仍然有待加强。

（三）接纳与吸收

网络文学是新媒体文化与文学发生碰撞后诞生的新事物，也是新媒体文化的典型产物，因而当代文学对新媒体文化的接纳与吸收首先体现在当代文学与网络文学关系的变化上。最初的网络文学像是一个出身乡野的"野孩子"，以一种反传统的叛逆姿态示人，从形式到内容都与正统的严肃文学有着明显的差异。有不少人对此嗤之以鼻，网络文学也只能游走在文学的边缘地带。经过十多年的发展，网络文学强劲的发展势头已经令人们不得不重新审视它的价值和意义，主流文学开始向网络文学伸出橄榄枝，这由此开启了网络文学被主流文学接纳的历程。一方面，网络作家开始被吸收到全国各级作家协会的组织中去，如2009年6月，烟雨江南、晴川、酒徒等11位网络写手被推荐为新增会员加入中国作家协会，这是中国作协作为最高官方代表对非正统作家和草根文化的正式认可。另一方面，代表主流文学的声音开始对网络文学做出积极正面的评价，无论是知名作家、学术界评论家还是文艺界高层对网络文学的肯定，还是以网络文学为主题的高规格学术研讨会的开展，网络文学成为当代文学研究中的一个热点，这一切都预示着网络文学的正统地位已经开始确立。在官方、出版界、高校、文学网站以及民间机构等力量的推动下，传统写作与网络写作开始了直接的对话与交流，两者的融合趋势正在加强。传统作家担任网络文学评委并参与到网络写作中去，作协开始向网络写手敞开了大门，网络文学作品入围茅盾文学奖等事件见证了这种融合趋势。传统写作与网络写作的传播机制正在相互渗透，两者在创作理念上也开始相互影响。

当然，传统文学对网络新文学的吸收和接纳在一定程度上还是比较有限的，两者在文学理念上的分歧还是很明显的。尤其是网络文学自身的发展还存在诸多问题，若要成为文学史上一个有价值承载的历史结点，在拥有数量的同时还得拥有质量，或者在赢得价值的同时赢得尊重，因而从点击率、注意力走向影响力和文学创新力，还需要跨越前行路上的种种障碍。从总的发展趋势来看，传统文学与新媒体文学的融合将是未来的发展趋势，网络文学最终也会汇入文学的大家庭，将文学的精神传承到未来。

新媒体文化理念也开始渗透到传统作家的写作中去。传统作家尽管不像网络写手那样将自己的创作过程与作品本身完全浸淫于数字化的生存环境中，但也开始以自己特有的方式来对这种数字化生存状态做出回应。且不说已有越来越多的传统作家开始将网络平台作为新作品的发布平台，传统作家中构筑的文本世界，也已经涉及对数字化生存状态的深入思考，以及对新媒体文化理念的遵从。

五、新媒体与当代文学融合

媒介的演变贯穿人类社会发展的始终，从文学与媒介互动的历史轨迹中，我们能够清晰地看到媒介文化与文学的融合进程，新媒体文化与当代文学的融合趋势可以从现代传媒文化与现代文学的融合过程中找到丰富的历史依据。

现代传媒通常指的是现代大众传播媒介，是以现代科学技术为基础的传播媒介，它的媒介形态丰富多样，涵盖了以报纸、期刊、图书为代表的印刷媒介，以广播、电视、电影为代表的电子媒介，以及快速成长中的互联网数字媒介。而作用于中国现代文学并对中国文学的现代转型起到关键作用的传播媒介，则是以报刊、图书为代表的印刷媒介，在此基础上形成了现代出版传播体系，不仅直接推动了现代文学与现代文化的发展进程，而且对现代人的生活方式也产生了深远的影响。因而，这里所论述的"现代传媒"主要指的就是以报刊、图书为代表的印刷媒介。现代传媒与"现代性"的现代文化内涵有着千丝万缕的联系。

（一）印刷文化与中国文学的现代转型

印刷术是中国古代四大发明之一，印刷术的发明改变了古代文学依赖手工传抄进行传播的局面，唐朝的雕版印刷术和北宋的活字印刷术为文化传播带来了新的希望。但这些技术仍然停留在手工印刷层面上，因而能够实现的传播规模是极其有限的，实际上真正带来传播革命的是机械印刷术的诞生。相较于传统手工印刷技术，机械印刷术在传播效率、传播范围、传播效果等方面实现了革命性的飞跃，彻底改变了文化传播的面貌。作为工业文明时代的产物，机械印刷术直接参与了社会变革，对现代思想文化的传播起到了前所未有的作用。机械印刷术直接催生了以报纸、杂志和书籍出版为核心的现代传媒与大众传媒，极大地扩展了文化传播的空间，打破了精英阶层的文化垄断，使得文化向平民阶层渗透，为启蒙运动奠定了物质基础，人类由此迈入印刷文明时代。印刷文明确立了一个推崇逻辑思维的理性世界，它使得个人的言论和著作能够在时间的长河中完整地保留下来，这就增强了人们对个人成就追求的欲望，改变了人们对自我的认识，创造了全新的自我观念。波斯特在论及印刷文化的交流模式时，对此做出了精准的阐述："句子的线性排列、页面上的文字的稳定性、白纸黑字系统有序的间隔，出版物的这种空间物质性使读者能够远离作者。出版物的这些特征促进了具有批判意识的个体意识形态的产生，这种个体站在政治、宗教相关因素的网络之外独立阅读、独立思考。"印刷媒介的意义不仅体现于对前代媒介形式与观念的革新，在电子媒介兴起后，印刷媒介的独特价值更加明显的显现出来。对印刷文化有着深入研究的著名媒介研究专家尼尔·波兹曼，就是将印刷文化置于与电子媒介文化的比较中，确立其媒介批判的视角，从而彰显印刷文化的独特意义。在其代表作《娱乐至死》中，波兹曼将印刷文明的时代称作"阐释年代"，"阐释是一种思想的模式，一种学习的方法，一种表达的途径；富有逻辑的复杂思维，高度的理性和秩序，超常的冷静和客观，这些成熟的话语特征都被印刷术发扬光大了"。相较于印刷术开启的解放人类智力的"阐释年代"，以电视为代表的电子媒介则是将人类引入了一个娱乐至死的大众狂欢时代。

作为重要的文化阵地，文学也从印刷文明中获得了巨大的收益。印刷文明的理性逻辑深刻地影响着现代文学观念，西方现代文学的概念就是与笛卡尔的自我观念、印刷技术、西方式的民主和民族独立国家概念，以及这些民主框架下言论自由的权利联系在一起的。在印刷媒介占主导的媒介环境中成长起来的中国现代文学也继承了这些文化品格。以近代报纸、期刊和出版机构为代表的现代传媒不仅是中国现代文学传播的载体，还是文学参与社会的重要途径，现代传媒的文化个性直接影响着文学创作的体裁、内容和风格。中国现代文学史上寿命最长的文学期刊《小说月报》的发展史，就是中国小说实现现代化转型的鲜活的历史标本，现代著名报纸《申报》副刊《自由谈》则见证了中国现代散文的发展历程，促成了中国现代散文的成熟和完善。现代传媒强大的话语力量极大地促进了现代文学观念的产生和传播，也为一系列具有时代特征的文学思潮和文学运动提供了充分展示的舞台。因而，从很大的程度上可以说，中国现代文学是建立在传媒基础上的文学，这一文学是社会革命家从事社会革命受挫之后向文学的一次转移，是改革家们以传媒作为载体、借传媒形成的现代文学精神而提倡的社会化世俗文学。

就构成文学自身的各要素而言，现代传媒的兴起与发展不仅使得文学作品本身的内涵发生了巨大的变化，也重新定义了维系作品存在的作家和读者，从而实现了完整意义上的文学的现代化转型。首先现代传媒塑造了作家作为独立个体的身份特征与文化特征，为知识分子的经济独立提供了可能，使那些专门从事写作的人自觉意识到自己的作家身份，因而他们的写作具有了强烈的现实感。建立在现代传媒基础之上的现代稿酬制度使得作家能够以一种独立的职业形态而存在，极大地激发了文学创作的热情。被纳入现代传媒体系之中的现代作家，以新型知识分子的身份依托报刊获得生存条件，参与社会活动。现代传媒也培养、造就了大量的文学读者，在这个读者群中，市民大众构成了读者的主体。市民大众的阅读口味也影响了现代报刊的通俗化定位和现代文学的通俗化写作，鸳鸯蝴蝶派与海派小说在当年的繁荣景象就是契合了市民大众的阅读需求的结果。而以《新青年》《小说月报》《创造月刊》为代表的提倡文学革命与文学启蒙的刊物，则是影响了一批有志于投身社会变革的进步青年，代表着中国现代文学发展的主流。

（二）现代传媒与现代文学的"想象共同体"

以报刊为代表的现代传媒诞生于18世纪30年代，其诞生标志为美国大众化报纸的诞生。它最初是作为一种社会表达和政治参与机制登上历史舞台的，其诞生与发展是与现代民主体制的逐渐确立紧密联系在一起的，因而现代传媒有着与生俱来的公共性，为社会中的个体找到了一个进行自我表达的话语空间，在私人与公共领域之间架设了桥梁，这也是现代传媒的"现代性"内涵。印刷媒介所具有的严肃、完整而又严密的媒介形态，使得它特别适合成为一个传播思想观念的话语空间。在印刷媒介所提供的封闭式空间里，受众由于某种共同的因素而聚集在它的周围，形成一个固定的"社区"，完成着某种话语的建构和完善。现代传媒提供的话语空间代表着一种话语的权利，现代传媒在传播文化和思想的同时，也垄断了思想和文化的传播，在生产文化和思想的同时，也垄断了思想和文化的生产。在人类历史发展进程中，对于权利的争夺从未停止过，在现代传媒这个话语空间里对于话语权的争夺也没有停止过。从19世纪初开始的教会报刊到19世纪末20世纪初的新闻报刊、政治报刊、文学报刊、专业报刊，现代传媒以自己独特的方式参与了现代文化建设，参与了现代思想启蒙运动，成为启蒙的重要力量，因而使得自身也具有了启蒙的价值与精神。

现代传媒的话语空间与文学之间的内在一致性在于它们表现出了相同或相近的人类理解世界的方式，形成了一个"想象的共同体"。关于这一点，安德森曾经提出了一个影响广泛的观点——民族国家是一个"想象的共同体"，印刷文明与这种想象共同体的形成有着密切的关系，他以小说、报纸为例说明印刷文字作品如何协同社会时间及空间的想象能力，人们如何因为报纸版面的构成框架和统一的阅读仪式而彼此认同。安德森指出，"民族"在本质上是一种现代的想象形式，它源于人类意识在步入现代性过程当中的一次深刻变化，18世纪兴起的小说和报纸"为重现民族这种想象的共同体提供了技术的手段"，因为他们的叙述结构呈现出"一个社会学的有机体遵循时历规定之节奏，穿越同质而空洞的时间的想法"这一特点，而这恰好是民族这个"被设想成在历史之中稳定地向下（或向上）运动的坚实的共同体"的准确类比。

在中国现代文学中，尤其是通过小说这种虚构叙事作品，由一种边缘文体上升为文学正宗的踪迹，我们可以发现文学在民族国家共同体的构造中的重要功能，同时也可以充分认识到现代民族国家的"想象的"和"建构的"特点。由于中国现代文学诞生于新旧文明交替、国家民族面临着被资本主义列强殖民化的特殊历史时期，因而现代文学具有强烈的感时忧国的色彩，如何建立一个现代的民族国家以抵御外侮、自立于世界民族之林成为中国最迫切最根本的问题。中国现代文学自觉地承担起了这份责任，文学依托现代传媒的作用，以自身的方式参与了各项重大公共议题，参与了对未来民族国家的想象式建构。于是有关现代民族国家的叙事居于中国现代文学的中心地位。中国现代文学所隐含的一个最基本的想象，就是对于民族国家的想象，以及对于中华民族未来历史——建立一个富强的现代化的"新中国"的梦想。

这种想象，落实到具体的文本中，主要表现为对"中国形象"的塑造，通过对一个积弊重生的旧民族的多方位审视，来企盼一个现代民族的新生。在晚清、"五四"等不同的文学发展阶段呈现出了不同的特征，由此寄托着现代作家对于现代中国深切的忧思和企盼。尤其是在狂飙突进的"五四"新文学时期，这种想象与形象塑造无论是在艺术创造性还是现代性深度上都到达了新的高度。在这当中，既有企盼旧中国像"凤凰涅槃"一样浴火重生，以获"永生不死"之新生形象的讴歌；也有对"老中国"、"弱中国"等历史前行中背面形象的勾画。这些丰富立体的形象不仅作为经典性的文学形象进入了中国现代文学史，更是被不断借用至历史的、文化的、政治的话语体系中去，充分体现了"五四"新文学所具有的现代性深度。具体地说，"五四"新文学对"中国形象"的重塑，主要分为三种路径而展开：一是以激情浪漫的抒情方式展现"中国形象"的新风貌，如郭沫若及其"创造社""太阳社"的创作；二是以现实理性的思索方式展现"中国形象"的现实境况，如鲁迅及其"文学研究会"等写实主义作家的创作；三是以叩问忧思的自省方式展现"中国形象"的背面特征，如郁达夫及其他自叙传作家的创作。这三大路径的形成不仅有相应的文学社团和文学流派为支撑，更有相应的文学刊物作为主要阵地，成为想象中国的"共同社区"。诚如李欧梵所言，"在中国作为想象性社区的民族之所以成为可能，不光是因为像梁启超这样的精英知识分子倡言了新概念和新价值，更重要的还在于大众对出版业的影响"。

如果说小说这种虚构文体还不足以最直观地将现代传媒的话语空间的意义发挥到最大价值的话，现代散文与杂文恰好能承担这样的价值，在"公共性"层面实现了现代传媒与现代文学的价值沟通。李欧梵的《"批评空间"的开创——从〈申报〉"自由谈"谈起》一文在对《申报·自由谈》上的游戏文章进行梳理后，借用哈贝马斯的"公共领域"的概念，认为它们已经造成了一种公论，提供了一个史无前例的公开政治论坛，也几乎创立了"言者无罪"的传统，只是国民党后来实行的言论检查制度又把这个空间缩小了。这时，以鲁迅为代表的知识分子开创了一种对抗言论压制的方式，成了中国知识分子最津津乐道的传统，鲁迅在 20 世纪 30 年代为《申报·自由谈》所写的杂文（后编为《伪自由书》）就是在这样的背景下诞生的，由此确立了独具个人风格的鲁迅杂文的基本范式。《申报·自由谈》在不同时期的文章风格充分展示了现代传媒体系下的话语空间的边界问题，以政治力量为代表的强势权力可以对传媒形成规约，控制着这里的话语空间在显性层面上的边界，而人类语言的丰富性又使得文学能够以一种巧妙的方式挑战这种边界，在隐性层面上突破这种边界，从而获得新的话语空间。李欧梵又进一步提出，"骂完国民党文人之后，是否能在其压制下争取到多一点言论的空间，就《伪自由书》中的文章而言，我觉得鲁迅在这方面反而没有太大的贡献"，以及"他（鲁迅）并不珍惜——也不注意——报纸本身的社会文化功用和价值"，没有找寻到一个建立说话的新模式，"并没有建立一个新的公共论政的模式"。这样的结论未免对鲁迅过于苛责了，在探讨关于言论自由这个问题时，始终不能忽视的是当时的历史语境中国民党所推行的控制言论政策的严苛性，以及鲁迅鲜明的个人风格。事实上鲁迅的这些杂文尽管言论上有些吞吞吐吐，但却是发挥了一定的实际效果的，这就证明了他是尽力争取到了言论的空间的，只不过程度有限。

（三）大众传媒与现代文学的大众化

"大众传媒"的概念是在西方的文化语境中诞生的，西方的现代传媒从一开始就是作为大众文化的组成部分而存在的，这主要得益于西方社会发达的市民文化，因此，西方的现代传媒是真正意义上的大众传媒。而中国近代社会并没有形成那样坚实的市民文化基础，因而中国现代知识分子在参与传媒运作时，有一定的特殊性，他们所寄予厚望的阵地，主要是"小众传媒"，而不是真正意义上的大众传媒。从文学的发展进程来看，大众传媒和小众传媒恰恰带来了两种不同形态的现代文学，两种不同的传统媒体构成了中国现代文学两种不同的审美风度，其走向各不相同。大众传媒由于注重市场效应，注重大众接受的能力和要求，注重娱乐性休闲性功能，因而，大众传媒语境的文学主要倾向于都市流行文学，诸如围绕《礼拜六》形成的小说流派、围绕《红玫瑰》而形成的作家群体、围绕《万象》出现的一批作家等；而小众传媒更注重于启蒙，注重于纯美，小众传媒语境中改造国民的灵魂成为重要的主题，通过文学建构作家的思想体系成为文学的主业，文学成为作家群体间的自娱自乐，躲在象牙塔里欣赏着纯美的艺术。

在很长一段时间内，小众传媒语境中的文学才被视作中国现代文学的正宗，而以鸳鸯蝴蝶派、海派为代表的大众传媒语境中孕育而生的文学却受到了压制。事实上，以启蒙文学为代表的中国现代主流文学也遭遇了自身发展的瓶颈，有着从"化大众"到"大众化"的迫切需求，如何实现文学的大众化也成了中国现代文学发展过程中的重要命题，贯穿了整个二十世纪的中国文学。而大众传媒语境中产生的流行文学无疑能为文学的大众化提供有益的启示，尽管这两者"大众"的含义不可等同。现代文学的发展首先离不开现代传媒提供的话语平台，而文学话语之所以能够进入以新闻为主体的现代传媒话语体系中去，这与现代传媒在走向商业化、大众化过程中不断强化自身的审美娱乐功能是分不开的。相对于新闻话语，文学话语处于弱势地位，文学被固定地安排在报纸的副刊位置上。为了适应这种新的传播语境，文学自身也需要进行改革和调整，从而使得文学能够作为一种独立的元素进入现代传媒体系中去，也完善着现代传媒的功能。符合大众通俗审美趣味的鸳鸯蝴蝶派就是在这样的背景下诞生的，为中国文学的商业化、大众化提供了范例。随后更加具备"现代性"特征的海派文学更是将现代传媒的商业属性与文学的大众化向更深的领域推进。

这里以新感觉派的文学创作为例来探讨大众传媒与文学大众化之间的深层关系。新感觉派是海派文学的典型代表，其创作活动充分发挥了大众传媒的作用，借助大众传媒的力量将他们的文学推向大众。20世纪30年代上海的都市大众文化已经初具规模，它建立于资本主义现代大工业基础之上，与现代市民社会相适应，并以传媒（主要是报刊）为主要传播渠道，表现了资本主义化的城市市民，特别是中产阶级的文化需求。这里的"大众"与左翼文坛提倡的"大众化"中的"大众"有着本质的区别，前者主要指城市中的市民阶层，而后者指的是工农大众。前者的"大众"是以公司职员为主，包括中小商人、公职人员、医生、律师、记者、中小学教员等，他们多数受过良好的现代教育，拥有稳定职业与收入，分布于各种社会主要领域。这个群体的文化价值观念，较充分地体现了上海文化的内在特质，尤其是市民阶层世俗生活中的消费享乐欲望与实用功利的价值原则，成为都市大众文化产生的基础。就文学趣味来说，观念陈腐的传统通俗文学、带有强烈阶级意识的左翼文学、围于经院内的精英知识分子文学都不能有效地满足他们的文化需求，新感觉派及其所属的海派文学就是在这样的环境中成长起来的。市民的文化需求与新感觉派的文学理念在小说文本中实现了融合，这突出表现在新感觉派作家笔下那种敏锐、鲜活的都市感觉与充满现代意味的欲望书写。他们善于从都市的外观和现象入手来把握都市，以变幻不停的节奏交织不断的画面和故事短篇，摩天楼、赛马场、霓虹灯、夜总会、豪华别墅、海冰浴场等意象反复出现，构成了他们笔下五彩缤纷的都市风景线。新感觉派的都市感觉与欲望表现并不是停留在对市民趣味的彻底迎合上，而是借作品更新了大众文化趣味，传播了现代观念。张资平、叶灵凤小说中的性爱描写中充斥着挑逗与欲望宣泄的低级趣味，而新感觉派作家超越了这种欲望书写的套路，走向了对于现代性反思的层面，对女性的观念也有了现代的意味。以性爱为题材，新感觉派在媚俗之上表现出了现代人对于变幻的都市文化的一种真实感觉。可以说，新感觉派利用文学的公众化效应，有效地传播了现代观念，重新想象了现代两性关系，同时他们的艺术感染力和艺术旨趣也塑造了一种新的审美感受力。

新感觉派作家对于文学的大众化定位有着清醒的认识。穆时英和叶灵凤在《文艺画报》编者随笔中说他们的杂志文章"不够教育大众，也不敢指导青年（或者应该说麻醉），更不想歪曲现实，只是每期供给一点并不怎么沉重的文字和图画，使对于文艺有兴趣的读者能醒一醒被严重问题所疲倦了的眼睛，或者破颜一笑，只是如此而已。"施蛰存认为，"一个文学家所看到的人生与一个普通人所看到的人生原来是一样的。文学家并不比普通人具有更敏锐的眼睛或耳朵或感觉，但因为他能够有尽善尽美的文字技巧，去把他所看到的人生各方面表现得格外清楚，格外真实，格外变幻或格外深刻，使他的读者对于自己所知道的人生更有进一步的了解，这就是文学之唯一的功用，亦即是文学的全部功用。"新感觉派作家常常强调自己只是和大众一样的俗人而非大众的先生和导师，作家无非是和工人、商人、医生等类似的一种用以谋生的职业。基于大众文化的定位，说新感觉派的写作在很大意义上是一种主要依靠刊物发表或书店出版，依赖市场生存的商业化写作方式。他们的创作受市场规律的制约并呈现出一种商品生产、甚至文化工业的色彩，在这个过程中，现代传媒起到了重要的作用。随着城市商业经济的繁荣，都市的现代化，现代娱乐与消费的普及，现代传媒以其信息和娱乐功能在都市生活中扮演着重要角色，文学的审美娱乐功能与传媒的功能相互渗透，共同填充着大众的文化需求。新感觉派的作家们有着丰富的办刊实践，他们依托了刘呐鸥及所办的第一线书店、水沫书店的资助，经历了《文学工场》《樱路》《无轨列车》《新文艺》等无数的挫折，起初是坚持同人性压倒商业性，要在左翼文学、京派文学、新月文学之外走出先锋的中国现代派文学的路子来，结果其所创办的文学刊物出出停停，有的胎死腹中，有的只出了几期便夭折了。一直到1932年施蛰存主编的大型文学刊物《现代》上场，他们才寻找到了在商业性报刊运作之下，同人刊物痕迹要抹得越淡越好的途径。《现代》时期是新感觉派的爆发时期，在主编的推崇下新感觉派逐渐形成气候，此时期成为一段辉煌的历史。施蛰存与他的同伴们也在创作过程中竭力调试精英文化和消费文化的契合点，一方面渴望与读者保持平等的伴侣关系，建设真善美的新文学，同时又要努力防止文学走向媚俗的一面。即使是站在今天的视角来看30年代的新感觉派与《现代》杂志，这种对"先锋"与"媚俗"的成功把握与有机统一，依然很有启发性。

第二章　基于教育的文学与文学教育

一、基于教育视角的文学概念

文学是以语言文字为媒介和手段塑造艺术形象，反映现实生活，表现人们的精神世界，并通过审美的方式发挥作用的艺术。文学具有多方面的教育价值。

文学概念有一个演变的过程。"文学"一词在中国古籍中早已有之，但其含义与现代美学中专指语言艺术的概念不同。先秦时代，"文学"兼有"文章""博学"两重意义，即将现代所说的文学、哲学、历史等都囊括在"文学"之中。至两汉，人们开始把"文"与"学"、"文章"与"文学"区别开来，称有文采的、富于艺术性的作品为"文"或"文章"，而把学术著作叫作"学"或"文学"——这与现代所说"文学"一词的含义差别很大。到了魏晋南北朝，一方面许多人仍然沿用汉代的说法，把现代所说的文学称为"文章"，把现代所说的学术称为"文学"；另一方面也有许多人开始在同一种意义上来使用"文学"和"文章"，即把这两个词都用来表示现代所说的文学，而将学术著作另外称为"经学""史学""玄学"等。但到了唐、宋时期，由于强调"文以明道"或"文以载道"，以致出现了重道轻文的倾向，于是又不大重视"文"与"学"的区别，重新把"文章"与"博学"合为一谈，"文学"一词又成了一切学术的总称。一直到清代，"文学"一词通常都是在这种意义上被使用的。如清末民初的学者章炳麟在《文学总略》一文中就说："文学者，以有文字著于竹帛，故谓之文，论其法式，谓之文学。"文学作为专指语言艺术的美学术语，在中国是20世纪初、特别是"五四"新文学运动以后才被确定下来，并被广泛使用的。自此"文学"这个概念才比较严格地排除了非艺术的含义，而成为艺术的一种样式的名称。

在西方，"文学"这个词也有广义和狭义两种含义。广义的文学是指用语言文字记录下来的，具有社会意义的人的思维的一切作品：；狭义的文学即指语言艺术。作为专指语言艺术的"文学"这个术语，只是在近代、特别是18世纪之后才取代了以前的"诗""诗的艺术"的术语而被广泛使用的。

文学有不同的体裁和种类。在整个艺术领域中，文学是具有自身特点的一种样式。而就文学本身而言，它又具有各种不同的体裁和种类。中国古代有所谓"文""笔"之分或"诗""笔"之分，即分为韵文和散文两类。中国现代美学通常把文学分为诗歌、散文、小说、戏剧文学四种体裁。在西方美学中，也有人把文学分为诗歌和散文两种基本类型。

还有人从内在性质上——即以文学所反映的对象和内容、所用的塑造形象的方法等为标准，把文学现象分为叙事的、抒情的、戏剧的三大类。文学的不同体裁和种类之间，虽有大体上的区别，但无绝对界限。而且不管什么体裁、什么种类的文学作品，都有着共同性和统一性。它们都以反映在作品中的现实生活以及融化于其中的作家的认识、评价和思想感情为内容，以内容的组织结构、存在方式及其语言表现为形式。而优秀的文学作品的内容与形式，总是辩证地完美地统一在一起，成为一个有机的整体。被选作教育内容的文学往往是被公认为文质兼美的文学作品，低年级往往以诗歌和作为散文的故事、童话为主，高年级开始包含小说、戏剧等。

（一）作为活动的文学

长期以来，人们对文学是什么、文学是怎样形成的等文学基本理论问题，往往只作静态的、单一的考察，因而出现了"再现论""表现论""形式论""接受论"等各种各样的文学界说，但人们仍然感到不满意，于是文学活动观应运而生。

再现论认为，文学源于生活，实质上是对生活的描摹和再现。这种理论观点源远流长，其源头，在西方可追溯到两千多年前古希腊哲人德谟克利特所提出的"模仿说"，他说："在许多重要的事情上，我们是模仿禽兽，做禽兽的小学生的。从蜘蛛身上我们学会了织布和缝补；从燕子身上我们学会了造房子；从天鹅和黄莺等歌唱的鸟身上我们学会了唱歌。"稍后，另一位古希腊哲学家苏格拉底也认为第一，"绘画是对所见之物的描绘"，艺术以不同的媒介，准确地把自然再现出来；第二，这种描绘与再现，不仅是对事物外表的逼真模拟，而且"应通过形式表现心理活动"。苏格拉底还说，诗人、艺术家在塑造优美形象的时候，由于不易找到一个各方面都完美无瑕的人，他们就从许多人身上选取。把每个人最美的部分集中起来，从而创造出一整个显得优美的形体。应该说，在苏格拉底那里，"模仿说"的形态已相当完备。其后柏拉图的"理式模仿"，亚里士多德的"自然模仿"说，虽二人有唯心与唯物之分，但他们却认定艺术是"模仿"，这一基本思想与苏格拉底的说法是一脉相承的。"模仿"的文学观念统治西方达两千年，直到18世纪末至19世纪初欧洲出现了浪漫主义的文学思潮，这种模仿说才真正被打破。我国古籍中也有与古希腊"模仿说"类似的见解，如《吕氏春秋·古乐》所言"听凤凰之鸣以别十二律""飞龙作乐，效八风之音"等。

再现论将现实生活这一要素作为阐释文学本质特征的重要依据，无疑具有一定的合理性。因为它肯定了文学活动的客观基础。再现理论在欧洲雄霸了二千余年，一直在文学研究中占据着主导地位，直到浪漫主义文学兴起后才受到冲击。这一冲击直指再现论的理论缺陷，那就是绘画的艺术形象在视觉中，音乐的艺术形象在听觉里，文学的艺术形象在哪里？文学的艺术形象在想象中。想象是指在知觉材料的基础上，经过新的配合而创造出新形象的心理过程。在以形象为特征的艺术活动中，审美想象成为一个重要的心理因素，而在以语言提供间接形象的文学活动中，想象更成为心理结构中的突出因素。在文学欣赏中，读者对文学作品语言媒介所提供的知觉材料即间接的文学形象，通过想象进行艺术感觉、审美判断和寻索玩味，使自己进入一个虚幻而又真实的审美世界。无疑，想象已成为文学实现的必经之路。

1. 文学活动中想象的两个层次

由于语言材料的特殊性，文学形象的审美过程，便包蕴着两个层次的想象活动。温庭筠《商山早行》诗句"鸡声茅店月，人迹板桥霜"，在想象中，我们可以看到一个飘零异地的旅人，在破晓的荒村野店，在凄清的月色中，走过铺满白霜的板桥，留下一行行足迹。这是第一个层次的想象。如果没有这一层次的想象，"鸡声""茅店"等就只是一些词语符号而已，而有了这层想象，这些符号就被再创造成一个形象的画面。这第一个层次的想象，就是通过想象将词语符号组合，复现成踏霜早行的画面"实境"。在这个基础之上，我们又从画面里深深地感受到了游子的艰辛和由此而生发的人生感慨。这就是第二层的想象，即在画面"实境"中，通过想象再去捕捉那弦外之音的"虚境"。这第二个层次的想象，是更高层次的想象，可以说它是包括文学在内的一切艺术活动的精髓所在。

第一个层次的想象是文学所特有的，所谓形象的间接性就在于此。文学是语言的艺术，因而语言材料所提供的形象便不是一个诉诸视觉或听觉的直观形象，而是诉诸想象的间接形象。比较看来，其他艺术所提供的基本上都是直接的形象"实体"，如绘画之视觉画面，音乐之听觉情绪，而唯独文学是没有声色的语言符号，必须首先在想象中合成、复现后才能获得间接"实体"。形象的这一间接性造成了文学的独特魅力。因为，间接的形象虽不具有直观的可视性，却以想象的具体性带来了再创造的广阔空间。按照接受美学的理论，文学作品只是个不确定的"召唤结构"，其中的许多空白、未定点需要读者用想象去填空。因此，相对于其他艺术形象的直接"实体"，文学形象因间接性而唤起的想象画面要自由宽广得多。间接的形象虚拟，反而消除了绘画和音乐因物质材料的具体性所形成的空间和时间的局限，因而极大地拓展了审美创造的丰富性和自由性，显示出语言艺术的独特魅力。

建立在组合、复现基础之上的第二个层次的想象，是文学和一切艺术实现家园意义的重要途径。说到底第一个层次的想象，即通过想象在头脑中复现出文学形象并为之情动，实际上还只是审美中的直观观照，而真正进入文学的最高审美境界，获得更深层次的情感体验，还要依靠想象再造"象外之象"，并与之相融相合，共感共鸣，物我合一。

2. 动态时空

一般说来，绘画、雕塑等视觉艺术长于表现静态的自然景物和生活画面，对于动态的生活情景，往往是再现生活中那美的一瞬间，如革命者从监狱归来踏进家门的瞬间（列宾油画），因局限于"现实"这单一要素，在客观至上的前提下挤掉了主观的一席之地，从而把复杂的文学活动简单化、机械化。同时，再现论的理论涵盖面并不能囊括全部文学现象，至少再现论对抒情作品、超现实作品的解释是牵强附会或者柔弱无力的。

浪漫主义文学在对再现论的冲击中，直接将表现论写上了自己的大旗。当然，表现论并不是始于欧洲 18 世纪末出现的浪漫主义文学，中国古代的"言志"说和"缘情"说就是最古老的表现论。近现代以来，随着浪漫主义思潮的兴起，西方表现论才逐渐确立了与再现论抗衡的地位。特别是 20 世纪以来，主观论美学兴起，随之文学研究的表现论倾向在西方蔚然成风，诸如弗洛伊德的"白日梦"说、克罗齐的"直觉说"、立普斯的"移情说"等等。

表现论摈弃文学是现实的"模仿""反映"的再现理论。它对文学与现实的关系不以为然，而是看重文学与作家的关系，认为文学是作家心灵的独特表现。中国古代的"言志""缘情""独抒性灵"的说法中，"志""情""性灵"就都属于作家心灵的产物。弗洛伊德认为文学是"白日梦"，实际是说人的潜意识升华而为艺术。在人与自然的关系上，表现论和再现论也不同，表现论是主体的本质力量丰富和发展的产物。当充分发展、逐渐强大了的人类确信自己能够驾驭自然、征服自然的时候，他们便会在包括文学在内的观念形态里弘扬主体，从中寻求一种主体超越客体、直观自身的心理体验。因而，从这一意义上说，表现论是人类心理成熟的标志。表现论弘扬主体，弥补了再现论的不足，但如果脱离开现实谈表现，则表现论也便成了空中楼阁。而且文学是一种复杂的精神现象，因而并不是仅从作家这个单一要素入手，就能够揭示出其真谛的。

（二）作为形式的文学

20 世纪初叶开始，种种文学形式论出现了，认为文学是一种独特的语言建构。当然，文学不可能不与社会生活以及读者发生关系，形式论并不否认这些关系的存在，但认为作品与社会的关系，作品与读者的关系，都是文学之外的关系，不在"文学性"之内，只有作品语言的结构关系，才是文学之内的关系，才具"文学性"。形式论认为作品一旦从作家的笔下诞生之后，就获得了完全客观的性质和独立的"身份"，它既与原作家不相干，也与读者无涉，它从外界的参照物中孤立出来，本身是一个"自足体"，出现了所谓的"客观化走向"。形式论者们或热衷于探究文学作品的语言学和修辞学因素，或热衷于寻找文学作品的普遍的叙事结构。他们前无古人地凸现了文学作品形式的独特魅力，开拓出一条文学理论的崭新途径。然而，当他们试图把文学仅仅视为作品形式，并以作品研究涵盖文学的整体研究时，其理论之路也就失去了前途。

在"形式论"之后，人们的注意力从作品本体转向了接受主体。"接受论"的形成与英伽登的现象学文论和伽达默尔的解释学文论的影响不无关系。英伽登接受了现象学家胡塞尔的意向性学说，又抛弃了其先验原则，很注重本体论的研究。他把讲究语言艺术以供审美的文学作品称作"文学的艺术作品"，认为它是一种存在于具体个人（作者和读者）的意向性活动中的"意向性存在"，一种具有多层结构的"图式性"产品，其中有许多"空白"和"未定点"，有待于读者的"重建"活动来填充和"具体化"，因此文学作品的最终完成可以说是作者和读者的共同创造。伽达默尔认为，作为审美对象的文学作品的存在，展示为向未来的理解无限开放的意义显现过程或效果史，因此读者的理解成了作品历史性存在的关键。接受美学则更为明确地肯定了"读者"对文学意义生成和作品存在的意义和作用。姚斯认为，文学作品的存在方式既是作品与作品、作品与社会历史之间相关性的历史，也是作品与接受相互作用的历史，"真正意义上的读者"实质性地参与了作品的存在，甚至决定着作品的存在。因此，作品"对它的第一读者的审美视野是满足、超越、失望或反驳"，就被看作是"一个决定其审美价值的尺度"。

应该说，读者中心地位的确立为文学本体意义的实现带来了无限生机。一部作品的意义空白暗含了阅读见解的多种可能性，不同的读者会赋予其不同的现实意义。鲁迅曾说，一部《红楼梦》，"经学家看见《易》，道学家看见淫，才子看见缠绵，革命家看见排满，流言家看见宫闱秘事。"读者阐释的主观差异性使作品本身由形式主义自足体系的封闭状态走向了接受体系的开放状态，形成了一种读者与作者的潜在对话。甚至，一部作品可以被不同时代、不同社会、不同观念、不同知识结构和不同艺术修养的读者永无止境地阅读下去，其内在意义也便会永无止境地显现下去。从这一意义上说，是读者赋予了文学作品以永久的生命力。

上述这些对文学是什么的立论都是人们各自从文学活动系统的某一个要素出发做出的，不免有些偏颇。按照美国当代文艺家艾布拉姆斯的观点，文学作为活动，是由世界、作者、作品和读者共同构成的，他说："每一件艺术品总要涉及四个要点，几乎所有力求周密的理论总会在大体上对这四个要素加以区别，使人一目了然。第一要素是作品，即艺术作品本身，由于作品是人为的产品，所以第二个共同要素便是生产者，即艺术家。第三，一般认为，作品总得有一个直接或间接导源于现实事物的主题——总会涉及、表现、反映某种客观状况或者与此有关的东西。这第三个要素便可以认为是由人物和行动、思想和情感、物质和事件或者超越感觉的本质所构成，常常用'自然'这个通用的词来表示，我们却不妨换用一个含义更广的中性词——世界。最后一个要素是欣赏者，即听众、观众、读者。作品为他们而写，或至少会引起他们的关注。"

艾布拉姆斯提出的文学四要素的观点专业性很强，已获得文学理论界的广泛接受。文学作为人类的一个活动系统，它既在"摹仿""反映""再现"的大千世界中，也为大千世界提供了一洼不竭的源泉；在"言志""白日梦""表现"的心灵中，也为心灵提供了一双飞翔的羽翼；既在作品的语言结构形式中，为形式提供了一方着陆的土地，也在读者的"期待视野"中，为"期待视野"提供了一双寻觅的眼睛。但是，如果你仅仅从那个庞杂的世界中，或作家孤寂的心灵中，或封闭而僵死的作品形式中，或读者的一厢情愿中去寻找，那么你永远不可能捕捉到那个美的家园。因为这个美的家园是在以人为中心的整体文学活动观中建立起来的。文学活动系统中的各个要素，都在文学本体复杂的关系中占据一席之地，共同构成相互依存、相互作用的整体。世界就是我们所指的社会生活，社会生活是"一切种类的文学艺术的源泉"。但社会生活本身还不是文学，社会生活的原料必须经过作家的艺术创造，才能变成作品。作家创作出来的作品具备一个复杂的结构，其中像文体、语言、结构、风格等都是作品构成中的问题。文学作品作为文本如果被束之高阁，不跟读者见面，那还是死的东西，还不是活的审美对象，文本一定要经过读者的阅读、鉴赏、批评，才能变成有血有肉的活的生命体，才能变成审美对象。这种文学活动观具有重大的教育意义。文学不是孤立、静止的客体，文学是不同要素共同构成的一个有机活动系统。这个活动系统是由世界、作者、作品、读者构成的一个螺旋式的循环结构。其中，人类的生活世界是文学活动产生、形成和发展的客观基础，它不仅是作品反映的对象，也是作者与读者的基本生存环境，是他们能通过作品产生对话的物质基础，文学教育必然要和学生生活经验相联系；作者则是文学产生的主体，他不单是写作作品的人，更是把自己对世界的独特审美体验通过作品传达给读者的主体，对作者的了解无疑有助于学生对作品及其所描写的世界的理解；至于读者，他作为文学接受的主体，不仅是阅读作品的人，而且是与作者生活于同一世界的活生生的人，双方通过作品进行主体间的精神沟通，缺乏读者的真实体验和自主建构，文学教育就不会真正有效；而作品，作为显示世界的"镜子"，作为作者的创造物和读者阅读的对象，是使上述一切环节成为可能的中介。作品既是作者本质力量对象化的显现，又是读者接受的对象。文学教育应紧紧围绕文学作品，而决不应该抛弃文学作品，空做理论诠释。没有世界，文学活动不会存在。没有作者，就没有作品，就没有文学接受和文学教育。反之，没有作品，作家也就不称其为作者。没有文学接受，作家的创作就失去了意义。显然，由于处于一个有机整体中，这四个要素必然是相互依存的，无法孤立对待。只有在对文学活动的整体关照和把握中，才能准确地认识文学的本质特征、取得更好的文学教育效果。

（三）作为结果的文学

文学作为人的创造物，它从一开始就是按心灵家园的图景来设计和建造的。用"家园"这个日常的词语来形容文学，那是因为即使在生活现实中，家园的含义也十分丰富、温馨甚至是精神化的，它正好以一种形象而亲切的方式传达出文学缥缈而实在的功能作用。"家园"综合了家和故乡的含义。前者是人所不能缺少的，后者是人永远不能忘怀的。没有家，人将失去归依之所，终生飘零，孤独、寂寞乃至精神崩溃都有可能，所以，历经艰难，人总想"有个家"。故乡是人童年的摇篮，亲情的发源地，充满了父母亲友的抚育关爱之恩。这使故乡必然要升华为心灵意象，否则将不符合人的情感天性。成年之后获得了自我意识的人，即使已经远离故乡，走到天涯海角，故乡的意象总会与之形影不离，终生相伴。哪怕作为一个实际的所在，其故乡可能是贫穷落后的地方，心灵化之后所产生的距离感也会使人获得审美选择的可能，从而涤去痛苦体验，保留美好甜蜜的记忆。当然，一个人也有可能从来就不曾离开过他的故乡，但他没有离开的只会是空间意义上的故乡，在时间意义上，生命历程不可抗拒地要使他告别过去，那么在他的心灵中，故乡正是退隐到时间深处的童年时光或者往昔岁月。总之，对于人来说，家园是永恒的诱惑，充满着自我关照的梦；家园还是现实与幻想编就的情结，强烈地被渴望着从中获得相应的满足与释放。已经心灵化，已经上升为精神存在的家园之思，又绝不可能在现实的家园里获得彻底的满足。反之，在生活里，人们还会对家的价值视而不见，甚至对家心生厌恶；故乡也同样，浪迹天涯的游子一旦回到故乡，他的贫弱落后、人事纠缠、功利所求往往会使他对故乡倍感失望；即使故乡发生了富裕的巨变，他又会顿觉面目全非、恍若隔世、亲情不再、幽梦难酬，必然也要使他感到失望。那么在什么地方才能找到自己魂牵梦绕的心灵家园呢？回答当然只能是在文学与其他艺术里，因为除此以外，并没有什么东西能使人既置身于一个具体的境界，又可以对它们拉开距离，获得心灵的满足。所以，文学与艺术，是人别无选择的心灵家园。

没有这种内在的情感、心理动力和蓝图，作家不可能自言自语地编织出美丽动人的文学世界，人们也不可能在这个世界中因那些与自己毫不相干的人、事、物而动情，经历流泪与欢笑、憎恨与挚爱等大起大落的情感颠簸，并从中获得安慰与满足。黑格尔说过："群众有权利要求按照自己的信仰、情感和思想，在艺术作品里重新发现他自己。"实际上艺术之所以能够做到这一点，是因为作家与读者都是人，肯定有着生活给予的共同感受，家园之思必然是其中最为重要的成分之一。

"文学的精神向度是文学价值的根本体现，它超越世俗规约，充分突出了审美的精神色彩，使文学真正成为人类不可缺少的一个精神栖居之地。"人类从动物中分离出来，在漫长的劳动生产实践的积淀中，形成了特有的文化心理结构，其中以情感为本体的审美心理结构成为重要组成部分，而艺术就成为其物态化的对应品，成为"这种灵魂、心理的光彩夺目的镜子。"于是，当原始人把对自然的征服化作美丽的神话，文学就成了人类理想的化身；当悲剧家把人生的苦难搬上舞台，文学就成了人类情感的净化场；当战斗者把豪情吟进诗行，文学就成了人类生存价值的寄托；当小说家把生和死的故事讲给你听，文学就成了人类命运的缩影。文学种种具体的感性形式，都毫无例外地蕴含了人生的意味、生命的存在和命运的悲怆，文学实际上成为人类生命情感的载体。同时，正是"这伟大的人生意味在艺术作品世界中的保存，才使人类的心理－情感本体不断地丰富、充实和扩展。"因此，文学的历史，也就是人的文化心理结构的历史，"是人类自己建立起来的心理－情感本体而世代相承的文化历史。""艺术正是人类这种作为精神生命的本体在不断延伸着的物态化的确证。"于是，文学就成了人类的精神家园，成了人类心灵的归宿，成了人类情感得以表现、得以寄托的一种生命形式。

在文学教育的具体活动过程中，人的生命情感经过理性的净化、想象的剪裁而实现了秩序化，并升华为巨大的精神力量在对象中表现出来。在这一过程中，人们通过巨大的热情投入、细腻的感知捕捉、深沉的理性探索、活跃的感性创造、丰富的情感体验，其感知力、理解力、想象力、创造力、征服力，得到了最大程度的实现。在这个本质力量对象化的过程中，或者说在对象中直观自身的过程中，人的整个心灵暂时告别了纷扰的现实世界，而进入了一个用生命缔造的情感世界。这个世界有着美的追求和爱的向往，有着死的悲哀和生的欢畅，还有失败的惋惜、成功的喜悦、挣扎的痛苦和实现的辉煌。寻索玩味中，人的心灵沉浸在由超越而带来的巨大的精神愉悦和审美享受之中。在这个和谐自由的艺术境界里，人们那种寻找家园的生命情感，终于找到了一个富有诗意的归宿。

由此，我们甚至可以断言，一部世界文学史，实际上就是一部人类精神皈依的心灵史。在这条历史的路上，奔走着"路漫漫其修远兮，吾将上下而求索"的楚大夫屈原；奔走着为寻找世外桃源而"采菊东篱下"的陶渊明；奔走着百折不回地寻找着炼狱出口的但丁；奔走着冲出书斋去寻找理想的歌德；奔走着"哀其不幸，怒其不争"的鲁迅；奔走着现代荒原上的角斗士海明威……奔走的艰辛和热情，终于在他们脚下化作了文学的伊甸园。正如一位学者在他的西方文学研究著作的题记中所说："文学，是人类心灵的历史。西方的一些真诚的心灵探险家们，以西西弗斯推石上山的胆略和毅力，在宇宙般浩瀚深邃的内心世界摸索着，顽强地向着它的神秘底蕴掘进。他们是情感的受难者，几乎没有一种痛苦与欢欣不被他们品味过、表现过。流动不已的生命现象和变幻无定的精神生态构成了西方文学多姿多彩的河流。醒来的人们，沿着这条心灵之河走一走吧！你会惊奇地从中发现你自己。"

恩格斯曾怀着诗意的情愫，赞美德国民间故事书带给人的精神慰藉："民间故事书的使命是使一个农民做完艰苦的日间劳动，在晚上拖着疲乏的身子回来的时候，得到快乐、振奋和慰藉，使他忘却自己的劳累，把他硗瘠的田地变成馥郁的花园。民间故事书的使命是使一个手工业者的作坊和一个疲惫不堪的学徒的寒冷的楼顶小屋变成一个诗的世界和黄金的宫殿，而把他的矫健的情人形容成美丽的公主。"不辱使命的文学在人的心灵中创造出一个"诗的世界"、一座"黄金的宫殿"，也就是创造出一个让精神得以栖息和遨游的心灵"家园"，这便是作为结果的文学，也是它的全部的神奇魅力之所在。文学教育的过程就是再现这个心灵家园的过程，进而在学生心灵中构建出自己的心灵家园。

（四）教育文学的特征

依据形象塑造的媒介和手段来看，文学首先具有语言性；就文学的表达方式来说，它具有艺术性；就文学深层意蕴来看，文学又具游戏性和人文性。

1. 语言性

各门类艺术都有自己独特的媒介手段。绘画、雕塑是造型艺术，运用线条、色彩等媒介手段塑造形象；音乐、舞蹈为表演艺术，运用音响、动作等媒介手段塑造形象；戏剧、影视综合运用各门类艺术的形式因素塑造形象，是综合艺术；而文学塑造形象表达情感的媒介是语言，这成为文学最显著的特征，所以一般称文学为语言的艺术。

语言作为思维的工具和交际的工具，它是观念的符号，"是思想的直接现实"。虽然，语言本身具有字形和语言，但它们只是语言本身的符号，并不能直接构成文学形象。即使汉语言文字是一种象形文字，但它与实际事物的形状也相差甚远，因而并不能以字形来直接再现现实。字形的审美表现只能是书法艺术。语音的审美表现是朗诵，而纯粹的语音流转也并不能构成听觉的画面。所以，一篇小说或一首诗，书写得很糟或朗读得很差并不说明它们所标示的文学形象很糟或很差。因此，真正使语言构成语言艺术审美手段的并不在于字形和语音，而在于字形和语音中所包含的意义，即语言的表意功能。

词是语言的基本单位，它和概念紧密相联。每一个词都具有一定的意义，表明客观现实中某一事物、性质、特征、行为或关系等，因而词义实际上是人们对客观对象的认识理解和概括集中。由于词语与现实生活的广泛的联系使它可以描摹生活中的一切事物，可以表现生活中的一切场景，可以表现生活中的一切情感，所以，当它作为概念的表现形式而参与到人的思维活动时，由词语组成的语言便成为人们"思想的直接现实"。

语言包含着理性内容，这仅仅是一个前提，而它之所以成为塑造文学形象的艺术手段，最重要的还是由于它依靠想象，把词语所包含的理性内容排列组合，构成了一个可以再次唤起想象的形象整体。"枯藤""老树""昏鸦""小桥""流水""人家""古道""西风""瘦马"……，这些词语中，每个词语都表现着自然景物的一个单个图像，表示着这个图像的理性意义，但它们只是词语而不是文学。然而，如果将它们从成千上万个词语中选择出来，依照一定的逻辑进行排列组合而成为：

枯藤老树昏鸦。

小桥流水人家。

古道西风瘦马。

夕阳西下，

断肠人在天涯。

这便成了文学。在这首元代文人马致远的小令《天净沙》中，"枯藤"等已不再作为单个词语或单个的图像出现，而是按照情感的逻辑有机地构成了一个整体的图画，透露出天涯孤旅'背井离乡'无家可归的凄凉和悲哀，并可使每一个读到它的游子都生出一缕思乡的愁绪。

可见，语言作为构造文学形象的材料，它以字形诉诸人的视觉，以语音诉诸人的听觉，但它却不以字形构成再现生活的视觉形象，也不以语音构成表现情感的听觉形象，而是以包含着理性意义的词语编织成一个意象组合，在人的想象中建立起文学形象。在教学活动中，文学性的语言最易拨动少男少女们的心弦。美国演员艾尔·帕西诺曾说，他特别感谢中学时的一位戏剧老师，因为这位老师让他通过朗诵《圣经》中的赞美诗来锻炼表达能力，他是从这一经验里感受到了语言的激情和力量，因此他后来成了一名戏剧演员。当年陈景润念高中时有个数学老师，这个老师曾经是国立清华大学的航空系主任。有一次，老师给这些学生讲了数论之中一道著名的难题。他说，当初，俄罗斯的彼得大帝建设彼得堡，聘请了一大批欧洲的大科学家。其中，有瑞士大数学家欧拉（他的著作共有八百余种）；还有德国的一位中学教师，名叫哥德巴赫，也是数学家。1742 年，哥德巴赫发现，每一个大偶数都可以写成两个素数的和。他对许多偶数进行了检验，都说明这是确实的。但是这需要给予证明。因为尚未经过证明，就只能称之为猜想。他自己却不能够证明它，就写信请教那赫赫有名的大数学家欧拉，请他来帮忙作出证明。一直到死，欧拉也不能证明它。从此这成了一道难题，引起了成千上万数学家的注意。两百多年来，多少数学家企图给这个猜想作出证明，都没有成功。

老师接着说道："自然科学的皇后是数学。数学的皇冠是数论。哥德巴赫猜想，则是皇冠上的明珠。"

学生们轰的一声大笑了，但是陈景润没有笑。他被老师的话震动了，这"震动"实际上是老师富有文学性的语言拨动了陈景润的心弦。后来这根心弦奏出了壮丽的人生乐章：1966 年 5 月，一颗耀眼的新星闪烁于全球数学界的上空——陈景润宣布证明了哥德巴赫猜想中的"1 + 2"；1972 年 2 月，他完成了对"1 + 2"证明的修改。令人难以置信的是，外国数学家在证明"1 + 3"时用了大型高速计算机，而陈景润却完全靠纸、笔和头颅。如果这令人费解的话，那么他单为简化"1 + 2"这一证明就用去的 6 麻袋稿纸，则足以说明问题了。1973 年，他发表的著名的陈氏定理，被誉为筛法的光辉顶点。对于陈景润的成就，一位著名的外国数学家曾敬佩和感慨地说：他移动了群山！

2. 艺术性

依据审美的感知方式，我们把文学划分为想象艺术；依据形象存在的方式，我们把文学划分为时间艺术。由此便凸现出了文学自身的艺术性具有想象的、跨越时空的特性。

音乐这种听觉艺术长于抒发主观情感，表现情感流动的一段时间过程，如小提琴曲《梁祝》之爱的悲观离合，贝多芬《命运交响曲》之抗争的悲壮激荡。而文学由于语言媒介所造成的形象的间接性及其所带来的想象的自由性和丰富性，摆脱了具体物质材料的束缚，最大限度地突破了视觉艺术和听觉艺术所固有的时空界限，从而给反映生活、表达情感提供了一个广阔空间。

文学史上那些鸿篇巨制，描写的往往都是一个历史时期各方面的社会生活。《三国演义》所展示的是三国时期前后近百年的广阔历史画卷，大至战场风云、千军万马，小至闲情逸趣、诗酒酬答；托尔斯泰笔下的《战争与和平》描写了 1805 年至 1820 年间俄国一系列重大历史事件，反映了各阶级、阶层人物的生活和心理，提出了许多重要的社会问题。这样巨大的生活容量，绘画和音乐等艺术形式是很难在一部具体作品中完成的。而且，文学的笔触还可以从宏观的大千世界伸向微观的奥妙世界。王蒙的《春之声》细致地描绘出了主人公在黑洞洞的闷罐子车里好几个小时的意识流动，从微观世界折射出宏观世界的春天的脚步声。而鲁迅则让人们从"狂人"那惊恐而忧郁的目光里，读出了几千年中国封建社会"吃人"的历史。如此奥秘而深邃的心路历程，靠静止的瞬间或流动的音符是很难明确而清晰地表现出来的。文学描写以人为中心的社会生活，从经济到政治，从土家到工商，从医卜星相、三教九流，到风花雪月、热血柔肠，都可以成为文学之笔描写的对象，并由它们共同构成"人"这一"社会关系的总和"。文学正是用语言，而不是用色彩和音响，得天独厚地描绘和演奏出了绚丽的历史画卷和悦耳的生活乐章。

可见，文学和音乐虽然同属时间艺术，但文学却比音乐多了造型的空间性。流淌的音符渲染的是一种内心的情绪，虽然它可以唤起想象的画面，如流水潺潺，如狂风暴雨，但它毕竟不能以画面的"实体"诉诸你的耳朵。文学也不像绘画、雕塑那样直接地空间造型，但它在想象中的造型又比绘画、雕塑的二维、三绘空间多了时间第四维，因而使它的造型成了动态的时空。

动态的时空比起单一的时或空无疑增加了对生活的表现力。比如雕塑，由于它的空间艺术特性以及物质材料的限制，它的审美特性便集中于外部造型的单纯和观念概括的纯粹，因而它不强调具体形态的细节和十分个性化的内心活动与外部特征，而是强调高度概括化了的理想化的单纯品性。莱辛在《拉奥孔》里曾将画与诗作过比较，指出："对于雕刻家来说，女爱神维纳斯就只代表'爱'，……如果艺术家对这个理想有丝毫的改动，我们就认不出他们所描绘的是'爱'的形象。而对于诗人来说却不如此，维纳斯固然代表爱，却还不只是爱，在爱这个性格以外，她还有自己的个性，因而她能爱慕也能怨恨。"这样，比起一般时间或空间艺术来，文学所提供的艺术形象显然要丰富和复杂得多。而且，由于语言是思想的直接现实，因而文学的形象世界，也就寄寓着更多的思想意蕴。鲁迅小说《故乡》的结尾曾有这样一段发人深省的感慨："我想，希望是无所谓有，也无所谓无的。这正如地上的路，其实地上本没有路，走的人多了，也便成了路。"显然，由于这一哲理深度，文学表现得得天独厚，是造型艺术或音响艺术无法比拟的。

再以毛泽东诗歌中的时空意象为例看看文学动态时空的特性。作为一个伟大的历史人物，毛泽东阔步千古，俯视山川，其诗词的时空意象纵古观今，放眼乾坤，最能体现他的审美追求。就时间意象而言，从"名世于今五百年"，经"往事越千年"，再到"一万年太久，只争朝夕"，"人猿相揖别。只几个石头磨过，小儿时节"。百、千、万、几十万年，上百万年皆在胸中。就是叙述自己的经历，也是"三十八年过去，弹指一挥间"。这样的时间跨度，信步历史，放眼沧桑，自然胸怀壮阔，充满人间正道不可逆转之念。就空间意象而言，从"苍茫大地""寥廓江天""过大关""莽昆仑"到"万里长空""小小寰球"，真是心游八极，思接万里。即使写眼前实景，也是气傲烟霞，势凌烟雨。《沁园春·长沙》展开深秋画卷，"万山红遍，层林尽染"，"鹰击长空，鱼翔浅底"，视野开阔，气势宏大；《菩萨蛮·黄鹤楼》视角从脚底放开，看到的是"茫茫九派""沉沉一线"，山川雄浑，意境恢宏。

毛泽东诗词的时空意象还有一个特点就是移情入景，化静为动，情景交融，在时空意象中贯注着主体的豪迈情怀，山川草木在诗人眼中都是可以与之对语的生命存在。"横空出世，莽昆仑，阅尽人间春色，"把大山人格化了。"山舞银蛇，原驰蜡象"，把静物写得跃动腾飞了。时间是流动的，毛泽东以浓缩时间跨度的手法来突出时间的律动跳跃。"往事越千年，魏武挥鞭，"可见时间跨度之大，律动之速；"天若有情天亦老，人间正道是沧桑"，更道出自然界、人类历史万古常新之必然。

因此，文学不是绘画和雕塑，却可以用语言展示人间、地狱和天堂；文学不是音乐，却可以用语言去捕捉那心底的欢愉、愤慨和忧伤；文学不是哲学，却可以用语言去揭示生活的哲理、规律和必然。其根本便是由于文学是用了语言这一特殊材料，在想象中创造了一个动态的审美时空。

3. 游戏性

文学还具有游戏的性质。王国维说："文学者，游戏的事业也。""文学美术亦不过成人之精神的游戏。"作家在编织他想象的文学世界的时候获得了自我超越与宣泄的满足；同样，读者在接受它的时候，由于文本的"召唤"，会与作家产生同样的想象化的人生体验，获得替代性角色转换。失败者可以在作品中体验成功的欢乐，失恋者可以在作品里体验成功爱情的奥妙，弱小者可以体验战胜对手的畅快，穷人可以感受富人一样的生活，圆一场豪华与奢侈的梦想……文学世界以丰富的想象，从人性的天然入口切入生活最薄弱的环节，使人得到生活中无法得到但又十分渴望的东西：爱情、成功、关切、理想……甚至倾诉与宣泄。无论伟大与卑微，都是人天然的游戏心态的要求，没有游戏对他们的满足，人类的生活会变得单调、沉重和不可承受。所以我们可以说，正是游戏心态的普遍存在使文学创造与文学接受成为可能。由于文学的存在，人们的游戏心态才能得到最为恰当的疏导与满足，才能在娱乐与享受之中，抵达精神的高处，体现出审美的灵动与圣洁。在现实与审美之间，游戏充当着不可或缺的过渡性角色。

游戏曾经被视为人和动物所共有的一种娱乐活动，一种发泄剩余精力的方式，但是，对于人，游戏有更为重要的意义。游戏是人受到外在物质世界和内在精神束缚得不到自由时，利用闲暇和剩余精力创造出的一种自由天地且带有想象性的具体活动。游戏从而成为人超越现实束缚，获取身心自由的途径。所以，从这个意义上说，真正意义的游戏只能属于人，游戏正是人性确立的标志，正如席勒所说："什么现象标志着野蛮人达到了人性呢？不论我们对历史追溯到多么遥远，在摆脱了动物状态奴役的一切民族中，这种现象都是一样的：即对外观的喜悦，对装饰和游戏的爱好。"也就是说，只有当人成为完全意义的人之时，他才游戏，只有当他游戏之时，才是完全意义的人。荷兰著名文化史学家、语言学家约翰·胡伊青加甚至认为"文明是在游戏中并作为游戏而产生和发展起来的。"游戏为什么能担此重任呢？主要原因是，在游戏中，人不但是一个实践者，同时成为一个对自身的关照者，而这种自我主体性的确立是人性的基本前提。这意味着"游戏"不仅可以给文学的起源提供一种解释，还作为普遍的人性的证明保持下来，延续于人类生活中，使人在受到现实束缚之时，获得一条超越的途径。这种潜在于内心的"人的心理"，在渴望成长的孩子那里会自觉不自觉地强烈地流露出来，因而孩子的生活总是充满了直接的游戏活动。即使一群牧牛的贫穷孩子，也可以在一场自我设计的战斗游戏中成为"将军"或"士兵"，攻杀之后，"胜利"与"荣誉"使他们超越了放牛娃的现实困境而获得情绪的宣泄与精神的满足。如果没有游戏，孩子将失去多么重要的娱乐天地，失去精神成长的最为有效的空间。

我们把游戏性看做文学的重要特征，这不仅不会降低文学的文化地位和教育功能，相反，它正好更为充分地突出了文学的文化价值以及这种价值的真实性与在教育活动中实现的可行性。否定文学的游戏性，把文学定位于纯粹的审美或者纯粹的道德教化之上有一个明显的毛病，那就是忽视了人的鲜活具体的感性流露方式，忽视了人作为个体存在物所必不可少的本能需求。这些需求可能过于现实化甚至低级化、庸俗化，但没有它们人的感性生命是不可想象的，人性的可贵正在于可以通过对于这种平常性的克服而向更高层次迈进。游戏正好体现了这一点，因而忽视了它便会抽空人向审美与道德的澄明之境攀升的阶梯，所谓文学就会成为真正的"虚幻"的空中楼阁，高高在上不可进入，其审美价值与教育功能就难以实现。

文学的游戏性在注重娱乐的层面上，它需收藏起庄重肃穆的面孔，而流露出随机、诙谐甚至滑稽的表情。这并不意味着游戏是庸俗的代名词，游戏运用通俗的形式与内容，其目的在于将人们导向超越现实束缚的状态，忘却现实困境而获得轻松的感觉。其次，娱乐必须有益智特色。注重娱乐的文学文本往往建基于某种独特的生活"技能"层面之上，展示一种接近甚至超过专业水平的技能，如武术、侦探、谋略、车术、棋艺、画技等各种生存的或文化的"绝活"，这是娱乐益智的关键。而心智的调动，是高层次娱乐的标志。再次，娱乐必须最终指向高雅的格调，有整体的升华趋势。不然，始终徘徊于生理与浮泛心理的满足层次，便会堕入哗众取宠、令人生厌的境地。文学中高雅的娱乐指向，说到底也就是复活游戏的精神解放内涵，使游戏能够成为通向审美的重要桥梁。也就是说，优秀的文学文本，体现了人类游戏精神的文本，并不仅止于满足益智性娱乐，更不会停留于生理心理的宣泄，它必须植根于积极的人性，追求高尚的情调与思想，最终让人的娱乐本性在审美中获得升华。这样，它便具备了高雅文学的素质，这种素质，由于是在游戏法则中生成的，因而能够促成人的轻松心态，使人愿意接受和乐于接受。这也正是广大青少年喜欢文学教育的原因。

4. 人文性

文学的人文性首先表现在它的人学特性。这是文学本体决定的。文学是人类意识活动的结果，是人运用特定思维方式和符号系统创造的产物，而且这种创造文学的思维是一种审美思维。审美是人从这个世界中获得又赋予这个世界的特殊价值。这就决定了文学在反映对象世界的时候，必须紧扣人来进行。紧扣人，文学才建立了与社会生活的整体联系，从而使其他一切现象，如大自然中的山川河流、花草树木、鸟兽虫鱼等，以及更丰富的人造自然，甚至人自身的生理和本能，都得以体现出审美属性，成为文学的对象。进而言之，文学不仅描写人的身外世界，还描写人的内心世界。俄国杰出的思想家赫尔岑衷心的敬佩、赞扬莎士比亚天才地描述了这两个世界，尤其是人的内心世界。他说："莎士比亚就是两个世界的人。他结束了艺术的浪漫主义时代，开辟了新的时代。他天才地揭示了人的主观因素的全部深度、全部丰富内容、全部热情及其无穷性，大胆地探索生活直至它最隐秘的禁区，并揭露业已发现的东西，这已经不是浪漫主义，而是超越了浪漫主义。……对莎士比亚来说，人的内心世界就是宇宙，他用天才而有力的画笔描绘出了这个宇宙。"这种现象说明，无论就文学主体还是文学客体而言，文学都是人的活动，离开了人的文学是不可想象的。因此，文学的主要属性，只能是人学特性。人们在生活中接触的文学，也就是与自己有着千丝万缕联系的、体现着自己也曾经或者可能体验到的喜怒哀乐的文学。也就是说，关于文学，人们感触最深的也正是它的人学特性。

立足人、观察人、思考人、表现人决定了文学的这种人学特性。从古至今，无论"缘情"还是"言志"，也无论作为"镜子"还是作为"梦幻"，文学从来都不曾与人分离过。但是，如何立足人、观察人、思考人、表现人，方式方法却多种多样。这意味着，人（整体的）在人（具体的）心目中有着不同的本质定位，据此才产生了文学不同的人学特性，譬如，生物主义历来将人的本质归结于生物本能，于是文学便成为体现和展示人的生物本性甚至性欲原动力的艺术（如自然主义文学和弗洛伊德文学观等）；某些唯心主义在肯定人的主体地位的时候，往往又夸大人在对象世界中的作用，从而把人的本质抽象化神秘化，最终把文学的人学特性归诸神的启示过程和孤立存在的"审美王国"的超验性之中（如康德的文学观）；某些机械唯物论者，则夸大人对客体世界的依赖作用，文学的人学特性，便被认定为只是人对现实世界的一种模仿行为（如亚里士多德、德漠克利特等人的文艺观）。马克思主义则把人的本质同社会相联系，认为"人的本质并不是单个人所固有的抽象物。在其现实性上，它是一切社会关系的总和"。正是人的社会实践活动，才真正确定了人的本质，使人真正成其为人。所以，文学对人的观察、思考、表现不能离开社会实践活动来进行。而人类的实践活动，并不是盲目无序的，因为人是有自我意识的生物，他能通过不断探索思考，在纷繁芜杂的现象中，逐步开辟出一条前行之路。从哲学意义上看，这条道路就是不断地走向自身，不断地获得更为完善、成熟的人性之路，从而实现对自己本质的最大占有。文学正是立足于人的这种哲学本质，把具体的人放到这个探索的性行为过程中，以之作为背景来考察、思考和表现，从而获得深厚的文化内涵，体现出有价值的人学特性。

"文学是人学"，人的活动方式自然会影响文学人学特性的构成状况。人的活动首先是人性的活动；其次人的活动又会带着社会性、阶级性和人民性色彩。而且，人，总是民族的，但又渴望着成为世界文化格局中的重要角色，从而不被世界所抛弃。

终极关怀是文学人文性的另一表现。"终极"是指人的精神所能抵达的超越物质世界的"彼岸世界"，即必然王国之外的自由王国。所谓"终极关怀"，就是人们通过各种方式对人类整体目标即彼岸的自由王国所展开的叩问、向往与追寻。这种关怀的理想目标在于使人能够对自身的现实状况和现实行为进行价值性质及意义指向的判断，从而获得明晰的文化眼光，以便牢牢把握住实践的宏观目的，使文明不至于误入违背人类本性的歧途。然而，在现实中，在人的个体行为里，终极关怀会被个人欲望以及许许多多实际功利目的掩盖、消解，人世的混乱图景由此而生。在终极关怀意义上，人是什么？人从哪里来？将向哪里去？生存的意义是什么？人应该怎样走过这仅有一次的生命旅程？这些具有本体色彩的问题常常被反复提出，反复拷问。没有终极关怀，文明乃至人类行为的盲目性将显露出来，人将降格为纯然的生物的存在状态。人类终极关怀最显著的方式是哲学，但文学往往以审美方式不可缺少的思想特质，借助哲学资源，将终极关怀化为形象直观的审美方式充分体现出来，在终极关怀中发挥重要的作用。文学以审美的方式对人类行为的感性状态进行直观审视，用终极目的来对现实现象进行价值判断，发现和发扬它的合规律合目的性，使美好与丑恶、光明与黑暗、高尚与卑劣等首先得到澄清，然后再得到肯定与否定的情感判断处置，从而建立起对生活、对读者的提升机制，使进入其艺术境界的生活现象得到审美纯化，使读者得到心灵感染。这样一来，文学便具有了以审美方式指向终极关怀的能力，以人的自我意识唤起了更多人的自我意识。"审美的这种存在方式应该被确定为人类自我意识外化的最适当的形式"，"这种自我意识只有在人对世界有比较透彻了解的基础上才可能。它必须基于这样一个事实，外在和内在世界已经受人和人类的前进发展所支配。人类的自我意识包含着深刻的美学人道主义。"文学以想象的方式超越现实，描绘心灵图景，将虚幻的彼岸世界现实化、形象化，从而实现创作主体与接受主体的自由创造本质，在内在意义上接近人类的终极目标。越是优秀的作品，越能超越现实的功利羁绊并充分地利用它们，从而极其自然地达到精神升华的高度。在优秀文学中，这种升华的可贵在于它并不是纯然的空中楼阁、海市蜃楼；它建基于文学的人间情怀，体现出极为辩证的色彩，即有功利的实在性，又有超功利的飘逸旷达；既真实可感，又有梦幻般的神奇魔力。浅近与深邃、丰富与纯粹……在优秀文学的自由造化中化为生动感人的灵境胜景，这正是人类彼岸世界的美丽呈现。

信仰是文学的人文性最为深层最难触及把握的方面。在文学活动中，无论作家或读者，只要过分注重作品的细节与生动性，放弃宏观整体视点，便无法感受到文学中信仰的存在。无法感受并不意味着信仰真的不存在，因为在人们的生活中，信仰作为意志最重要的支撑力量，以理想的方式支配人的行为，为人生进步和文化的发展发挥着重大作用。日本美学家今道友信在其美学著作《关于美》"艺术是具有力量的"一章中复述了《旧约圣经·诗篇》描述的一个故事，讲述绝望的大卫因自我恢复的歌而奋起的事。年轻的大卫险些被嫉妒他的扫罗王杀害。大卫在避难时期，过着流浪生活。一天晚上，他赤着手，只拿着琴，独自躲在亚杜兰的洞里，那正是为生活所遗弃的赤裸裸的人的形象。当他陷入绝望的深渊时，他抚弄着琴，静静地唱到："我的灵魂落在狮子群中……敌人给我布下罗网，要取我的性命。"他一边悲哀地歌唱，一边为诗与音乐的力量所激励，驱散了疑虑和恐惧。"神啊，我的心坚定，绝不动摇"，他坚强地站了起来，唱道："我的灵啊，醒来吧，琴啊，琴啊，醒来吧，我也要把太阳唤醒起来。"所谓太阳就是指黎明。被所有人抛弃的人，站在不安的黑夜中，宣告他在呼唤黎明。当失去一切帮助，离开所有的人时，大卫通过艺术站了起来，他回想起信仰，并开拓着新的人生。这之后，虽然苦难仍然接踵而来，从未断绝，但后来大卫成为犹太王和以色列王，带来了继所罗门王之后的一个光荣时代。在讲述了这个故事之后，今道友信写道："我们应该懂得，艺术既是表示了对神及社会的态度的东西，同时也是自己本身的人生支柱。"尽管在不同的历史条件下，在不同人群的心灵世界中，人生支柱会体现出不同的形式，有时还会出现短暂的信仰缺席，但在黑暗中向往美好，在苦难中守望欢乐，以实际行为展示人向人类那个终极目标前进的整个文明历程，却是人类从未放弃过的追求与努力。它体现了只有人才具备的"类特性"，这里闪耀着的正是信仰的执着与热情。坚定不移，舍生取义，历尽苦难而百折不挠，即使付出血的代价也要一步一步朝向那个理想目标迈进，这就是信仰的外显特征。文学的深刻性正是植根于这种人类行为之中。"言志"，表达思想与情感，在任何文学作品里，这种努力只有接近信仰或者成为信仰的化身才会折射出深刻的理性之光。当然，并不是任何文本都可以达到这个精神层次的，特别是那些高度世俗化、肤浅化的作品。

东西方文学之路都是人类追寻精神家园之路。人的精神归依不是一个简单仓促的偶遇和结合，而是人与他向往、他追求的东西逐渐磨合，克服种种诱惑和艰辛，逐渐相互认可的过程，这个过程是人们卸下假面具，抛却表面的物欲和庸俗的享乐，发现自我、超越自我的过程。文学自古以来就在教育中扮演重要的角色。教育是传承文明和接续历史的活动。作为教育的内容，文学对于拓展我们的精神空间，丰富我们的内心感受，对抗我们精神的平庸和堕落，有着不可替代的价值。无论什么时代，文学都是对于人类个体或人类群体所面临的问题的象征性的回答，因此而成为生活的教科书。文学还是人类灵魂的守护神，是人的心灵得以寄托与憩息的港湾。"心灵是人类最宝贵的天赋财富，因此，教育的首要目的是培养和发展人的心灵，在这一方面，传统的文学、哲学、美学、宗教是非常重要的，因为这些不变的理性原则正是在这些方面得到了证实。"

文学是语言的艺术，是想象的殿堂。母语学习的精神指向最终总是一个民族自身的文化熏陶与传承。"语言是思想的家园，是民族精神的居所。一个民族要安身立命，母语是根本。她是一个民族的精神慰籍。"文学教育的任务之一是为未来的公民构建心灵的框架，既关乎人生姿态，又关乎文化品格。而这些要素都非常集中地体现于本民族创造的传世文学中。

我们提倡人文教育，其目的并不在于让学生熟识文学作品名称、作家姓氏，而在于引导学生迈进价值观念、学术思想的角斗场，竞才智之技、辨善恶之道，将学生引领到广袤的时空之中，感受人类精神世界的博大、丰富、深邃。唯其如此，人文精神有望养成，才能实现人文教育的真正价值。让学生从伟大人物的传记中、从文学作品中，去感悟生命的伟大，去感悟人性的美好，去感悟人生的创造之甘甜、奋斗之乐趣、牺牲之壮丽，去激发和推动他们追求比现时生活本身更高远的东西，这正体现了文学的教育价值。教师通过文学作品中大量事例这一最丰富的人文教育资源来进行有关好与坏、对与错、正义与邪恶、文明与野蛮、真理与谬误的辨识、领悟，从而起到启迪智慧、陶冶情操、生成信念的作用。

"随着历史的变迁，作为教育的核心要素的课程，总会有所增加或者减少，但历史和文学，作为两大永恒的支柱将一如既往地支撑着教育大厦的巍然耸立。"

二、文学教育阐述

（一）文学教育概说

简而言之，文学教育是以文学为媒介培养人的活动。文学教育对学生语言文化知识的掌握、语言读写能力以及审美能力的提高、思想品德的完善和精神境界的提升都具有独特的功效。

我们可以把文学教育划分为审美教育和非审美教育两个层面。就人的文化心理结构来说，它包含着认知、伦理、审美（知、情、意）三个层面，分别属于审美和非审美两个方面，人的任何精神活动都是在这一心理结构上完成的。就文学教育的媒体——文学作品本身来说，它也具有审美形态和意识形态双重性质。从审美形态方面说，一切文学作品都是对象化了的审美经验。作家在审美创造过程中把构思而成的意象世界，凭借一定的语言载体物态化为文学作品，成为现实的艺术审美存在。基于此，在文学教育中，文学作品首先是作为审美对象呈现在受教育者面前的，通过对它的审美欣赏观照，受教育者的审美能力和审美境界最终得到提高和完善；从意识形态方面说，文学是生活的形象反映，文学中包含着大量的真和善的内容，它必然会对受教育者的思想观点、伦理道德、认知能力、知识积累等方面产生这样或那样的影响，从而使受教育者在非审美层面上获得教益。当然，这只是在思辨中将审美、非审美两个层面分开来谈，其实在实际的文学教育过程中二者是融合统一的。因为，从心理结构上说，人的精神活动是在知、情、意的综合作用下进行的；从文学本身说，它所蕴含的真、善、美三方面也是不可分割的。当然在具体的文学欣赏过程中，文学作品首先是作为审美对象进入人的审美经验的，作品所激发的一切非审美的理智感、道德感等都是在美感的大前提下实现的。这就是说，接受者对作品非审美因素的把握是通过审美因素实现的，或者说二者是融合统一，不可分割的。在这一前提下，文学教育的两个层面呈现为相辅相成、相得益彰的和谐状态。

可见，无论是审美层面的教育还是非审美层面的教育，其教育作用的诱发者都是作为审美对象的文学作品。而文学作品之所以成为审美对象，正是在于它提供了一个由审美经验所构成、由想象力所创造的审美意象。因此，我们可以说，文学教育是通过审美意象进行的教育。欣赏者在面对一篇或一部文学作品时，首先通过审美观照进入它的意象世界，在感知、想象、情感、理解等一系列心理功能的综合作用下，对其作出审美判断，并进一步寻索玩味，探索其中的艺术真谛、人生哲理和思想教益，使自己的心灵升华到一个新的境界。所以，不进入审美意象，文学教育便无从谈起，这是文学教育与其他各种各样的文学理论教育、智力开发教育等教育形式的根本区别，由此也决定了文学教育区别于其他教育形式的鲜明特点。

文学教育是一种自由有序的系统活动。所谓自由，从一般意义上说，作为文学教育的主要手段的文学作品欣赏品评是一种具有愉悦性的审美享受，它在学校教育和非学校教育中都普遍存在，当然在非学校教育中它很少受到群体约束性的限制，而表现为更多的带有个体随意性的轻松协调的自由活动；从深层意义上说，文学作品欣赏作为一种审美活动，它使人在美感中净化情感，陶冶性情。欣赏中欣赏者常常处于一种超越功利、摆脱物欲的精神自由状态，因此，它又是一种自由情景中的教育活动。所谓有序，是说文学教育的规范性和系统性。尤其是学校文学教育，它是一种有组织、有计划、有具体教育目的的群体教育活动，是在特定的层面组合和特定的目标指向的规范下对人进行的陶冶和塑造。同时，一定的社会文化对文学教育也形成一定的制约和影响。因此，文学教育的自由便不能是一种我行我素、自生自灭式的绝对自由，而是呈现为一种秩序状态下的自由。在教育实践中，严格的学校文学教育既不同于一般道德教育、智力教育中常见的严肃刻板的说教、推理，也不同于一般个体阅读中即兴偶发的嬉笑怒骂，它是在一定的组织结构中，在一定的导向调控下的自由陶冶和塑造，是审美的自由性与教育的规范性紧密结合的系统活动。

文学教育媒介和手段的特殊性，使它在落实素质教育的过程中具有不可取代的特殊作用。

一般来说，人的素质包含着德、智、体、美、劳多种生理和心理方面的机能特性，实现这样的素质教育，使这诸多方面的素质得到全面培养和协调发展，文学教育的作用可以说是得天独厚的。这是因为，一方面，文学教育是具有审美、非审美两个层面的教育，在这个教育过程中受教育者的知识文化、思想道德、审美素养、实践能力等审美、非审美的多方面综合素质可以得到全面培养和训练；另一方面，由于文学教育的非审美功能溶解于审美功能之中，而带有情感性和形象性，所以其感染力、吸引力、渗透力更强。

就教育目标来说，文学教育与素质教育有着共同的培养方向，那就是使受教育者成为素质全面发展的人；就教育形式来说，文学教育为素质教育的总体目标提供了生动的教育手段和教育内容。由此可见，文学教育的最终目的是落实在素质教育上的。文学教育对个体素质教育的实现，构成了社会群体素质提高的重要基础。当由个体素质组成的社会群体素质走向全面协调而自由发展的时候，整个社会的面貌就会焕然一新了。

（二）文学教育的特点

文学教育更具体一点可以说是一种艺术教育、审美教育，而同时它又不仅仅是一种艺术教育、审美教育。文学教育是一种艺术教育，一种通过审美意象进行的教育，那么，在实际的教育过程中，就离不开艺术的审美特性。但是，文学教育又不完全等同于审美教育，它还具有思想品德教育、智力开发等非审美教育功能。这就使文学教育具有了审美和非审美的复杂多面性，而文学教育的鲜明特点，恰恰就体现于这多面性的完美融合过程之中。

1. 全面性

所谓文学教育的全面性是指文学教育过程涉及受教育者整体人格，具有全面影响学生人格建构的特征。当然，文学教育的全面性并不是指文学教育可以独自担负起促进个性全面发展的任务，而是指文学教育在促进个性向健全人格发展的过程中，内在地包含着对个性诸心理功能与意识的全面开发，并使它们处于相互协调的和谐状态。

文学教育的全面性与文学用语言反映生活、塑造形象具有密切关系。文学以语词作为物质手段，而语词与现实世界有着最广阔的联系。文学可以传达世界上的一切情景、事件、色彩、声音、气味、感觉、人的心理活动等。正如黑格尔所说："在造形艺术和音乐里，感性媒介起着重要的作用，而这种材料（媒介）又各有特殊定性，能完全靠石头，青铜，颜色或声音去获得具体的实际存在（获得表现）的东西就要局限在比较小的范围里了，……至于诗则一般力求摆脱外在材料（媒介）的重压，因而感性表现方式的明确性并不致迫使诗局限于某一种特定的内容以及某些特定的构思方式和表现方式的窄狭框子里。因此，诗……可以用一切艺术类型去表现一切可纳入想象的内容。"由于语词能以描写、叙述、比喻、暗示、象征等手法自由而广阔地与感性经验取得联系，能表现无比广大的外在的客观世界和人的复杂的内心活动，因而就能更全面、更广泛地反映现实，使人们可以更全面、更充分地感受、认识世界、社会和人自身。

文学表现的全面性导致文学教育功能的全面性，它不仅对个体认识的发展有促进作用，而且对审美、情感、道德等均有促进作用。审美是一种高度复杂而综合的活动，它介于感性实践与理性认识之间，兼有二者的性质又克服了感性与理性的对立，因此涵盖了极为广泛的生理、心理领域。康德把"审美的判断"说成是"在心意诸能力的活动中的协调一致的情感"，这意味着审美情感是一个包含所有心理功能的广阔领域。席勒由此提出了审美教育的全面性，认为在美育过程中，个性的人格分裂可以消除，以恢复到"人性整体的心境"，即"审美状态"。文学教育既涉及人的感性方面，又涉及人的理性方面。文学审美心理结构是感觉、知觉、想象、思维诸心理功能以情感为中介的综合结构，它以感性为基本特征，又具有理性的品格。审美知觉、审美表现和审美体悟不脱离感性形式，但感性形式本身又渗透着理性内涵。理智力，作为一种理性功能，以非压抑性的形态给审美表现赋予秩序，给审美体悟赋予深刻的理解力，从而成为审美创造力与欣赏力的内在组成部分。因此，文学教育不仅发展着个体的理性功能，而且发展着个体的感性功能。

文学教育的全面性还体现为它不仅在意识层面，而且还在无意识的层面广泛深入地促进个性的发展。文学欣赏、品评和创作产生于意识与无意识的广阔领域，并创造性地贯通了这两个领域。在文学教育过程中，无意识得到释放，与意识相互作用，一方面使意识富于生命活力，另一方面使无意识得到升华。弗洛伊德用机械的观点看待无意识的审美释放，看不到上述相互作用过程中无意识本身向文化的、社会的层面转化。这种转化使审美活动与生理层面的欲望满足区分开来，而无意识对意识的积极渗透作用，又使审美表现与情感生命始终保持直接的亲密关系，从而区别于理性认识活动。

2. 活动性

文学教育的另一个重要特征是它的活动性。所谓文学教育的活动性是指文学教育的价值实现于文学教育中的感悟与理解、自由与引导、陶冶与体验、功利与超越相融合的活动过程之中。过程与结果既有区别，又有联系。一般来说，生命活动的意义在过程之中，而无生命活动的价值在结果之中。文学教育作为促进个体的生命情感成长、构建个体精神家园的教育，它的目的、功能与价值均实现于文学教育的活动过程之中。

文学教育首先是感悟和理解的活动过程。文学教育的操作手段主要是文学作品的欣赏品评，有时辅之以创作训练，这一手段决定着文学教育是一个感性和理性交相融会的教育过程。

在文学欣赏过程中，欣赏者首先凭借感知、想象等心理功能观照文学作品，在头脑中形成审美意向，从中获得情感体验和审美判断，并在此基础上进一步理解把握深层意蕴，最终领悟社会人生的真谛，达到心灵的净化和境界的升腾。卡西尔指出："我们所具有的但却只是朦胧模糊地预感到的无限可能性，被抒情诗人、小说家、戏剧作家们揭示了出来。这样的艺术品决不是单纯的仿造品或摹本，而是我们内在生命的真正显现。"比如欣赏王之涣的《登鹳雀楼》：

"白日依山尽，

黄河入海流。

欲穷千里目，

更上一层楼。"

先是感知它的优美画面，构筑登楼极目的文学意象，随之悟出其中意蕴，理解到志存高远，才能目光远大的人生哲理。最终的理解完全是建立在对意象的感悟之上的。

文学教育就是在这种意味领悟的审美理解中进行教育，在这个过程中追求感悟与理解的统一。在教育中，对审美意象的感悟是前提，是基础；在感悟基础上对意蕴的把握理解是结果，是升华。只有前者而无后者，则只能流于肤浅的情绪激动却不能实现文学教育的最终目的，使受教育者精神升华，品格完善；而只有后者而无前者，则离开了审美前提而变成了纯概念的理性说教，失去了文学教育的精髓。因此，只有二者的完美统一，才能使文学教育呈现出巨大的丰富性、广阔性和深刻性。

由此可见，文学教育中的理性因素与一般理性教育是迥然有别的。一般理性教育主要是以概念、判断、推理的理性活动来传播知识、伦理道德观念，而文学教育的理性是建立在审美感悟之上的审美理解，是在文学意象的创造过程中将感知、情感、想象、理解诸因素渗透'融合'统一，最终在审美感受和领悟中实现教育目的。这就是说，文学教育活动首先是一种审美活动，它的一切教育结果都是建立在审美感悟和理解的基础之上的。这是文学教育区别于其他各种纯理性教育活动的根本特点之一。

文学教育还是自由与引导的活动过程。文学教育是通过文学的审美意向进行的教育，因而它具有审美的自由性，同时文学教育又是一种定向有序的规范性教育活动，所以它又必须在自由之中贯穿着目的性调控引导。在具体教育活动过程中，自由与引导呈现为有机统一状态。

文学教育的过程，首先表现为文学意象的审美活动。在这一过程中，审美意象以其形象性和感染性打动着欣赏者，使其沉浸在身心愉悦的情感体验之中。这对于受教育者来说，既不是像纯粹的智力教育那样接受刻板的推理，也不是像纯粹的道德教育那样接受直接的说教，从这一意义上说，文学教育是一种自由方式下的教育。同时，在审美过程中，欣赏者摆脱物质欲念追求，超越个人功利目的，心灵升腾于一种至善至美的艺术境界，并在这一状态下启迪智慧，完善道德，所以文学教育是真正实现自由和超越的教育活动。

但是，文学艺术教育既然是一种教育活动，就必然受到规范性的调控和制约。文学意象的审美是文学教育的手段和途径，具体实施过程中的适当调控是实现既定目的的重要保证。首先是教育内容的选择。古今中外大量的文学作品，因受到不同历史时期的社会经济、政治、文化的影响而不同比例地杂糅着精华和糟粕，艺术品味也有高低优劣之分，如何依据教育目的，有针对性地选择具有特定意义和价值的文学作品作为教育内容，是文学教育活动的前提。其次是教育过程中的引导。作为教育内容的文学作品丰富多彩，作为受教育者的欣赏者也是千差万别，参差不齐，主客体的复杂性决定了定向引导的必要性。优秀的文学作品，往往蕴含着深刻的思想内涵和独特的艺术魅力，不同个性的欣赏者会从中生发出不同的认识和感受，如何根据既定目标有的放矢地指导阅读，诱发美感、快感、道德感和理智感，是教育成败的关键所在。

文学教育是陶冶与体验的活动过程。文学教育的陶冶性与体验性是从这种教育对人产生的整体特点上来看的。文学教育让人进入文学审美活动之中，让人在对审美对象的感知与体验中获得愉快的感受。这种愉快的感受对于人的性情是一种陶冶，即熏陶、培养、感化。因为在这个过程中，通过对审美对象的关照、把握，人的一般心理能力得到培养、训练，转化成审美能力，并使审美能力走向丰富和成熟，成为自由运用和创造形式的能力。更主要的是，通过对审美对象所蕴涵的意义的感受、体验、领悟，人不断地使自己的情感、心灵得到震荡、洗涤、超越，就会逐步培养和建立起一种超越的人生态度，改变人的心性与性情。陶冶是一种潜移默化的过程，它的作用是在不知不觉的状态中发生的，有如杜甫在《春夜喜雨》中所描写的细雨润物的情景，也就是梁启超在《论小说与群治之关系》一文中说的，小说支配人的力量在于"熏"、"浸"，即熏染、浸润，于不知不觉中接受影响、教育。而这种陶冶又是和接受者的体验一起进行的。

文学教育的体验过程是从受教育者的受教育方式上来看的。在文学审美活动中，由于审美对象的激发，参与审美活动的人首先对对象产生一种情感态度，即形成肯定或否定的态度。这种态度是决定文学教育能否顺利达到目的的关键。如果受教育者对于作为文学教育的必要媒介的审美对象在情感上是否定的，那么就会在内心终止这种活动；反之，受教育者则能自觉自愿地作为审美主体进入对审美对象的体验中。正是在体验中，生活的底蕴才能向人们呈现出来，使人们在体验中获得教益。体验的世界本身还是情感的世界，审美不是传授知识、传授技艺，也不是向人们提供某种行为规范，而是给予体验者以情感的定向，或爱、或憎，或好、或恶，在情感的接受中接受理性的内容。文学教育更多地是以情感人，是理融于情而不是情融于理，这一特点决定了受教育者要在体验中接受陶冶、达到受教育的目的。

文学教育还是功利和超越的活动过程。我们可以说，没有审美，就没有文学教育，因为它是以审美意象活动为前提的。但是，这并不是说，文学教育完全等同于审美教育，因为，文学教育是审美的超越性与非审美的功利性相统一的教育活动。这是和文学的性质分不开的，文学作为审美意识形态，从目的看，它既是无功利的，也是功利的。

不言而喻，审美一般是不带有实用功利目的的。审美所产生的情感愉悦，是审美观照满足主体的审美需要而产生的，而不是满足主体的实用感性欲念。建筑物给你美感，并不一定要去住，文学作品中美的女性，也不要求成为你的妻子，这是一种完全脱离实用功利目的的自由快乐，是一种纯粹的超越性快乐。因此，它可以帮助人走向自由境界，进而完善心理和人性结构。文学欣赏就是这样一个审美过程，因为它可以使人摆脱物欲，提升境界，实现超越。这是文学教育的审美特性决定的。这种超功利的文学教育有益于防止教育的失衡和异化。正如杨东平先生在题为《语文课：我们失去了什么》的文章中所言："以迅速实现国家工业化和发展科学技术为目标，强调教育作为人力资源的开发所具有的国家功利主义价值，无疑是必要与合理的。然而，它却面临一种考验：在发展功利主义科学教育的同时，必须保持教育的人文价值和人文内涵，重视普及教育和普通教育，重视人格养成、个性发展、思想文化和艺术的发展等非功利的教育价值，防止教育的失衡和异化。"

在审美基础上，文学教育还体现出非审美功能，即通过文学意象传达出科学的、道德的、哲学的、政治的、经济的等多方面的教育内容，而就这方面的教育来说，它是具有功利性的。巴尔扎克的小说和曹雪芹的《红楼梦》所给予人们的，是启发人对社会历史进行认识和反思；《钢铁是怎样炼成的》所给予人们的，是鼓舞人在伟大的事业中去创造壮丽的人生。这种认知和教化作用，对于社会的经济政治活动，对于个人的人生道路，都产生着一定的功利影响，所以历史上文学便常常用来做"战斗的檄文"或者"匕首""投枪"，孔子说《诗》可以"观"，可以"群"，可以"怨"也是这个意思。

文学教育将审美的超越性和非审美的功利性融合为一。一方面，它的手段是具有审美超越性的，它使受教育者在文学意象提供的审美情境中感受、领悟、体验，在超越物欲中实现审美能力的提高和人生境界的升华；另一方面，它的目的是具有非审美功利性的，它使受教育者将审美过程中培养的情感体验和各种能力转化为思想观念和实践行为，进而实现科学的、伦理的、政治的、经济的等功利目的。

3. 趣味性

文学教育的趣味性是指文学教育过程本身对受教育者应具有的吸引力，使他们始终对文学审美保持着浓厚的兴趣。文学审美活动是一种高级的精神消费或精神享受。人们接受文学教育的过程，同时也是获得高尚的精神享受、获得精神愉悦的过程。文学教育如果不能给人以精神上的享受与愉悦，就不能取得预期的效果。真正的文学教育从不采取强制的方式，受教育者却会自觉地参与。因为在这种教育活动中受教育者可以获得身心的愉悦。

文学教育是人类独有的精神游戏，人们在快乐中受到教育。这种教育对人的影响是深远的。正如弗洛伊德所说："凡懂得人类心理的人都知道，要一个人放弃自己曾经经历过的快乐，比什么事情都困难。"懂得并追求精神快乐是人超越动物性、造就高尚人格所不可或缺的。

生活中常有这样的现象：有的人几次到电影院、剧院去看同一部影片或戏剧；有的人为了看同一部小说或散文，可以废寝忘食、通宵达旦。这些说明什么？说明文学审美活动是人类的一种自由的精神活动，人们在这种活动中获得身心愉悦，因此人们会自觉自愿地接受美的教育和熏陶。古罗马诗人贺拉斯说过："寓教于乐，既劝谕读者，又使他喜爱，才能符合众望。"寓教于"乐"之中，这种"教"无疑就带有享受的性质，是在愉悦中接受教育，当然，文学教育的享受是有"教"寓于其中的，不是为娱乐而娱乐，为享受而享受，而是要在娱乐和享受中接受教育、陶冶性情。这种寓于娱乐中的"教"，使人乐于接受。其实，古人早就懂得这个道理。可以说，文学和教育一同起源于人类的劳动中，文学从最初阶段就在作为人类文化传承和创新的教育活动中起着举足轻重的作用。

（三）文学教育的价值

从根本上说，文学教育是通过对人的塑造实现它的社会价值的。它之所以能够实现对人的塑造，是因为它具有独特的教育功能。文学教育是一种审美教育，但同时又包含着知识教育、道德教育等多种非审美教育，所以文学教育是审美与非审美的融合统一，超越与功利的融合统一，感性与理性的融合统一。这样，我们便可以把文学教育的功能分为两大类：一类是审美功能，一类是非审美功能。功能所产生的反应和结果即效应。文学教育功能的实现，必然导致人的素质的提高与人生的进步，进而促进人类文化的进步。从这一意义上说，文学教育的效应是与人类文化的进程是同步的。

1. 文学教育的审美和求善的功能

（1）文学教育具有审美的功能

文学教育的审美功能来自文学的审美特性。文学作品作为审美对象，一方面是作家审美创造的结果，作家把自己的审美经验通过语言媒介物化成艺术的审美存在——审美意象；另一方面，审美意象又与欣赏者构成审美关系，它以特定的审美属性唤起欣赏者的审美感受。文学教育的审美功能便是在这种审美创造与审美欣赏过程中，培养人的审美能力，领悟与塑造审美境界，陶冶人的性情，实现和谐人格的建构。

文学教育有助于学生审美能力的培养。在文学教育中，通过文学欣赏品评，主体对审美形式秩序进行观照、把握，使其一般心理能力得到培养、训练，转变为审美能力，并丰富、成熟为自由运用和创造形式的能力。审美感知能力是最基本的审美能力。审美活动开始，我们总是从对审美对象的声、光、色、形的感知入手，再经过想象、理解、情感等心理过程，而最终仍化作感知，因而审美感知是审美活动的起点和归宿，是审美活动的基础。文学教育对审美感知能力的培养渗透于欣赏品评和创造训练中。在文学作品的欣赏品评中，欣赏者首先是通过审美感知进入艺术境界的。比如对盛唐边塞诗和田园诗的对比欣赏中，欣赏者便是凭借自己的感知能力去捕捉诗中那绘声绘色的形象画面。在这种对比的审美观照中，欣赏者对审美对象形式的把握能力，包括色彩感、线条感、韵律感以及各种感觉沟通渗透后形成的"通感"等具体感知能力都得到了培养和强化。

审美想象能力是最突出的审美能力，相对于各种艺术的审美活动来说，它在文学的审美活动中更具有重要意义。因为构成文学的物质材料是既与心理机能相联系、又与现实世界相联系的语言，而语言塑造形象的间接性使文学成为"想象的艺术"。文学欣赏教育中的"情景描述""意蕴生发""意象创造"等方法的强化训练，都使受教育者在其中充分地驰骋艺术想象，"思接千载""视通万里""神与物游"。

审美想象、审美理解、审美情感是在审美感知基础之上的深层审美能力，在文学教育过程中，这些审美能力往往相互融合、综合作用，共同完成审美活动。比如在文学作品欣赏中，语言媒介所造成的文学形象的间接性，使得欣赏者必须通过想象才能进入意象层，并在此基础上再通过"象外之象"的想象和理解情感等心理机能进入审美的更深层次。

审美能力是在审美操作中培养起来的。文学教育恰恰提供了大量的审美操作过程，使受教育者在文学欣赏中不断地感知把握文学的艺术形式，不断地想象理解文学的深邃意境，不断地体验文学催发出的艺术情感，久而久之，其整体的审美能力就会完善起来。

文学教育还有助于学生审美境界的塑造。在文学教育活动中，如果说，对文学的审美形式秩序的观照、把握，可以使感知、想象、理解、情感等一般心理能力得到培养、训练，转变为审美能力并进一步丰富、成熟为自由运用和创造形式的能力的话，那么，对文学的审美形式意味的感受、领悟，则会使情感、心灵受到震荡、洗涤、净化，从而塑建起一种超越性的审美的人生境界。

从根本上说，文学教育这种陶冶性情的审美功能来自审美的超越性。一般来说，人的性情在自由发展中往往受到两个方面的制约：一是其感性本能与个体欲念功利联系在一起，常常带有狭隘的利己主义性质；二是受到外在社会政治、伦理道德等的影响，人的性情往往局限于实用功利的束缚。当进入审美情境中，人们便可以摆脱感官欲念和实用功利的制约，完全沉醉于美的陶醉之中，而并不去追求美的陶罐的储物价值、美的小姐的婚恋价值以及美的建筑的居住价值。于是，审美便具有了超感性欲念，超实用功利的自由超越性。文学教育对于人性的陶冶正是基于这一审美超越性。

首先，意象创造活动使受教育者在艺术境界创造的同时也创造了人生境界的超越。这是因为，意象创造所具有的超越性使人得以摆脱现实束缚而获得精神自由。人们在现实的生存中时时处于物质和精神的桎梏之中，于是人们便开始了对超越境界的追求，希望能在这一境界中超越现实。文学意象所创造的瑰丽世界正可以让人寄托向往，从而使心灵获得满足和解脱。在意象创造中，主体将其生命中的欢乐与痛苦灌注其中，通过艺术想象而超越现实存在，从中寻求到一种自我感觉的解放。于是，当周围充满黑暗的时候，人们便可以在意象世界里展现光明；当身边缺少真情的时候，人们便可以在意象世界里尽情呼唤；

当痛苦的迷失困扰着人们的时候，人们便会在意象世界里获得方向。文学世界是想象的，但在这个过程中，却真真切切地凝结了创作者真实的生命情感。在这个对象世界里，主体不但让心灵冲破一切束缚，摆脱了现实的黑暗、匮乏和迷惘，而且在一个更广阔的精神空间中超越了人类整体生存状况，从而走向一种自由人生。因此，意象创造便担负了培养超越境界、开辟自由人生的神圣使命。当人们把小草的精神注进意象，那么，他的心灵也会像小草一样平凡中现出伟大；当人们把朝霞的色彩织进意象，那么，他的青春也会像朝霞一样绚丽多彩；当人们把春蚕的品格塑进意象，那么，他的生命也会像春蚕一样无私奉献而无怨无悔；当人们把远航的风帆绘进意象，那么，他的人生之旅也会像风帆一样把困惑和迷惘丢在身后而破浪远航。主体把生命灌注到他所构筑的意象之中，创造了意象也就创造了自己。随着对象创造的丰富，主体的心灵也更加丰富、更加自由。正因为在意象中寄寓着自己，主体才超越了现实的琐屑、烦恼和功利，从而由精神的自由转而为生活的自由，最终实现人生的自由。

其次，欣赏品评活动引导受教育者进入古今中外文学作品所提供的审美情境，通过感受、领悟、体验、玩味，使感性和情感中的欲念功利得到净化和提升，最终转变为自由超越的审美情感。文学作为艺术，它用语言提供了无与伦比的审美情境。优美和谐的山水诗、田园诗勾画出了一幅幅山清水秀的风景画，雄浑苍凉的边塞诗奏出了一首首金戈铁马的交响曲，舒缓委婉的抒情散文倾诉出一缕缕真挚纯洁的美好情愫，幽默风趣的小品杂文营造出一片片回味隽永的智慧天地，志高而笔长的小说则展现着一道道绚丽多姿的人生风景线。徜徉于这美的情境，你自会摒弃世俗的感官欲念，远离浅薄的低级趣味，这时，你的情感就得到了净化，境界就得到了提升，一种自由超越的人性建构就得到了确立。这就是说，在文学教育中，性情陶冶的过程就是一个人性建构的过程。当文学作为媒介唤起审美情感的时候，便把感性欲念纳入了审美形式之中，接受了理性的规范和净化，从而得到了节制和调节，从此走向审美境界。而净化了的情感更加丰富、成熟、完善，从此又可以进入一个崭新的人生境界。

（2）文学教育还具求善的教育功能

文学教育的功能是在人的文化心理结构上实现的。人的文化心理结构既包括审美层面，又包括认知、伦理等非审美层面。从文学作为教育的内容来说，文学既具有审美特性，又具有意识形态特性。所以，文学教育在培养审美能力、塑建艺术境界的同时也完善了诸多方面的非审美心理素质品质。同时，文学教育作为一种意识形态活动，所发生的社会作用也直接转化为文学艺术教育的功能性成果。

文学教育有助于语言能力的提高。一方面，语言文字教育是为文学教育提供坚实的基础；另一方面，文学教育又有助于学生语言理解和表达能力的提高。因为在文学赏评中，欣赏者必须通过语言形式才能够进入作品的意象意境，语言形式本身的魅力也是文学欣赏的内容之一，所以在把握语言形式的同时文学教育也使受教育者获得了创造语言美的方法和技巧。

文学教育也有助于文化知识的积累。文学是一部百科全书。作为语言艺术，文学能够比其他艺术形式更加充分和自由地反映社会生活，所以文学能够上下千年、纵横万里、跨越时空地记述上至帝王将相、下至市井平民和大至治国平天下、小至柴米油盐的生活巨细。文学教育以文学作品为教育媒介，这就为受教育者提供了这部百科全书，使受教育者在获得美感的同时也获取了对生活的认识和知识。19 世纪法国伟大的批判现实主义作家巴尔扎克"在《人间喜剧》里给我们提供了一部法国'社会'特别是巴黎'上流社会'的卓越的现实主义历史，他用编年史的方式几乎逐年把上升的资产阶级在 1816 年至 1848 年这一时期对贵族社会日甚一日的冲击描写出来"，人们从中所学到的东西，甚至"比从当时所有职业的历史学家、经济学家和统计学家那里学到的东西还要多。"从这里，人们了解到那一时代法国社会的面貌以及政治、经济、文化、习俗和人们的思想、情趣等各个方面，并认识了历史的某些规律和本质的东西。在中国的古典小说《红楼梦》里，人们则不仅窥见了封建社会末期大家族兴衰的生活必然，而且还领略了当时才子佳人、士农工商、医卜星相、三教九流各色人等的生活景观，甚至对大观园的园林建筑、贾府宴席上的酒水菜肴、贵族男女的衣着服饰、娇弱小姐的方剂药单都了如指掌。历史已经一去不复返，但它的真实风貌却保留在文学这幅生活的画卷里，从中你可以再目睹它的音容笑貌。所以，在文学教育中，文学欣赏不只给你一方审美的空间，而且还给你一片知识的海洋，使人在美的陶醉中接受着"真"的启迪。

文学教育有助于思维能力的健全。思维是认识活动的过程。一般的抽象思维过程，往往脱离或舍弃感性因素，如客体的感性因素、主体的感性能力等，而只是在纯理性的逻辑中周旋。这种普遍的思维模式对于创造能力的开发是有缺陷的。文学作为艺术，它的形式是感性的，因而对于文学的审美活动也是以一种感性直观的直觉思维形式，在这一思维过程中始终不脱离具体的感性形象，而且始终渗透着主体的情感活动。文学教育通过对文学的审美活动，使单纯的理性思维模式转化为自由直观，单纯的理性认知转化为自由创造，从而为返回实践培养了优化的心理素质。

文学教育有助于自由意志的培养。道德是人的行为准则和规范，道德的约束往往依赖于意志品质的"自律"。文学教育的审美活动，往往超越个体感性欲念和实用功利目的而进入审美情境，实现情感的净化和人性的塑建。这实际上是对道德情感的一种潜移默化的影响。当审美中培养的个体道德情感与社会道德规范达到和谐一致时，个体就实现了道德自由，实际上也就实现了意志选择的自由。所以，对于文学教育来说，这也是自由意志的培养。

文学教育有助于身心体魄的养护。现代心理学和生物学表明，心情愉快、精神舒畅、超脱旷达，有助于排除各种因素的困扰，促进有益于身心健康的生物化学物质的分泌，使体魄强健。文学审美所带来的精神偷悦，便具有养护身心体魄的功能。在文学教育中，吟诗作赋，可以使人神与物游，天人合一；批文阅卷，可以使人神情专注，万籁俱寂。在这样的自由超越境界里，人的身心体魄将得到有益的养护。鲁枢元先生在谈到文学的治疗功能时说："艺术，并不是一种职业、一门技能。艺术还应当成为一种人生态度，这意味着独立自主、自得其乐、自我完善。艺术还应当成为一种生存境界，一种流连忘返，沉迷陶醉的高峰体验。艺术本质上是肯定，是幸福，是生存的神话，是人们的自我救治、自我保健。无论你从事的是什么职业，国家总理、公司经理、大学教授、工程师、泥瓦匠、理发师、厨师、饭店服务员、种庄稼种菜的农民，只要你能够走进这样一种境界，你的生命是富足的、健康的、美好的、充满诗意的，你也就在心灵深处实现了健康的、优美的、卓越的心灵和精神。"

文学教育有助于人文精神的强化充实和思想品德的提高。文学不仅是一种审美形态，还是一种社会意识形态。作为后者，它是社会生活的反映。因而文学蕴含着大千世界的知识、风貌和规律，表现着客观物质世界的"真"；同时，这种反映又是通过了作家的主体形式，其中渗透着作家对生活的认识和评价，表现着主观精神世界的"善"。这样，媒介本身所具有的巨大的认识价值和教育价值，使得文学教育具有了强化、充实人文智慧的功能。文学不但是一部百科全书，而且还是一部生活的教科书。在文学创作中，作家所提供的生活画卷里寄寓着自己对生活的认识理解和思想情感，而语言文字的自由灵活比起其他艺术形式来，也能够更加充分和真切地表现创作者的思想情感。因而，在文学教育中，受教育者欣赏文学作品，不仅仅是一个审美愉悦的过程，也是一个受感染、受教益的过程。优秀的文学作品通过对真善美的褒扬和对假恶丑的否定，唤起了欣赏者的是非感和道德感，使之在震动、感奋中求善向上，得到心灵的净化和思想的升华，形成高尚的思想和良好的品质。《离骚》的"九死未悔"精神，陆游、辛弃疾诗词的爱国精神，鲁迅小说的反封建精神，《红岩》的革命英雄主义，《浮士德》的进取精神，《老人与海》的"硬汉"精神……都可以在文学教育中使人获得思想道德修养的巨大收益。"文革"后在我国重印的《钢铁是怎样炼成的》这部小说的"后记"中，译者写道："伟大的文学作品是超越国界的。奥斯特洛夫斯基的《钢铁是怎样炼成的》在中国读者心中燃烧起革命的激情是合规律的现象。根据这部小说的叙述，在十月革命的时候还没有成年的保尔·柯察金，由于受主客观条件的限制，只能从英国、意大利和美国资产阶级作家的作品，如《牛蛇》《朱泽培·加里波第》《斯巴达克斯》《铁蹄》等书吸取精神上的营养，而我国的青年却有幸从《钢铁是怎样炼成的》这样的作品中得到教益。"中国的读者从保尔的精神中受到鼓舞，而保尔又从"牛蛇"等英雄身上获得力量，文学就是以如此的精神道德力量跨越时代和国界的。因此，从这一意义上说，文学教育不但给你一本美的画册，而且在其间充满着哲理的注释，使人在美的欣赏中接受"善"的教诲。

总之，文学教育的功能是多方面的，如审美的、科学的、道德的、哲学的、政治的、经济的以及生活的，它涉及人生的各个方面和人文社会的各个领域。在诸多功能中，审美功能是通过对文学的审美观照而获得自由超越的人生境界，非审美功能则是通过对文学的理性观念的把握而获得生活、认知、教化等方面的功利性满足。虽然两方面的功能在把握方式和体验状态上有所不同，但从根本上说，无论审美和非审美都对人的心灵发生影响和作用，在这一点上二者是完全一致的。

因此，虽然我们在研究上将文学教育的功能划分为审美和非审美，而实际上在具体教育中二者是融合统一的。首先是过程上的融合统一。文学教育是通过文学意象进行的教育，所以它的一切功能都是在这一大前提下实现的。在教育过程中，通过文学意象进行审美观照，一般心理功能如感知、想象、理解、情感得到培养、训练而转变为审美能力，并丰富成熟为自由运用和创造形式的能力，而与此同时，一般身心素质品质如思维能力和自由意志也逐渐健全和完善。在对形式秩序把握的基础上对形式意味感受领悟而进入自由超越的审美情境，使情感得到净化，性情得到陶冶，而在这个真善美的境界里，人们同时也获得了科学认识的真和伦理道德的善以及人格人性的美。其次是目的上的融合统一。文学教育的最终目的是实现人生境界的提升和人性结构的完善，使之自由、和谐、全面发展。审美功能中的审美能力培养和审美境界创建，非审美功能中的身心素质品质的完善和人文智慧的强化充实，都是这一总目标下的不同侧面，两方面的相互影响、相辅相成将导致目标实现的殊途同归。

2. 文学教育的激励价值

人们在考察一些有成就的人物的一生时，往往发现他们幼年时曾经有过良好的文学艺术的滋养。这是因为文学与人生紧密相连，因为作家创作的取材，主要来自人生的体验。一首小诗，一部戏剧，或一部长篇小说，都与人生相关。文学可以反映人生、批判人生，可以模拟人生，还可以超越人生。高尔基说："文学的目的就是帮助人了解他自己；就是提高人的自信心，激发他追求真理的要求；就是和人们中间的卑俗作斗争，并善于在人民中间找到好的东西；就是在人们的灵魂中间唤起羞耻、愤怒和英勇，并想尽办法使人变得高尚有力，使他们能够以神圣的美的精神鼓舞自己的生活。"这就是说作家通过自己的文学作品，在向读者提供真实的生活图画的同时，告诉读者在这些纷繁复杂的图画中，哪些是真、善、美；哪些是假、恶、丑；哪些值得肯定和赞扬；哪些应该否定和批判，从而激励、鼓舞和教育人们正确地对待人、对待生活，为创造更美好的生活而斗争。文学教育可以使人了解人生的不同层面与复杂性，了解人生可能遇到的欢乐和悲伤，顺境和挫折。文学教育促进人生进步的功能主要在于美的教育、情感教育，在于人性的陶冶。文学教育正是通过文学形象与情感的力量，给人们提供一种更适合人类生存、享受、成长和发展的价值取向，创造一个使人能够得到自由而全面发展的精神氛围和人文环境。这一功能，从根本上说，是一种能够影响人的思想感情、伦理观念、精神品格和人生境界的力量，是一种能够净化人们灵魂、激励人们意志、陶冶人们情操，从而实行改造世界、重铸自我的功能。文学教育的唤醒、激励价值主要体现在通过文学教育，提高个体素质从而充实、丰富其人生价值上。当人们以这种高素质状态投入生活实践的时候，则必然会释放出巨大的能量，谱写出无数光彩夺目的绚丽人生篇章。

文学教育有助于创造美丽的人生。美丽的人生是一种创造的人生。人类社会发展的历程是一个对自然、社会和人本身的奥秘及其演变规律不断发现、认识的过程，而这一过程正是一个不断人化的创造过程。在这样一种创造世界的实践活动中充分显示出自己的人生价值，就成为一种创造的壮丽人生。

《学会生存》指出："在创造艺术形式和美的感觉的过程中我们获得了美感经验。这种美感经验和科学经验是我们感知这个万古长青的世界的两条道路。如同清晰思考的能力一样，一个人的想象力也必须得到发展，因为想象力既是艺术创造的源泉，也是科学发明的源泉。"任何教育，如果由于理智的原因，集中努力去教授所谓客观事实，而不激发创造的欲望，这是和艾伯特·爱因斯坦所经历的结果背道而驰的。爱因斯坦说："我们所能经历到的最美妙的事物乃是一种神秘的东西。这是一切真正艺术和科学的根源。"在文学教育中，文学欣赏品评可以激励人们在感知把握意象和构思意象的过程中，充分培养感知、想象、理解、情感等心理能力，使之成为对客体的自由观照能力和自由把握能力，也就是自由创造形式的能力。这一创造能力一旦形成，便不再仅仅局限于审美创造，而是渗入并转化为人类改造社会和自然的物质活动，在创造实际的物质对象世界的过程中发挥出巨大的力量。比如思维模式的转化，即通过文学教育的培养训练，使一般理性认识的抽象思维能力转向直觉思维能力。这一能力的获得，对于科学探索、认知世界具有不可忽视的作用。科学研究中的灵感和顿悟往往来自这种直觉思维，而伟大的科学发明有时就直接来自这种直觉的顿悟。这表明，文学教育所激励形成的自由把握能力和创造能力，可以转化为物质实践能力，为创造世界、创造历史发挥巨大作用。这是因为，人与动物的根本区别即在于是被动地适应自然还是创造自己的生活环境，人类的生存活动就是一种创造活动。在精神领域，人们可以进行艺术创造，在物质领域，人们可以进行生产创造，在这两个领域，人类的创造能力是相通的。而从根本上说，无论艺术世界的创造还是物质世界的创造，都是人类对于理想世界的创造，从而同样需要以感知、想象、理解、情感等多种心理机能组合而成的创造能力。

人作为实践活动的主体，是在对客观对象世界的认识、开发、创造中来实现自身的存在价值的。在文学教育中被开发培养出来的思维能力和创造能力，必将转化为实际征服自然和社会的实践能力，推动人们在探索宇宙奥秘，把握客观规律的人化自然过程中去创造对象世界，创造人类历史，同时也创造出自己的壮丽人生。

文学教育能激励创造超越的艺术人生。艺术人生是一种超越境界。在现实中，人们常常被困扰在物质和精神上诸多功利欲念的束缚之中，而不能获得人生的自由。文学教育对于人性的激励、陶冶就在于提升人的境界，使人从束缚中解脱出来，从而步入超越的理想人生。"人类的心灵深处，总有一种对自由、超越的向往之情，都需要一种超越精神，这一需要源于人性中对崇高的渴望。追慕英雄是人类的原欲。英雄文化实际上就是关于人的价值的理想尺度。所以，人类需要英雄，民族需要'英雄神话'，需要能够将普通人引向崇高感、英雄感的艺术。"

文学教育中的审美活动，是具有自由超越性的活动。在这种审美活动中，主体沉浸在意象意蕴的品味和创造之中，身心进入"神与物游""物与神合"的审美情境。这时，主体的整个心灵和情感就会满足于一种超然畅悦的美的享受，甚至淡忘身边的庸人琐事和功利欲念。这种审美活动可以使人超越感性欲念，超越实用功利，获得情感的净化和人性的塑建，从而在道德上走向战胜情欲、宁静淡泊、超越利害、跨越生死、无私无畏的理想境界。这种理想境界的人生是超越的人生。人生中本来就存在着许多苦难和不幸，生活的道路也经常出现坎坷和曲折，但同时也充满了利益和诱惑，以理想的人生态度对待这些，就会从容淡然，无论艰难险阻还是功名利禄，都会泰然处之。涂尔干说："一个人如果不同时与某种不同于自我的东西发生联系，就不能忠于某一理想，不管这个理想可能是什么。因而，对艺术的热爱，对音乐快乐的偏好，就伴随着某种超越自我的倾向，也就是某种超脱或无私。当我们受到一种强烈的审美印象的影响时，我们会完全忘情于唤起这种印象的艺术品。……艺术抚慰着我们，因为它能够使我们走出自我。"超越了功利的人生是积极的人生、艺术的人生。"人生本来就是一种较广义的艺术。每个人的生命史就是他自己的作品。"这使笔者不禁想起艺术人生的真实故事。故事的主人公，是著名表演艺术家王秋颖和李默然。王秋颖和李默然联袂演出了诸多艺术作品，公认他们合作的艺术巅峰是《甲午风云》。王秋颖饰李鸿章，李默然饰邓世昌。1986 年王秋颖患肝癌，住进沈阳医院。最后时刻，王秋颖提出一个愿望，想见李默然一面。儿子小颖给正在南方拍戏的李默然拍了封急电。李默然中断工作，乘飞机赶回沈阳，直接去了医院。王秋颖剧疼刚被止住，正昏迷着。守在外面的医生、护士不准李默然进去。李默然央求、争辩、急得团团转，双方争执不下。李默然嗓门职业性地高起来。就在这时，病房里王秋颖忽然喝问道："谁在二堂喧哗？"李默然分开医生、护士，推开病房门，应声而入，做了个将马蹄袖左右拂扫的动作，抢步上前，单腿打千，低头道："回大人，是彪下邓世昌，拜见中堂大人！"弥留之际的王秋颖拉住李默然的手，两人泪流不止！王秋颖微笑长逝。鬼斧神工的艺术圣境，竟能使人活到这个份儿上，死到这个份儿上！一对知音，在死亡面前，以艺术这种独特的形式进行交流，演绎出一段高情雅致的绝响，令人无限神往，更相信生命的超越、艺术的永恒。

文学教育能激励造就自我实现的自由人生。超越就是一种自由，当超越与创造结合而最终自我实现的时候，就成为一种最高境界的自由。创造是一种改造客观世界的能力，超越是一种主观精神驰骋的境界，文学教育以其意象情景的观照和创造，可以充分培养人的创造能力和超越境界，从而实现主客观的高度统一与和谐自由。从改造客观世界方面来说，高超的创造能力只有在高尚美好的精神境界的规范下才能转化为造福人类、推动人类生活前进的物质成果，而在某些功利私欲阴影下的物质创造活动甚至会成为人类生活的灾难；从主体精神实现方面来说，超越的理想境界必须以创造世界，造福人类的价值实现为归宿，否则超越也就成了"乌托邦"。因此，只有同时具有创造能力和超越境界的主体，才是完美的主体。而这一主体只有以超越的态度现实地、创造性地投入人类社会生活和自然界，主体与客体、个体与社会、人类与自然、感性与理性的多层次的统一中实现其自身价值，这才称得上自我实现的自由人生。

在文学教育中激励起来的超越境界和创造能力，给人以心灵的自由和创造的自由，二者的完美融合，将使人冲破一切情欲的强迫和理性的强制，"随心所欲而不逾矩"，把主观心灵的自由转化为改造客观世界的自由，从而创造出秩序、和谐、自由的现实生活。这时，主体的人生价值在人与自然、人与社会的和谐统一中得到了最充分、最完美的体现。

3. 文学教育的文化使命

小说《钢铁是怎样炼成的》1934 年在苏联出版，几年后便传入中国，在上海以及东北，晋察冀敌后根据地都大量刊印过，新中国成立后又印刷了十几版，发行了几百万册。多少年来，这部小说以它特有的魅力在中国读者心中燃起了炽热的激情，他们以英雄的崇高精神为榜样投身于人民革命的伟大事业。伟大的文学作品是超越国界、超越时代的。一代又一代的中国读者吟诵着保尔在瓦莉亚墓地上那段著名的内心独白而找到了自己的人生坐标："人最宝贵的是生命，生命对每个人只有一次。人的一生应当这样度过：当他回首往事的时候，不会因虚度年华而悔恨，也不会因碌碌无为而羞耻。他临死的时候能够说，我的整个生命和全部经历都献给了世界上最壮丽的事业——为全人类的解放而斗争。"而反观世纪末文坛，在新写实开启了世俗大门之后，文学在教导人们一心一意过自己的小日子，便再也止不住精神下滑的脚步。新历史小说在解构宏大叙事、颠覆英雄神话、反史诗性的同时，以民间立场始，以"戏说"终，真是"一点正经都没有"了。而所谓"新生代""新人类"再也不满足于过小日子，而是寻求超强度的刺激，肉欲的放纵，连最后一块遮羞布也撕下了。"新都市"则是"物欲膨胀"、暴富横财的代名词。在人们普遍感到迷惑、茫然、疲软的世纪末，文坛上流行的却是世俗气、铜臭味、分泌物以及"性爱学分""小资情调""时尚生活内衣秀"，一股阴柔之气、靡靡之音、腐朽之美、堕落之"酷"，扑面而来。人们企盼文学能重新担当高扬英雄主义和理想主义的新世纪人文精神的重任。

这一文学艺术现实带给我们一个深层的文化思考——在人类社会物质文明和精神文明的伟大进程中，文学乃至文化将如何一如既往地不辱它的神圣使命？

马克思曾经把社会结构划分为经济基础和上层建筑两部分，而上层建筑又分为国家机器和意识形态两个层面，这实际上就划分出经济、政治、文化三个层面；现代美国学者帕森斯等也把社会体系划分为经济、政治、文化三个次体系。三个系统各自具有独特的核心目标和功能，共同管理、协调着社会的发展。显然，在这里，文化成为一个不可替代的重要系统。虽然，对于"文化"的界定众说纷纭，但在这里，文化作为与经济、政治并列的一个社会体系分支，主要指人类精神、观念的存在方式。在这三个系统中，经济的最高目的是"生产"，政治的核心概念是"权力"，而文化的目标和功能则在于培养和塑造人和人性，为社会创造"意义的世界"。所以，如果说经济关注的是利润的话，那么文化关注的则是人类的普遍价值；如果说经济运作所产生的是市场游戏规则的话，那么文化的核心目标和根本任务则是培养塑造全面发展的人。这就是说，文化系统是把人类生存状态作为自身的最高关注对象，把提升人的精神境界作为其最终目的。它的这一独特的目标和功能，是其社会系统所不可替代的。文化系统培养和提升人的精神，这对社会的经济、政治的健康、协调发展具有重要的意义。社会的经济、政治发展水平从根本上说在于人的素质和精神水平，在于人的全面发展程度。如果一个社会经济迅速发展，而精神文明不断滑坡，那么它的经济政治发展绝对不会健康长久，终将垮塌下来。而如果一个社会文化系统功能发达，人的素质、精神迅速提升，则它的经济、政治也必然会有充足的动力与活力。因此，文化系统的历史使命便在于从特定的价值准则出发，对人的活动给予意义上的支持，使之与经济、政治相适应，以达到协调整个体系的目的。

文学教育是一种文化现象，因而，社会文化的使命决定了文学教育的使命。我们说文化"为社会创造意义的世界"，而文学教育则正是把人引向这个意义世界的一条途径。

当人类脱离了动物而成为有意识的存在物时，就一天也没有放弃过对意义的追求。所谓"意义"，包涵着人对宇宙、社会、人生及自我的理解和态度。有了意义，人类才摆脱了动物生存的盲目性而有了形而上的品位；有了意义，人类才在更广阔的思维和价值体系中安顿了自己的位置，寻到了安身立命的根基。因此，意义的生命标志着人对自身和现实的超越，标志着人性品格和人生境界的升华，标志着一个社会人文精神的高扬。于是，当动物世界仅仅为了延续生命而弱肉强食或苟延残喘地繁衍着的时候，人类社会却在一个更高层次上向着理想的自由王国迈进。

文学教育作为社会文化，其主导价值正在于提升人的精神境界，使人不仅在物质文明而且在精神文明方面得以全面发展。文学所创造的艺术世界是一个诊释人生的意义世界，而文学教育则是通过对文学作品的欣赏品评，把人带入这个意义的世界。人的精神在这个世界里驰骋，人们开始对生存的意义寻索玩味，这时，人们便会摆脱物欲，超越功利，进入一个崭新的人生境界。正是在这一意义上，文学教育把人带进《钢铁是怎样炼成的》的艺术世界，通过保尔·柯察金的动人故事，使人步入一种崇高而壮丽的人生境界，领略它所标举的人生意义——生命价值。在这样的境界里，人们怎么能不为自己的虚度年华而悔恨，为自己的碌碌无为而羞愧呢？可见，以文学活动的方式提供意义上的支持，来影响人的精神，最终以提高境界，塑造人性为旨归，这也正是文学教育的神圣使命。

刚刚迈入新世纪的中国，正处于一个重要的社会转型期。变革的现实制造出一道道令人欢欣鼓舞但也喜忧参半的社会景观。特别是知识经济的迅速到来，市场经济的逐步建立，带来了物质生产的极大发展和人类精神的奋进和升华，但同时也带来了物质生活和精神生活的失衡。在这种情况下，文化作为社会体系中的调节系统，义不容辞地承担着协调匡正的历史使命，从而显示出文化批判的价值意义。这其中文学教育是大有可为的。

物质生活和精神生活的失衡最突出地表现为意义的丧失。首先，意义在忧心忡忡中失落。市场经济的扩张，科学技术的发展，社会问题的出现，都极大地冲击着人们的精神世界，冲击着人们对理想信念、伦理道德、生存意义、终极关怀的理解和认同，因而产生了极大的困惑和失落。万花筒式的世界，日新月异的变迁，使人们充满了不确定感和迷失感，从而更难确定自己的生活方式，更难寻找心灵停泊的家园，更难有自己的安身立命之所；满负荷、快节奏、高运转的生活方式，电脑黑客、克隆技术、能源枯竭、环境污染、恐怖事件以及疯牛病、艾滋病、"非典"等等，都使人们充满了危机感和灾难感，有时甚至沉浸于世界末日的孤独和苦闷中，看不到世界的秩序和生活的意义。其次，意义在世俗享乐中丢弃。市场的功利取向、交换准则和"畅销"原则的膨胀和扩张，带来了平庸浮浅和急功近利的世俗化倾向，正像一位学者所写到的："国人能够在卡拉 OK 和通俗小说中得到方便的娱乐和充分的宣泄，智慧和真理的追求哪有计算机和外语那么实惠，终极关怀与人格铸造也远不如炒股与现金那么激动人心。"物质文明高速发展的光彩炫目似乎掩盖了精神世界的理性之光，于是在追逐物欲的同时将精神消解为无。这两种精神危机归根结底都是意义的丧失，前者陷于一种深深的忧患之中，在无限膨胀的物质世界的挤压中看不到精神和意义；后者则沉浸在一片世俗的功利之中，在急功近利的物质追求所带来的沾沾自喜中，根本就不屑于去寻找精神和意义。二者的共同之处都在于物质生活的高速发展所带来的精神匮乏。

面对这种失衡，文学教育以其标榜精神的根本策略显示出文化批判的价值意义。"尽管物质的功利活动是人的生存和发展的基础和前提，但物质的功利活动不能给人提供出精神的完满性，使人成为真正意义上的人。所以，人不仅要通过物质的功利活动改变人的生存环境和条件，也要通过人的精神活动特别是审美活动来摆脱蒙昧，告别盲目，过一种真正属于人的生活，成为一个有精神、有境界、有胸怀的高尚的人。"因此，文学教育对于社会经济发展负面因素的批判，不在于对物质的简单否定，而在于对精神的张扬和意义的支持，在于提升精神的价位来实现新的平衡。因此，针对物质利益的追逐，它向人们展示了真、善、美的理想天地；针对市场竞争的偏颇，它致力于培育人性的完整；针对世俗利益的束缚，它向人们呈现出超越的境界；针对意义丧失的迷失和危机，它向人们提供心灵栖息的家园。表面看来，这似乎只是一种达到新的平衡的调节手段，但实际上它却是一种深层的文化批判。它通过精神境界的倡导，唤醒的是人对于生命意义的反思。它的这种文化的力量无异于一只救赎之舟，它打捞起被物质的汪洋所淹没而奄奄一息的精神，驶向生存的彼岸；它还是一座建立在感性废墟上的理性宫殿，在一片感性享乐的瓦砾中高高地飘扬起理性精神的旗帜。

我们说文学教育通过意义的倡导而成为社会的文化调节，但却不是说它仅仅作为一般的理性文化来发挥作用。文学教育以它的感性与理性统一，自由超越与功利目的统一的教育特性，在社会文化中占有不可替代的独立地位。从文学教育的性质看，它虽然是一种教育形式，但却不同于一般的智育和德育的理性教育，也不同于一般的审美教育，它以通过文字媒介全面完善人性结构为宗旨，因而它在教育过程中始终贯穿着审美与非审美的融合统一，超越与功利的融合统一，感性与理性的融合统一，在功能和效应上具有其他文化形式所不可替代的特殊意义。

海德格尔曾引用"诗人之诗人"荷尔德林的语句赞美——"人诗意地栖居在大地上。"是的，人不仅仅是一种生物性的存在，他与动物的根本区别就在于他在延续生命的同时还有着对生命意义的追求。然而，这种追求却不是像中世纪苦行僧殉道式的追求，而是一种诗意的追求。文学所创造的境界是最富有诗意的境界，它是真的境界、善的境界、美的境界，它蕴含着生命的意义，却又不是枯燥的哲学讲义。在这个境界里人可以获得最大限度的自由和超越。文学教育正是这样一种充满诗意的教育。它以培养人的艺术能力和艺术境界为宗旨，它通过文学欣赏品评的方式使人走入文学的审美世界，在美的世界中领悟生命的意义，实现人生境界的升华，最终创造出充满人性美的人生和可持续发展的和谐社会。

文学对于人性的生态平衡发挥着不可替代的作用。我们在《一千零一夜》的框架故事中已清楚地看到，若没有智慧少女山佐鲁德用讲故事的方式给国王施以"谈话治疗"，那位丧心病狂的君王会怎样陷入精神失常而不能自拔，又会有多少无辜者将沦为杀人报复狂的牺牲品。"文学教育背后的问题其实是，在这样高度理性化、技术化的时代，如何继续给人提供一种仍然有意义的生活方式。"人类自身的发展，社会关系的维系，精神家园的构建，都需要一种完美的人性的支撑和理想境界的导航，以陶冶人性的支撑和理想境界为宗旨的文学教育可以为此作出贡献。

第三章　新媒体时代下的文学教育现状

一、文学教育在我国教育中的地位

（一）关于语文"姓"什么的争议

文学就是语言和文学，这已成常识，早已经被人们的长期实践所证明，似乎无须深究。1996 年 7 月修订出版的《现代汉语词典》对"文学"词条的解释是：①语言和文字：文学程度（指阅读、写作等能力）。②语言和文学的简称：中学文学课本。从权威的文学学家的著作中，我们可以找到《现代汉语词典》释义的理论依据。如吕叔湘多次讲过："'文学'有两个意义：一是'语言'和'文字'；二是'语言文字'和'文学'。"

世界上教育发达的国家，如美国、英国、法国、俄罗斯、德国等。母语课程就是语言文学，是常识。中学文学（母语）课程，或分设两门课，语言（含写作）课和文学课；或合成一门文学课，分成平行而相对独立的语言（含写作）和文学两个系统；而且，无论分设两门课还是合成一门课，其中文学的分量都要重于语言。在美国，中学文学科分为"英语"和"文学"两科，文学教科书分为"英语"和"文学"两种。在英国，"英语"一词有两个含义，一是仅指英国语言，二是兼指英国语言和文学。英国中小学开设的英语课，包含语言和文学两个方面。在法国，中学文学科分为"法语语法"和"法文文学"两科，文学教科书也就分为这两种。在我国的大学里，文学就是语言和文学，这也是常识。谁也不会怀疑，为中学培养文学教师的师范大学中文系，就是中国文学系，也就是中国语言文学系。然而，在我国中小学文学教育界，文学就是语言文学这一常识，不仅不适用，而且简直不异于离经叛道。"文学是什么?"这个常识问题，困扰我国中小学文学教育竟然长达半个世纪。且不用说文学教师，甚至有些文学教育专家对"文学是什么?"的解释，都悖乎常识。

近半个世纪来，我国文学教育界，对"文学是什么?"发表了许多不同的看法，与认为文学是语言文学相抵触，归纳起来大致有以下几种：

第一种解释，文学是语言和文字。"文"的外延局限于"文字"，不仅空间太狭隘，而且逻辑上也成问题。因为文字只是语言的符号载体，它记录了语言的内涵，是语言学科系统的组成部分。

第二种解释，文学是语言和文章。把"文"的外延无限扩大了，所有形成书面文字的东西，一份文件、一个合同、一张便条、一个写在黑板上的通知，都可以称为文章。历史课本、地理课本、数学课本、物理课本、政治课本、生理课本，也都是文章，是不是都要纳入文学教学系统？这种解释经不起分析，还同样是显而易见的。

进入 20 世纪 90 年代，文学教育界发动了一场文学课程人文性的大讨论，中小学文学教学改革——文学教育现代化终于迈出了可喜的一步。这场大讨论前后——20 世纪 90 年代至今，语文教育界又有了"文学是什么？"的第三种解释。

第三种解释说文学就是语言和文化。一些人根据文学学科的文学性、审美情趣性，把语文视为一种社会意识形态，看作一种文化代码，认为文化载体性就是文学的本质含义。这种解释貌似高深，实则过于宽泛。因为文化的内涵远远超出文学的范围，而且文学传承文化有自己的特点。

研讨文学是语言和文学，是语言和文字、语言和文章、语言和文化，或是别的什么，切不可以为这只是咬文嚼字。文学概念的界定，其实质就是，文学教育在现代国民基础教育中应不应该占有突出地位的问题。"文学是什么？"和"文学教育在现代国民基础教育中应不应当具有突出地位"的问题，如同一张纸的两面。认识了文学教育在现代国民基础教育中应有的地位，语文是什么的争论，也就迎刃而解了。

文学学科的确不能没有语言文字，也不能没有文章、文学、文化，这些因素本身就存在相互交叉的关系。文字是语言的书面表达形式，所以把文学理解为语言文字就等于说文学课就是语言课，这就把文学教育完全排斥在文学课之外了。说文学是语言文章，也有一定道理，因为"文章"是一个传统的模糊的概念，它的包容性很强。文章在古代，可以只指文字，但后来多指独立成篇的文字作品；可以是非文学的应用性文章，但更多的是指文学性的作品，诗歌也包括在其中，如杜甫《偶题》诗云："文章千古事，得失寸心知。"这里的"文章"主要是指诗歌。不过现代学者建立的文章学则明确强调，"文章"是指切实致用的非虚构的实用文、普通文，不包括诗歌、小说、戏剧等文学作品。这与文学教材中所选文章往往多数是文学作品这一情况不符。至于文学，其最初含义也指一切用文字书写的书籍文献，近于文章，只是到现代才发展成专指一种语言艺术。而语言文字、文章、文学，从广义上说都属于文化，新修订的文学课程标准中说文学是"人类文化的重要组成部分"，自然是不错的，但这样定义失于宽泛，显然不妥。

（二）确立文学教育的地位

文学主要是指语言文学。在小学阶段，语言的成分多于文学；到中学阶段，文学的成分又多于语言。文学以语言文字为载体，主要以古今中外优秀的文学作品做范文，从文体上向非文学性的文章做适当扩展，从内涵上可向文化方面延伸。我们这样理解文学的含义，出于以下两个方面的考虑：

1. 基于近现代以来的文学课程理念

1903 年设"中国文学科"，1912 年又改"中国文学科"为"国文科"，1921 年又将小学与中学分开，小学称"国语"，中学称"国文"，这里的"文"主要就是指文学。如上文第三章所述的国外母语教育的情况，英、美、法等国文学教育都是母语教育的重要组成部分，在他们的课程标准中，实施文学教育有非常具体的规定。我国建国初便比较重视文学教育，中间经历了一些波折。近年来，有识之士开始大声疾呼要加强教育中的文学教育，所以将文学定位为语言文学，是符合国内外重视文学教育、人文素质教育的大趋势的。为文学学科的定位正名，就是要恢复文学教育在文学教育中的重要的、甚至是不可替代的地位。早在 1962 年，华中师范学院教育系教育学教研室编写的《教育学》教材就对中小学文学学科的意义和任务有过明确的界定："文学包括语言和文学两个因素。语言是人类相互交往、交流思想、达到相互了解的工具。语言是思维的直接现实，它把人类认识活动的结果记录和固定在词句里面，它是进一步认识客观世界的工具。不掌握这个工具，就不可能掌握科学知识。文学是用形象思维的方式反映客观现实，反映人们的生活和劳动，反映人类的社会关系。文学作品是强有力的教育手段……"北京市高中实验教材《文学读本》主编沈心天老师指出，文学教育在中学文学教育中如何定位涉及到文学教育的地位、作用问题。我们现在提倡素质教育，其最终目的不仅是为了建设人的物质家园，还要建设人的精神家园。而人的精神家园的建设离不开文学修养……学生语言能力的发展在很大程度上，或者说其主渠道是通过学习文学作品；学生的思维能力的发展，特别是形象思维、直觉思维主要也靠文学作品学习，还有培养学生的情感、意志、灵魂、审美情操，也离不开文学教育。

确认文学就是语言和文学是解决文学教育地位的关键。这里的"语言"是汉语，更准确地说是现代汉语和适量的古代汉语，着重于现代汉语的基本规律及其运用的教学，完全不同于大学中文系所开的关于语言学的课程。汉语是我们的母语，中学毕业生应当对自己的母语有相当的理性认识，而不能是一头雾水，混沌一片。为了培养一个个真正有文化的中国人，形成和发展学生理解和运用汉语的基本能力完全必要。语言教育是从语言学的角度进行有关汉语言文学的基本知识、技能的教学，主要目的在于培养学生正确理解和运用汉语言文学的基本能力。文学教育则是情意教育、审美教育、心灵教育、人格教育。在文学课上我们不能去讲关于语言文字本身的系统完整的知识，也不能以培养学生的语言能力为主要责任。如果说文学是"心学"，那么汉语就是"人体解剖学"，当然互有联系，但毕竟还是有很大的区别，各自的教学应有其相对的独立性。汉语的规律是从汉语言作品中抽象概括出来的，文学作品的言语只是它的源头之一，但不是全部。学习汉语规律有助于文学教育，文学教育也有助于提高汉语水平，但各自都有独特的规律和独特的任务，不能也不应相互取代。文学教育当然要牵涉到语言文字的运用，文学作品的阅读教学也要从语言入手，知言而会心，但绝对不能只是一味讲究有关语言运用的技术、技能和技巧。若把文学作品仅当作语言知识的资料与例证，文学教育势必丧魂失魄。

2. 基于当代教育学关于人的全面、可持续发展的理念

现代教育学理论认为，"人的发展，是一种多层次多因素的发展。首先一个层次是个体的发展，包括生理和心理两方面；第二个层次是生理和心理的发展，又分别包含多种因素；第三个层次的每一个因素（体、智、德、美）又各由多种因素组成。"要实现促进人的全面发展的教育目的，需要语言和文学在不同的学段配置不同的内容和重点，这是根据客观现实和学生主观需要所决定的，不以个人意志为转移。文学学科在实现教育目的重智育的、美育的、德育的几个方面都可大有作为。智育方面：教授文学应用知识体系，积累语言材料和文学素质，培养理解和运用语言的能力、现代文读写能力、口语交际能力、初步的文学鉴赏能力、阅读浅易文言文的能力、自学语文的能力，并主要发展观察力、记忆力、思考力、想象力、创造力等智力。美育方面：培养健康高尚的审美情感、审美情趣和一定的审美能力。德育方面：培植热爱祖国语言文字的情感，认识中华文化的丰厚博大，培养爱国主义感情、社会主义道德品质，逐步形成积极的人生态度和正确的价值观。文学教育作为文学教育的一个重要组成部分，能够为实现文学教育目标作出不可替代的贡献。文学教育的教学目的是：学习我国和外国的优秀文学作品，掌握文学语言，发展形象思维，培养文学鉴赏能力；陶冶审美情感、审美情趣和审美能力，不断充实精神生活，完善自我人格，提升人生境界，逐步加深对个人与国家、个人与社会、个人与自然关系的思考和认识；热爱中华民族优秀文化，吸收民族文化智慧，增强民族自信心和民族自豪感；喜爱外国优秀文化，尊重文化的多样性，汲取人类优秀文化的营养，陶冶高尚的情操，提高文化素质。

"学习我国和外国的优秀文学作品"要求学生阅读相当数量的文学原著，重在积累和感受。在学习和鉴赏过程中，学生要具有积极的鉴赏态度，注重审美体验，陶冶性情，涵养心灵；能感受形象，品味语言，领悟作品的丰富内涵，体会其艺术表现力，有自己的情感体验和思考；努力探索作品中蕴涵的民族心理和时代精神，了解人类丰富的社会生活和情感世界。

"培养文学鉴赏能力"要求学生了解诗歌、散文、小说、戏剧等文学体裁的基本特征及其主要表现手法；了解作品所涉及的有关背景材料，用于分析和理解作品；还要求发展学生对文学形象和语言的感受能力、理解能力、想象能力、情感共鸣能力、评价能力。

"发展形象思维"要求鼓励学生探索和幻想激发想象力和创造潜能；"培养审美情感"要求引导学生探索美、享受美、创造美和热爱美，用美来净化心灵、抵制丑恶。

"热爱中华民族优秀文化"要求学生从文学作品学习中，汲取中华民族的精神品质和崇尚真善美的情感，种下民族之根；在学习中国古代优秀作品时，体会其中蕴涵的传统文化精髓，为形成一定的传统文化底蕴奠定基础；学习从历史发展的角度理解古代作品的内容价值，从中汲取民族智慧，用现代观念审视作品，评价其积极意义与历史局限。

现代教育追求以育人为本，追求人的全面发展。正如现代意识的核心是人的意识，人文精神的核心也是人的意识。作为一个现代人，仅仅掌握现代科学技术是不够的，因为科学技术可能造福于人类，也可能成为人类的祸害。作为一个现代人，必须具有自觉的人的意识，也即以人为本的人道主义精神。古今中外的经典文学宝藏，是文明人类在几千年发展历程中创造和积累起来的人文荟萃。说文学的精华——古今中外的经典文学作品是人类的良心，一点也不过分，它们毫无疑问是滋养、熏陶、锻造、培育现代国民的精神、灵魂和人格，促进人的健康、和谐发展的最可宝贵的资源。

正如杜威所言，在一个民主的社会里，保证文学教育发挥其应有的功能的问题就是留心使现在社会所必须的技术科目，具有一个人文的方向。他表示，相信文学教育的功能就是利用我们手头所掌握的资源，不管人文文学也好、科学也好、具有职业意义的学科也好，以保证人们有能力赞赏我们生活于其中的这个世界的需要和争端。作为大正时期八大教育主张之一——文艺教育论的提出者，即原日本早稻田大学俄语系主任、文艺评论家片上伸先生，甚至主张文艺教育的宗旨不在于单纯提高文艺鉴赏力和创造力，而在于以优秀的文艺思想浸润整个教育事业，在于依靠文艺对人进行教育和依靠文艺精神对人进行教育。学校中的修身、伦理学等课程亦可借助文艺作品的形象感染，纠正其空洞说教和缺乏生命活力的现状。他也认为，包括文学教育在内的文艺教育绝非单纯的感情教育，而是对人进行最微妙、最深刻、最永久、最根本的道德感化教育。《学会生存》也指出："我们个性中的最根本而必要的部分是对美的兴趣，是领悟美并把美吸收到性格中去的能力。然而，艺术教育能够而且应该还有另外一种功能，那就是它是我们和自然环境与社会环境相互沟通的一种手段。它是了解环境的一种手段，而且当某种情况发生时，它又是对抗环境的一种手段。但这个因素在教育实践中至今还没有受到应有的重视。"

二、文学教育理念和方法问题

我们在"文学是什么？"的答案上，义无反顾地回到常识上来，确认了文学教育在现代国民基础教育中应有的突出地位。接下来应该是探索如何进行文学教育，怎样上好文学课。这一问题的解决比上一个问题更艰难，更需旷日持久的努力。

（一）文学教育方法的理论研究薄弱

在我国，文学理论界、文学批评界远离文学教学、文学鉴赏教学的研究，这已经见怪不怪。我国传统的文论，诚如刘衍文所言："由鉴赏始，以鉴赏终。"但其始终未转化为文学教学论。丰富的文论积累，对中国传统的语言文学教育没有发生大的积极影响。在现代，文学理论研究也始终没能有力地介入语言文学教学。我国当代的文学理论在粉碎"四人帮"以后有了根本性的转变，得到了长足的发展，但至今也没有对文学教育、文学鉴赏教学产生大的积极影响。在文学理论和文学批评红红火火的同时，我国文学教育中的文学鉴赏教学，却相对寂静与贫乏。

在我国文学教学中，特别是中小学文学教育，小说，除了被拧干了的"人物、情节、环境"这三个概念，事实上已没有多少知识可教了；诗歌，在感知、背诵之外，只有体裁（如绝句四句、律诗八句、几种词牌名称）、押韵等屈指可数而且极为表面的知识；散文，也只有"形散神不散""借景抒情""托物言志""情景交融"等似知识又似套话的几句说法，以不变应万变；戏剧，除了"开端、发展、高潮、结局"的套路简介，再不见有像模像样的知识。故对当今流行的文学教学"知识泛滥"的指责，要做具体分析。所谓"知识泛滥"，主要是说，从小学到初中，再到高中，我们的语文教学主要在讲文字学、语法学、修辞学、逻辑学知识，以至于文学教学则停留在浅层次上。之所以如此，这与文学理论界没有能向文学教学、文学鉴赏教学提供足量的适用的知识有极大的关系。

美国大陆中部六州《语言艺术标准》的"语言艺术标准 6"的部分条款，嵌入着不少的专业术语（知识），比如"情节的复合成分""角色""动机""变化""定型""缺掉的细节""预示""倒叙""渐进和离题""悬念"等等，这些术语，使相应的目标得以合适地表达，也是学生为达到列举的目标所必需先行学得的工作概念。只有借助于这些新的文学术语，学生才能学会该标准所期望的"文学反应和分析"。换句话说，如果他们的知识界不能有效地提供这些知识的话，那么美国大陆中部六州《语言艺术标准》中 6—8 年级的"展示阅读文学作品的一般技能和策略方面的能力"的大多数目标，既无法编制，也不可能得到切实的实施。

而我国目前的文学鉴赏教学迫切需要新的理念来指导实践，正是处于无米下锅的窘况。文学课程教材专家研讨出不无泄气的结论："文学鉴赏能力如何具体化，理论界还缺乏研究。"于是乎，传统的理念和方法大行其道，使我们的文学教学常常强调文以载道，顺理成章地走向泛政治化的极端，或者以强调文学教学的特点为由，又滑向另一个工具化的极端。我国近半个世纪以来的文学教学总是在这两个方面来回摇摆，处于困境。这一历史经验是值得我们认真总结，以求突破和超越的。

（二）文学解读的误区

就目前的情况看，文学教育方法存在着两大误区——泛政治化和技术化。因为这两重障碍，文学解读活动便不是使学生走近文学，而是相反，离文学远去。

1. 泛政治化

将文学政治化，在我国文学史和教育史上由来已久。闻一多先生就曾指出："汉人功利观念太深，把《诗三百》做了政治课本。"汉之后，这种以政治图解文学的旧传统历久不衰，一直延续到现代。鲁迅及其作品受到某些"左翼作家政治""围攻""恐吓""中伤"和"泼污"，是现代文学史上的一个显例。茅盾在新中国成立后，"顺应时代潮流"，把一部《水浒》全部纳入"阶级斗争"的观照之下，是当代文学史上的一个显例。其影响至今，造成文学解读的不自觉的泛政治化。其具体表现为：政治的二元对立，成了解读文学的隐性的普适性的"规律"。当然，这种"规律"的形成，还有一个重要的外来影响，那就是前苏联"无产阶级文艺理论"的长期"熏陶"。内外结合，这一"规律"几乎就成了许多教师的潜意识。

正因为如此，尽管不少人早就指出，不可把文学课讲成政治课，不可用政治的眼光观照文学，文学教师们也都赞成这种观点，但许多教师一走进课堂，就又走进了固有的观念中。那种早已流淌在血液中的传统的意识形态，使他无法跳出"用政治眼光观照文学"的圈子。于是，面对一篇文学作品，许多文学教师总是自觉不自觉地将其置于"封建主义"或"资本主义"或"社会主义"这样的政治制度之下去观照；总是自觉不自觉地用二元对立的思维去研究作品"歌颂了什么""揭露了什么"，缺乏文化层面价值观关照、鉴别和认同；总是习惯于从政治概念出发而缺乏实事求是地分析问题的胆略和习惯。用单一的和既定的价值取向来衡量作品，是非常简单和非常容易的事，却也是一种非常有害的、惰性的思维习惯。而这种思维习惯会一点一点地吞噬我们的审美能力和判断能力，使我们总是不自觉地用阶级分析的观点去评判作品中人物的行为巧拙，即用政治化了的阅读心理去解读文学，去寻找作品的"革命因素"与"时代局限"。这样，自然就会简单化地将作者、作品及作品中的人物最终归入某一阶级、某一阶层之中，也就是自然地将一些政治术语，如"定理"一样地加在作者、作品及作品中人物的身上。

有两个大"定理"至今还在课堂上通行无阻，一个是"资本主义的罪恶"，一个是"封建时代的黑暗"。这两个大"定理"又推导出了许多小"定理"，比如"资本主义制度下人与人之间赤裸裸的金钱关系""资本主义制度下底层人民的悲惨生活""资本主义民主制度的虚伪性"，比如"封建官场的黑暗""封建宿命论""唯心主义""封建伦理"……我们不能否定"资本主义的罪恶"和"封建时代的黑暗"，但我们不能将这样宏大而抽象的政治理论随便就加之于一篇文学作品之上。

李白的长诗《梦游天姥吟留别》，一些参考书和一些教师至今还把"反映作者政治上的不得意和对权贵的不妥协态度，同时也反映了作者消极遁世的思想"看作它的主旨。这就把颇具"李白精神"的伟大诗篇变成了图解政治理论的道具。从这首诗作中我们至少可以感受到这样几种"李白精神"：①满腔抱负蒙受莫大挫折后，李白借神奇山水引发的喜悦来超越悲郁的自我；②梦游富丽堂皇的山水神迹，与其说在游仙，不如说李白是以自己阔大的文人情怀在召唤山水的精魂；③"世间行乐亦如此，古来万事东流水"，是把世间的名利视若虚无而达到精神自由之后的返璞归真；④"别君去兮何时还？且放白鹿青云间，须行即骑访名山"，是精神自由之后心灵对生命兴味的许诺；⑤"安能摧眉折腰事权贵，使我不得开心颜"，这是李白生命强度的集中体现，它以傲骨嶙峋，显示做人的尊严；⑥上述五点的综合，是"李白精神"中天人合一精神的高度融合。长期以来，我们把包含着如此丰富的"李白精神"的伟大诗篇，简单类化为一两句政治口号，多么悲哀啊！

巴尔扎克的小说《守财奴》，一些参考书和一些教师一直把"揭露资本主义制度下人与人之间赤裸裸的金钱关系"当作它的主题，把作品对笃信基督教的葛妻的颂扬看作是作者世界观局限的体现。这就完全掩盖了小说的文学性。正如余杰所言："作者所要表现的是人性的贪婪和愚昧的一面。这是人性共有的弱点，不是某种社会制度专有的。资本主义社会里有这样的现象，社会主义社会里照样存在。""《守财奴》的作者不是批判资本主义社会的黑暗，而是暴露人性的弱点，进而寻找对人性的疗救之道。作者最后找到了宗教，宗教能否起到如此巨大的作用，当然值得进一步探讨。但是，我们不应当对别人指手画脚，不负责任地乱说。"

鲁迅先生的小说《药》，在瑜儿的坟上摆了一个花圈，这便有了所谓的"光明的尾巴"。自从提出文学理论教育、德育如何渗透的问题以来，"光明的尾巴"也就成了中学文学中与生俱来的赘物，实质上就是以泛政治化标准对文本解读、对文学作品鉴赏的异化。读汪曾祺的《胡同文化》，就要来一个"新事物是要取代旧事物的"，甚至还要发出"安得广厦千万间，大庇天下寒士俱开颜"的感叹。胡同文化只是一种市民文化，汪曾祺哪里是简单讲它的消亡或被替代？他是在叙述一种文化，在品味、在咀嚼、在赏玩，有依恋，有淡淡的感伤，也有一丝丝"无可奈何"的悲叹。他何来那样多的"替代"？学《桃花源记》，就要高唱《桃花盛开的地方》。桃花源，它只是陶渊明笔下一个与世隔绝的空想社会，一个带有传奇色彩的乌托邦，一个作家笔下的"意象"。它与"桃花盛开的地方"除了共有桃花以外，其实毫无可比之处。读《挖荠菜》，最后就要来上几句"珍惜现在的幸福生活，现在的幸福生活来之不易"。通观全文，"珍惜现在的幸福生活"还有点影子，"现在的幸福生活来之不易"有什么依据？这种放之四海而皆准的解读文学模式，是不是也该打破一下了？以上种种根本就不是所谓"渗透"，而是附加与强扭。同时，对"文学理论教育渗透学科教学"的提法，目前也正受到质疑。因为学科本身是内在地有着伦理的和道德的力量的，它有这种功能，并非外加的。正是由于这种强渗式的外加，才有了文学课上的无数"光明的尾巴"。文学理论教育的正途，是文本本身的"力量"和"功能"，除此以外，别无其他。

安徒生的著名童话《皇帝的新装》选入我国中学文学教材可谓慧眼有识。然而，编者所写的课文提示却带有泛政治化的影响。"作品……以'新装'为线索，以皇帝爱穿新装成癖为引子，描述了一位骄横一世的皇帝在光天化日之下出丑的闹剧。作品以皇帝这个典型形象，辛辣地讽刺了封建统治者的丑恶本质。"这种解读与原著相符吗？应该说，《皇帝的新装》中的皇帝并非"骄横一世"，也让人看不出有多少"丑恶本质"。两个自称织工的骗子为他织布，他照样付钱，并不强征暴敛；布料纺织过程中，他先后派城市能干的大臣前去考察，并非自己贸然作出结论，可谓谨慎至极；当新的布料被认为织好以后，他及时奖赏两个织工，可谓赏罚分明；当百姓们议论他什么也没穿的时候，他也只是"摆出一副更骄傲的神气"，而未对百姓的不恭采取镇压措施。假若他是个暴君的话，两个骗子纵有天大的胆，也不敢到老虎嘴里拔牙。他的主要弱点是虚荣心重，而"每天一点钟都要换一套衣服"正是这种心理的一种外化，这种弱点导致了他主次颠倒。他"既不关心他的军队，也不喜欢去看戏，也不喜欢乘着马车去游公园"，使他不是被称作"会议中的国王"，而是"更衣室中的皇帝"。出于虚荣，当最后骗局被揭穿时，他强撑脸面，要把这游行大典举行完毕。安徒生"以戏剧性的轻松活泼，以对话体的形式，说出他那篇描写一位爱慕虚荣的皇帝的美妙故事。"从《皇帝的新装》中，我们还能看到安徒生周围人的影子，他们像童话中多数人一样，自作聪明、人云亦云，并同样愚蠢可笑。正如勃兰戴斯所指出的：“有很多事情，人们由于怯懦，由于害怕自己的行动跟‘所有的人’不同，由于担心他们会显得愚蠢，往往不敢说出真相。这个故事永远是新颖的，它决不会过时。”不错，媚俗在任何时代都会使人们规避事实，使社会裹足不前。那么，在这出闹剧中，到底是谁骗了谁？我们说，正是人类的虚荣、做作，不能正视现实，不敢承认对他们来说是苦涩的真理，而使他们自己欺骗了自己。《皇帝的新装》描写的并非只是一位皇帝，而是身份不同但颇具共性的形形色色的人，与其说是描写了一个宫廷，不如说是描写了一个社会。作品不是揭露一个皇帝，而是抨击人类共有的媚俗与虚荣。

这两种表述的区别是：前者仅仅把矛头指向封建统治者，后者则使我们每个人都不能安之若素，都须反躬自问，找出“自己皮袍下的‘小’，克服天性中的弱点，逐步走向完善”。

当然，我们不能一概反对从政治学的角度去解读文学，但笔者认为，从政治学的角度解读，只是多种角度中的一种。巴尔扎克的《人间喜剧》被称为19世纪法国社会的历史，曹雪芹的《红楼梦》被称为中国封建社会的没落史，这些见解都是有一定道理的，但决不是唯一的解读。事实上，文学现象是一种非常复杂的现象，优秀的文学作品是可以从多角度、多层面解读的，鲁迅先生论《红楼梦》命意的名言和西方那句“一千个读者就有一千个哈姆雷特”，都说明了这个问题。如果我们仅从政治学的角度解读文学，其危害是非常明了的，将充满生命底蕴和人生意趣的文学作品简单类化为一些标语和口号，不仅对文学本身构成极大的伤害，还使学生从根本上形成对文学片面甚至是完全错误的认识，更使学生在这样的“熏陶”下逐渐变成一个“政治人”，最明显的表现是他们的语言日益泛政治化。比如现在许多学生的作文充斥着假大空的语言，有的甚至如时事报告一样，空泛的说教，一套又一套，就与此干系甚大。《中国青年报》曾经登载的这样一件事可使我们对政治泛化的语言文学教育的后果略见一斑：日本一个母子访华团来到中国。欢迎会上中日双方小朋友分别致辞，日本小朋友说道：“今天我能来到向往已久的中国，心里特别高兴。已经经历的几件事使我十分吃惊：一是我发现中国小朋友的眼睛特别明亮，笑起来特别欢畅；二是我原以为熊猫的毛是柔软的，这次有机会亲手摸一摸，才知道根本不是……”日本小朋友通过自己的观察，用自己的语言表达真情实感，具体而生动。轮到中国孩子讲话的时候却是：今天参加这个会谈感到十分荣幸。我真挚地希望中日两国能加强合作，进行多方面的交往……这俨然是一政治家的口吻。

2. 技术化

所谓“技术化”即无视人的精神存在，无视人文涵养、人文积淀，无视人文价值之于语言文学教育的极端重要性，把语言文学教育降低为纯粹语言形式的技术操作手段，把深具人文精神内涵的语言文学教育异化成纯粹语言文字训练。它认为文学教育就是语言训练，是与人的精神无涉的形式训练。它的指向是“精神虚无主义”。

明人杨慎评论杜牧的“千里莺啼绿映红”时说：“千里莺啼，谁人听得？千里绿映红，谁人见得？若作十里，则莺啼绿红之景，村郭、楼台、僧寺、酒旗皆在其中矣。”杨慎的话一直为人们所讥笑。何以被讥笑？就在于杨慎用科学阉割了艺术。

杨慎式的评论在我们今天的文学课堂有没有？笔者以为不但有，而且相当普遍。长期以来，语文阅读教学采用"文章阅读教学法"，以知性分析为主，常常将课文做"生理解剖"。近年来，很多人不满这种方法，纷纷亮出自己的招术，其中以信息论为理论指导的"信息处理"颇受重视。应当承认，"生理解剖"法对文章学知识的传授有独特的意义，"信息处理"法对培养、提高学生处理文章信息的能力有不可替代的作用。但笔者认为，无论是"生理解剖"法，还是"信息处理"法，若将其用之于文学作品的解读，则有科学主义之嫌，其结果必然导致科学对艺术的阉割。

郁达夫的《故都的秋》是一篇令人回味无穷的优美的散文。"秋味"是文章的"关键词"，"从开章第一段即提出'故都的秋味'，以后各段里不断重复（强调）：'秋的味'，秋雨'下得有味'，文人写得'有味'，'秋的深味'，秋的'回味'……一贯到底，确实让人'回味'无穷。"（钱理群《品味"故都"的"秋味"》）但若如一些教师用"生理解剖"法和"信息处理"法对文章进行结构解剖和信息处理，则文章就"索然寡味"了。

"生理解剖法"的前提是把文章分成各种类型、各种模式，即在解读之前就将充满个性、风格多样的活生生的文学作品，预设成解读者心中的"理想"模式，然后"按图索骥"，把那个"理想"模式寻找出来，甚至在寻找不出来时就根本不顾作品的实际而强行"演绎"出来。这种方法显然是将文学作品的艺术个性，即特有的创新性、奇异性给牺牲掉了，或者说给阉割掉了。上述对《故都的秋》的解读，就是把这篇散文分解成"总写""分写""总结"三大部分，即"总—分—结"的结构模式。按这种模式去解读，天下文章有一大半根本不需要动任何脑筋就能解决了，还谈什么"灵魂的冒险"！

"信息处理"法则将文学等同于科学，将具有强烈个性色彩，具有丰厚文化承载和浓厚审美意味的文学语言，等同于平面、粗浅、没有意趣的纯技术符号；将文学作品看成一个系统的信息集，以期通过识码、解码、选码、编码达到对它的有效理解和把握。以这种方法解读文学，则是完全抛弃了文学作品的"文学"本质，而将文学科学化，是对文学作品教学根本目的的反动。上述对《故都的秋》的解读，把非常感性、非常个性的郁达夫式的语言抽象成了干巴枯涩的几根"棍子"。用这种方法去解读，文学就在解读之中消失殆尽。有人曾建议托尔斯泰把《安娜·卡列尼娜》的内容用扼要的文学概括出来，他断然拒绝了，说："如果我想用文字说出我打算用长篇小说来表达的一切，我就得从头开始写出我的那部长篇小说……"托尔斯泰的话我们应当记取。

夏中义先生说，"把这么一个最富于诗性的、情感的、想象的学科变得工具化、机械化，这对孩子们灵魂的塑造所带来的负面影响不言而喻。"

还有就是用记叙文的六要素分析代替文学作品的学习与鉴赏。一篇好端端的文学作品，要么是千篇一律的"何人""何事""何时""何地""何因""何果"的肢解，要么是千篇一律的"作者介绍""时代背景""段落大意""中心思想""写作特点"几大块的训练。文学作品的个性没有了，阅读者个体感悟文本的个性也没有了，有的只是公式化的重复、统一规格的克隆以及模式化的标签等等。没有了形象，没有了意蕴，没有了个体的感悟，哪里还有文学教育的影子？

当文学作品的解读走向机械化操作，文学就成了文章学范畴里记叙文的附庸了，再加上标准答案的禁锢，阅读者解读文学作品的创造性思维的火花，也就彻底地被泯灭了。肢解的结果，是让阅读者只见字、词、句、篇等僵死的"零件"，犹如庖丁解牛，全然没有"全牛"，唯剩牛关节与骨架而已，这实在是抽去了作品的灵魂，抽去了作品丰富的人文精神和审美功能，使文学作品变成了一具没有灵魂的躯壳。

（三）正确认识文学的学科性质

文学解读步入泛政治化和技术化的误区的根本原因是多方面的，但对文学学科性质的片面认识是其根本原因。泛政治化源于文学教学意义的追寻。在文学课上我们注重文学源于文以载道、教书育人的传统。而我们所强调的道、所奉行的文学，主要是政治文学，其核心是政治立场教育、阶级斗争及阶级分析教育、绝对服从的集体主义教育和毫不利己的共产主义教育。由于受政治宣传、阶级斗争和革命运动的影响，文学教学往往更是向政治化方向倾斜，把文学课上成政治课、阶级斗争课，不仅忽视语言的工具性、技术性，忽视文学基础知识、基本技能的掌握，就连人道主义精神、人性、母爱、友情等都遭到不同程度的排斥或批判，剩下的往往只有空洞的说教与架空的分析，结果是学生既受不到文学熏陶与心灵震撼，也学不到语言文字的一技之长。

技术化倾向源于文学的工具性，因为文学首先要让学生掌握语言文字这一工具，所以就要强调其基础性，如听、说、读、写，字、词、句、篇等一系列基础知识、基本技能的掌握，进而要求掌握文字学、语法、修辞、逻辑等方面的知识，把知识技能摆在了头等重要的地位。一般来说，在批左的时候、纠正泛政治化错误的时候、强调文学课特点的时候，人们尤其注重工具化与技术化，如54—56年、60—63年，特别是改革开放以后，尤其是小学与初中阶段，往往强调工具性而偏重于知识与操作技能。在知识与技能上又因传统瘤疾和应试需要，人们往往又重知识而忽视能力的培养。尤其因忽视文学教学、阅读与创作，学生学习积极性不高、阅读面不广，作文与创作锻炼的量与质都不够，结果连真正掌握语言文字工具的目标也未达到。这说明即使是语言工具的掌握也是离不开文学教学的。

对文学学科性质的认识直接影响到文学教学方法的选取和文学教学目标的实现。自"文学"单独设科以来，我们不仅对文学的含义始终没有取得共同的认识（正如上文所述），对文学学科的性质的认识也是莫衷一是、一头雾水。有强调工具性的，认为文学是人们的交际工具，是学习和工作的基础工具，因此工具性是文学学科的本质属性。文学课的任务就是进行语言知识教学，培养理解和运用语言的能力，即听、说、读、写能力，课文只是例子。有强调人文性的，认为文学这个工具与一般生产、生活工具不同，它是人们思想、情意、社会文化的负载工具，所以归根到底人文性才是文学的本质属性。文学课的任务主要是通过语言的学习、感悟去培养情感、陶冶审美情操，弘扬中华民族的人文精神。

全面把握文学课程的成份与特性不可再犯片面性的错误。当然，具体的教学实践还要根据不同年级的任务与需求以及具体课文的性质和任务，实事求是地确立每一篇课文教学的重点。总的来说，低年级要更多地注意语言文字工具的掌握，侧重基础知识和基本技能的教学。而随着年级的逐步升高我们应加强文学的教学。而文学的教学有其艺术审美的一面，也有其人文思想的一面，不可忽视的是它还有语言文字的一面。虽然每一篇课文都有其特殊的闪光点，但我们应当根据文学教学的总目标将其语言性、艺术性与人文性巧妙地结合起来，在饶有趣味的活动中达到全面的育人效果。

三、新媒体对文学理论教育的价值特征

（一）一定的消减力

"相对于传统媒体，新媒体消解了传统媒体（电视、广播、报纸、通信）之间的边界，消解国家与国家之间、社群之间、产业之间的边界，消解信息发送者与接受者之间的边界。"自1994年3月中国被获准成为国际互联网的成员后，高校学生迫不及待走进虚拟世界。虚拟世界里的学生可以自由地获取信息和知识，创造和传播信息。新媒体大大缩短了信息交互传播的速度，甚而实现了信息的"零时间"即时传播，消减了时间和空间疆界的束缚。这对于自我意识强及热衷创新的高校学生来说，网络媒体无疑成了他们汲取信息和知识最理想的途径和渠道。这种消减力，也有利于文学理论教育工作者与学生之间消除隔阂，拉近距离，较为轻松有效的开展文学工作，提高教育效率。

（二）强劲的吸引力

新媒体以其超媒体特性而吸引着广大受众。这种超媒体性是在多种媒体中非线性的组织和呈现信息。比如手机媒体，从开始的短信、彩信（例如图片新闻、天气预报和视频的传递），到手机用户可以QQ聊天、在线看新闻、在线看手机小说、收听手机广播、收看手机电视电影比赛等多媒体信息，并能随时随地将信息快速的发送到其它手机用户或互联网邮箱。手机、数字电视等装有计算机芯片的新媒体成为互联网信息的接受终端。2006年11月，国家通讯社新华社开通了"新华手机报"，只要拇指轻轻一按，用户可以免费收看，新闻尽在"掌"握，为全国手机用户带来全新读报体验。"新华手机报"第一时间播报新华网发布的重要即时新闻，每天5分钟，即可概览天下风云。新媒体像是一本信息极其丰富的百科全书，来自各种不同信息渠道的信息数量按几何级不断加速增长。由于新媒体提供了大量的文字、图像、音频、视频等信息，在新媒体上获取知识更方便、快捷、有趣、全面，这给高校学生带来了极大的便利。大部分学生运用新媒体最初的目的只是为了追逐时尚或者阅读需要，但最终都被新媒体优势所深深吸引，有的甚至无法自拔。从某种程度上来说，新媒体在为学生打开了认识世界的一扇窗的同时，更为他们打开了求知的新大门。

（三）强大的号召力

在一个无限选择的时代，统治一切的不是内容，而是寻找内容的方式。随着新媒体时代的到来，媒体平台与人的生活越来越近，信息传播的全时、全域、全民、全速、全渠道、全互动、去中心化（不存在类似于"头版头条"这样的状况，不同受众可以选择出很多主题进行讨论）、去议程设置传播（信息传播不再是比较固定的用词模式，不同的消息发布人可以用自己使用语言的习惯进行传播），迸发出强劲的号召力。新媒体对每个人的思想情感和价值观念的影响是客观存在的，可以这样说，新媒体的传播过程就是大众接受教育的过程，人们的思想道德、价值观念、行为模式都会受到不同的影响。

（四）广泛的渗透力

2017 年 1 月 23 日消息，中国互联网络信息中心（CNNIC）在京发布第 39 次《中国互联网络发展状况统计报告》（以下简称为《报告》）。《报告》显示，截至 2016 年 12 月，中国网民规模达 7.31 亿，相当于欧洲人口总量，互联网普及率达到 53.2%。中国互联网行业整体向规范化、价值化发展，同时，移动互联网推动消费模式共享化、设备智能化和场景多元化。截至 2016 年 12 月，我国手机网民规模达 6.95 亿，增长率连续三年超过 10%。台式电脑、笔记本电脑的使用率均出现下降，手机不断挤占其他个人上网设备的使用。移动互联网与线下经济联系日益紧密。2016 年，我国手机网上支付用户规模增长迅速，达到 4.69 亿，年增长率为 31.2%，网民手机网上支付的使用比例由 57.7% 提升至 67.5%。手机微博用户的增长，一方面得益于微博自身的即时性和自媒体优势，用户体验好，流失率较低；另一方面，手机微博客户端功能不断增强也提升了手机用户使用微博的使用体验。

CNNIC 给出的数据表示：成千上万的人们，尤其是学生，可以在极短时间内成为新媒体信息的接收者，在这个开放的空间里平等地获得和选择信息，只关乎兴趣与爱好。只要坐在电脑前面轻轻地敲打着键盘，甚至在被窝里连接上手机网络终端，人们就可以轻松的进入百度、搜狐等国内外网站，或畅游在全世界各高校的校园网，搜索需要的资料，关注喜爱的新闻，欣赏影视精品，讨论社会热点问题，点其他学校相关课程的网上教学、远程教学、CAI 课件等学习网站，充分享受诸如"哈佛公开课""网易公开课"等知识大餐，也可以建立个人网站，与他人共享自己的学习成果和交流心得。

（五）深远的辐射力

随着传统意义上的"受众"超越单纯意义的阅听大众，而成为在新媒体中参与到信息产业制造价值链的上游，媒体生态正在酝酿着深刻的改变。美国新闻集团董事长默多克对"美国报纸编辑协会"演讲时表示，像新闻集团这样的新闻"提供者"应更加熟知网络，停止对阅众"说教"，媒体该成为"对话的场域"和目的地，以使博客们和播客们与记者编辑进一步的延伸讨论、互相契合。信息网状的流动方式构建了经济便捷地获取信息和发布信息的平台，信息以数字形式在新媒体环境中传播，实现了互联网、数字网、无线移动网等各个网络的连接和贯通，构成了一张天然的网，穿梭于其间的是神奇的数据信息。由于特殊的链接结构，当人们启用新媒体，就能够把信息传递给新媒体上特定的人，甚至可以把信息传递给与因特网相连的其他网络上的人们，使那些本来价格昂贵或难以应用的资源被其他人所共享并使用，用新媒体通信交流和共享信息源。例如，学生可以通过互联网，便捷地接收来自世界各地的电子邮件进行通信；可以通过移动通信方式，与他人建立联系并互相索取所需信息；可以在网上发布公告、传播信息；可以通过视频会议，参加各种专题小组的讨论，充分发表自己的意见；可以免费享用大量的信息资源和软件资源。这一特点，使学生感到前所未有的尊重与满足，极大的激发了他们参与教育活动的意愿。

四、新媒体下文学教育教学的困境

（一）文学与文学理论面临的危机

首先，文学的危机。文学在当今的新媒体语境下，已然陷入了危机，甚而有学者直接宣称文学死了。这些学者认为经济、政治、技术全球化的力量和变革，以及随之而来的新媒体的发展，正使现代意义上的文学逐渐死亡。的确，随着广播、电影、电视以及互联网的发展，新媒体时代已然到来，以印刷出版为代表的经典文学时代已经终结。当下，在全世界，不论是好是坏，越来越多扮演这一文学角色的，变成了广播、电影、电视以及互联网。甚至于有的情况下，人们去阅读书籍，仅仅是因为他们先看了由文学改编成的电影、电视。虽然印刷的书还会在很长时间内维持其文化力量，但它统治的时代显然正在结束，新媒体正在日益取代它。这是一个由新媒体统治的新世界的开始，文学的危机已然出现。

其次，文学理论的危机。面对社会转型后新的媒体环境，文学理论面临着诸多危机。文学是社会生活的反映，今天的社会生活是我们既熟悉又陌生的。说熟悉是因为我们生活其中，说陌生是因为这样的生活离生活于书斋中的我们太远，我们未曾遭遇过、经历过。文学理论面对的是活生生的、鲜活的社会生活，是作家的创造活动及其成果，即文学作品。而当下的文学理论显而易见无法驾驭这些，它只是高校中文系的必修课，文艺理论学者的自我呻吟与陶醉，既不能对转型后的社会生活予以回答，也不能对转型后的文学实践予以评判，文艺理论陷入深深的危机中。

（二）文学理论教学面临的挑战

新媒体时代的文化转型首先从现实层对文学理论教学提出了巨大挑战。在人类的文明进程中，每个时代都有其功能突出的媒介。而且，每个时代都会出现以某一媒介为依托的文学艺术作品，如口语媒介时代的史诗、歌谣，文字媒介时代的诗歌、散文等。而我们这个时代之所以被冠以"新媒体时代"之名，是因为大众传媒的出现。所谓"大众传媒"是指报纸、杂志、电影、电视和广播等向大量受众传送信息或节目的各种现代传播媒介。特别是随着以广播、电视和网络等为代表的电子媒介的普及，人们对媒介的巨大社会影响力的认识提到了空前的高度，故而才会以"新媒体时代"来指称当前这个正在经历着巨大媒介转换的历史时期。就如之前的媒介转换会带来文学艺术的形态转换一样，新媒体时代，更确切地说在大众传播媒介形态中，文学艺术形态也在经历着前所未有的变革。具体而言，人们在当代大众传媒中接触的不再是以终极性的精神关怀和"审美"为主的文学艺术作品，而是依托光电传播技术复制虚拟影像，受资本驱动、以商业利润为主的，并隐含价值取向或意识形态目的的大众文化产品。

必须看到，媒介不仅意味着物理空间的信息传输，更重要的是，它还意味着参与了人们的观念体系和文化秩序的建构。正如卡西尔所说的，人是经由"符号之网"而认知这个世界的，甚至"除非凭借这些人为媒介的中介，他就不可能看见或认识任何东西"。符号的这种中介作用使媒介成为建构人类意义秩序的不可忽略的要素。故此，当代这种由唱片、电影、广播、电视、CD/VCD和手机等媒体讯息组构而成的大众媒介文化，在将形形色色的影像全面嵌入人们的日常生活同时，也重构了人们的时空感受经验和价值观念体系。在这样的文化氛围中，如果说人类的认知方式正面临着区分虚拟世界与现实世界界限的困惑，那么在文学实践中人们也必须面对多方面的转变与挑战。例如人们所说的创作主体就不再局限于所谓作家、诗人和艺术家，而是文化产品的生产者、网络写手和有兴趣于创作的"大众"。所谓的"接受主体"也就不仅是以审美为主的鉴赏者和批评家，而是从游戏的意义上消费"文化产品"的消费者。与这种价值形态的转换并行，所谓的"作品"或"文本"也面临着空前的形态转换，出现了诸如网络超文本小说、互动诗歌和手机"段子"等新的文本形态。

具体对文学理论教学而言，所面临的问题就是选择分析对象的困惑。因为在传统的文学理论教学体系中，当人们试图说明某一理论问题时，作为论据的材料毋庸置疑是经典的文学作品（当然，"非文学性"的作品可以作为反例存在），以围绕"审美"展开的各种文学活动。然而，在这个所谓的"新媒体时代"，作为文学理论教学对象的学生，他们经常面对的恰恰不是所谓"文学经典"，而是"应运而生"的大众文化产品；他们介入的不是所谓审美活动，而是围绕大众文化产品展开的生产、传播和消费环节。由此，他们的接受经验更多的由消费性、游戏性的产品的讯息刺激组构而成。这样，当教授者用"文学经典"来说明问题时，对学习者而言恰恰由于缺乏体验而处于隔膜状态，最有说服力的例子也就失去了说明问题的经验基础。而当我们试图以当代大众文化产品为例进行教学时，我们则要面对这样的尴尬，这些东西是"文学"吗？在更极端的情况下，某些大众文化产品从价值形态上颠覆的正是传统的文学理论观念。如此，它的作用不是证明，而是"证伪"。

而如果我们不能回应当代的文艺现状，文学理论存在的合法性将变得可疑，文学理论课程存在的必要性也随之变得可疑了。

传统的教学是一种平面的知识传授模式。它只强调对学生理论知识的传授与灌输，不重视已经改变了新一代的感知经验和方式的新媒体环境。目前的学生大多是依靠新媒体虚拟经验成长起来的，他们的阅读习惯、感知方式和趣味取向很多是由新媒体环境塑造的，音乐、图片、影像、草根新闻、游戏升级、穿越小说等，是新一代新媒体公民的兴趣所在。在这种环境下，仅仅强调理论教学的传统性、理论性，而不与新媒体技术嫁接是不行的，需要把两者充分融合在一起。

因此，我们认为，新媒体时代的文学理论教学，不仅要引经据典，而且要大胆地引入媒介大众文化实例。这样做的目的，不仅是为了适应当代文化语境，吸引作为学习者的当代学生，而且是为了通过对当代文化产品的批评分析，使文学理论知识在运用中变得鲜活起来，从而促进学习者对这些知识的掌握并最终转化为他们理解和认识这个时代的思想方法。从这个意义上说，文学理论课程反而具备某种优势，因为大多数文学史容纳的对象都是固定的，是那些已然得到专家话语认可的经典。因此，这些课程能做的往往只是批评方法和认知结果的转变，而不能随意进行批评对象的调整。而文学理论课程则不同，它不但以传授各种理论方法为己任，而且可以不受文学史的局限，从现实取材、从当下取材来说明问题，从而保持自身的当代性与开放性。

（三）文学理论教材内容的变化

新媒体时代文学理论教学面临的问题还来源于文学理论本身。无论是在断言"文学是社会生活的反映"的时期，还是在强调文学的审美主旨的阶段，文学理论给自己设定的首要问题是"文学是什么？"。文学理论的其他问题都必须随之而展开。与之相应，经过数十年的积累，我们的文学理论课程教材也形成了一个相对稳定、相对完整的知识框架，即由文学本质论、文学创作论、文学作品论、文学接受论等几个方面构成的知识"板块"。其中，"文学本质论"总是作为开宗明义的第一章。本质论所要探讨和回答的问题就是"文学是什么？"。尽管答案各个不同，或者大同小异，这里对文学作出的本质性界定都构成了其他各个章节的认识论基础。在编写各"板块"时，其又基本由主要概念界定、相关理论源流的追溯、基本原理阐述和各知识点基本特征分析等几个方面构成。这一"成熟"的编写思路当然有它的合理性和可操作性。如它能比较系统的介绍相关主题的知识，条理分明，便于老师教授和学生识记等等。因而，到目前为止，大多数教材编写都沿袭此例。

然而，与前文所述的新媒体时代的文化转型相适应，文学理论观念本身正在经历深刻裂变。由此而产生的一种认识结果是，"文学是什么？"或者说文学的本质变成了"不可言说之物"。这里的"不可言说"不是因为其如上帝的存在那样神秘，而是由此产生的任何结论都被视为一种僵化教条，它作为霸权话语而压抑了其他话语形态和认识路径。

由此，上述的传统文学理论教材编写思路也就被视为"本质主义"的范例而遭到拒斥。陶东风教授是这种批评意见的代表，他在《大学文艺学的学科反思》《大学文艺学和现代文学观念的建构》和《反思社会学视野中文艺学知识建构》等多篇文章中对此进行了反复批评，并主编了《文学理论基本问题》一书来提供一种"反本质主义"的编写思路。这一分歧表明，当代文学理论教学存在的问题不仅是技术（教学技巧）层面的，而是思想层面的，与这种文学理论的观念裂变密不可分。

姑且抛开"本质主义"与"反本质主义"的论证不论，传统教材编写存在的诸多局限却是不争的事实。如它往往存在着贪大求全、头绪过多，未能将各家文学理论观念系统进行真正有机地融合的状况。而且，这种"编写"方式偏重理论介绍和知识梳理，实质上遵循的是从抽象到具体的写作思路。这一问题体现在教学上，就是"文学是什么？"这个首先要说明的问题不但说不清楚，而且由于刚刚接触这一学科的学生缺乏相应的知识储备和思维能力，造成讲授者费了很大的劲，学习者却理解不了，从而一开始就降低了对文学理论课程的学习兴趣的局面。而且，沿袭这一编写思路而使教学最常出现的问题就是，教授者在教学当中常常出现空泛地、甚至是不切实际地思维推演，而忽略了对具体文本或现象的分析。因为这一讲授方式同样是从抽象到具体，而不是从具体到抽象，从而造成学习者的理解障碍。与此同时，大学课堂上常见的现象是缺少教与学的互动。在当代文学理论研究中，"主体间性"和"互主性"同样是一个热门话题，因此，文学理论课程的教授者应该更懂得教学互动的必要性与重要性。但奇怪的是，一些文学理论的老师在课堂上却习惯于"满堂灌""一言堂"，如此，它不但恰恰忽视和限制是学生的能动性，很难及时得到教学的信息反馈，而且成为"反本质主义"极力批评的霸权话语的现实表征。

因此，如果我们不能也不一定非要马上改变文学理论教材的编写方式的话，至少我们应该从教学方式上进行适当的调整。比如，我们可以依据教材，但突破教材不从"文学本质论"入手讲解文学理论，而从文学作品的批评鉴赏入手，召唤学习者介入文学实践环节，结合教学目标，给出具体讨论对象，从他们的阅读和欣赏经验中提出问题，进而上升到理论层面的研讨，并通过传统与当下、经典与流行的不同形态的作品的比较，引领他们形成应有的文学观念。最后，梳理人们对文学命题思考的历史形态，让学习者在一种开放的语境中思考"文学可以是什么？"。毕竟，如赖大仁教授所言，文学理论课程的教学目的在于："一是帮助学生掌握一定的文学理论基础知识，建立起应有的文学观，为他们正确认识判断和分析文学现象奠定基础；二是努力培养学生的理论思维分析能力；三是要着力培养学生的人文精神。"比起知识的接受来，学习者思维能力和素养的提升更能体现文学理论教学的价值。

（四）重视教学的理论性，忽视教学方法

文学理论课程内容极为丰富复杂、逻辑性与思辨性突出，许多理论内容与知识，学生掌握起来较为吃力，理解起来较为困难。而传统的文学理论教学，只把学生当作一个不相关的客体，无视他们的情感存在，无视他们是有自己理解力的独立个体。其实，文学理论

教学应该力求挖掘学生们的潜能，关注他们的兴趣，关心他们未来的生存。这样看来，文学理论实践教学的改革还停留在课堂教学分析或教学法的革新上，缺少整体性和立体性的改革思维。如果不考虑新媒体环境因素对于学生感知方式和审美趣味的影响，任何单一维度的教学法都是不会产生真正的实践效果的。

重视专业教学，忽视就业选择。传统文学理论教学只关注是否正确地传递了理论信息与内涵，不关注学生在未来毕业之后的生存与发展空间。传统教学的评判标准就是只要把专业知识教好就行。实际上，一个学生未来更长的路是走出校门，学生如何生存，这才是人生第一要务。所以，文艺理论教学对学生综合素质的培养和适应社会相关能力的培养尤显重要。无论学生毕业后考研究生、公务员，担任中学教师、文秘，还是做个自由写手，都需要把就业的需求和日常的理论教学相结合。目前看来，我们日常的文学理论教学缺乏的正是这些。

客观而言，新媒体时代虽然从对象到观念，都对文学理论教学提出了诸多挑战性问题，但不可否认的是，媒介技术的发展也为增强文学理论课堂教学的生动性和丰富性提供了必要的技术支撑。具体而言，这种技术支撑指的就是多媒体和网络技术在文学理论课堂上的广泛运用。

从原则上说，多媒体技术的运用有利于创设学习情境，通过声形并茂的形象激发学习者的兴趣，使之成为真正的学习主体。正如建构主义的教育观所认为的，人的精神世界是主体性的人与外部环境和外部影响在交互作用的过程中能动地生成和建构的，绝不是单一的外部力量和外部影响所能够塑造成的。由此，学生的发展作为一种精神世界的建构，也应理解为一种积极主动的建构过程。因此，激发学习兴趣，以学生为中心才更符合人类学习过程的认知规律。运用多媒体技术的意义正在于此。因为在传媒文化包裹中成长起来的新一代学生，他们已然习惯从各种电子媒介中获取信息，组构对世界的认知经验形式。故而，多媒体技术能有效地促使学习者成为信息加工的主体，促进他们建构所学知识的意义，因而是建构主义学习环境中的理想认知工具和信息媒介。对于文学理论教学而言，它能够根据教学内容，以直观的形式呈现文学文本信息，甚至以影像的方式复制并呈现某些形象，使学习者在形象直观形成的体验基础上认知相应的理论问题，从而使抽象的文学理论课堂变得生动，促进学习者对文学理论知识的理解。

当前多媒体教学存在的问题也不容忽视。在教学实践中，以促进教学互动为主旨的多媒体技术运用甚至会悖论性的走向相反的方向，变成阻碍教学互动的障碍。因为，很多教室的多媒体控制台放置在角落里，教师的位置也随之边缘化，学生的目光因而缺少注意的焦点，造成教室逻辑重心的失衡。而且，为了方便多媒体控制台的操作，教师的活动范围被束缚在控制台附近，教师的体态语无法得到运用，课堂气氛反而压抑。更有甚者，一些教师坐在控制台后，对着麦克风上课，如此学生常常是"只闻其声，不见其人"。再者，很多教师在制作课件时，直接把教材上的文本信息大段照搬到课件中，这样不过是由传统的"人灌"变成了"机灌"，教师和学生的关系实际上演变为"放映员"和"抄录员"

的关系，教师和学生之间的交流和互动无法形成。这些虽然是在教学中多媒体技术运用不当造成的通病，但如果出现在文学理论的课堂上，其负面影响就会变本加厉。因为文学理论教学本就抽象，这样运用多媒体技术不仅未能以其生动性、形象性来做出某种弥补，反而会因为失去了基本的教学互动而使文学理论课题的枯燥性扩大化。因此，我们在制作文学理论课件时，就应追求教育性、辅助性和形象性的有机融合。在设计多媒体课件时，既不过度追求形式上的花哨，又不将之变为"电子板书"，而是围绕教学口标，根据学生的认知规律来选择教学内容，安排教学过程，使课件内容切合学习者的接受习惯和心理特征，体现知识的内在逻辑联系。同时，我们应避免极端的依赖多媒体，力求与传统教学形式结合，注重师生的情感互动。因为毕竟"文学是人学"，文学理论教师只有不仅以知识传授主体的方式出现，还要以情感交流的主体方式出现，才能促进学习者知、情、意的均衡发展。

第四章 新媒体与文学理论教育的碰撞

在新媒体时代，文学理论教育面临着前所未有的新情况和新问题：一方面，它使得文学理论教育的社会环境、文化环境变得更加复杂，工作对象、模式、队伍受到冲击，对学生的生活、学习、心理和价值观都带来了重大影响和严峻挑战；另一方面，新媒体技术在信息收集、信息内容与形式、信息传播渠道等方面的重大变革，使其作为新媒体时代文学理论教育的一种新形式，对学生的文学素质、价值取向和道德观念的形成有着积极的影响，给高校文学教育带来了难得的机遇。因此，认真研究和分析新媒体对文学理论教育的影响，是做好新媒体时代文学理论教育的首要工作。

一、新媒体与文学理论教育环境的碰撞

文学理论教育历来都会受到各种环境的影响，在诸多环境中，来自社会环境、文化环境和技术环境的影响尤显重要和直接，它们对文学理论教育的顺利进行，起着极为重要的关联作用。所谓社会环境，是指人类生存及活动范围内的社会物质、精神条件的总和。它在广义上包括整个社会经济文化体系，狭义上仅指人类生活的直接环境。社会环境对人的思想形成和发展具有制约作用。所谓文化环境，是指相互交往的文化群体凭借从事文化创造、文化传播及其他文化活动的背景和条件。文化环境对人的思想形成和发展具有潜移默化、深远持久，起到不可或缺的补充作用。所谓技术环境，是指一个国家和地区的技术水平、技术政策、新产品开发能力以及技术发展动向等。技术环境的影响是多方面的，从积极方面来说，借助新技术能够给社会提供有利的发展机会，对人的思想发展具有一定的支撑作用。与以往相比，新媒体时代文学理论的社会环境、文化环境和技术环境已经和正在发生着重大变化。

（一）社会环境

新媒体时代文学理论教育的社会环境，主要发生了以下变化：

1. 社会空间"无屏障"

在新媒体环境下，由于媒体接近权的实现，不仅使人的感知范围和能力空前提升，更使个体的传播能力和沟通能力得到加强。人们对世界的认识不再依赖单一、单向的信息来源，往往是在多渠道中通过沟通和辨别来完成。在如此社会环境下，文学理论教育原来的"点对面"的"封闭式"的单向传播得以改变，新媒体的即时互动性不仅使信息传播"时

间无屏障""资讯无屏障",更重要的是使社会空间变得"无屏障"。如今人们利用新媒体已经可以随时随地与人对话、交流,在有关站点公开发表自己对有关事物的意见和建议,有时还展现出强大的舆论力量。文学理论教育者由于垄断信息源(封闭环境)所具有的权威性受到动摇,随着传播内容的极大开放性,受众的主体地位得到极大的彰显和提升。与此同时,对海量信息真伪性的甄别也难以在短时间内实现,使学生容易受到虚假信息及错误信息的误导,这也给学生的文学理论教育工作带来了困难。

2. 社会舆论同化迹象严重

新媒体技术所带来的是传播内容全球化、意识形态全球化,但是这种全球化并非双向,而是单向的。在如此单向传播的社会环境下,媒体舆论的格局发生了重大变化,即中心与边缘是非对称的。在海量信息特别是重大问题如国际相关事务问题面前,学生们的文学观点或价值取向,往往是相似的甚至是被舆论同化的,这种状况给文学理论教育带来了空前的挑战。究其原因:一方面是由于大学生生活在新媒体环境之中,他们的日常生活及其学习活动处处与新媒体有关,有意无意地受到垄断媒介的舆论控制;另一方面,西方发达国家的既有优势控制着新媒体的资源和技术,将其触角伸向全球各个角落,试图使全球舆论传播摆脱主权国家的烙印。以美国为例,美国控制着信息与网络的基础资源,从互联网诞生至今,美国控制着 1 台主根服务器和 9 台副根服务器,而根域名服务器是架构互联网所必需的基础设施。美国拥有全球访问量最大的搜索引擎 Google、最大的门户网站 Yahoo、最大的视频网站 YouTube、最大的微信平台 Twitter 和最大的社交空间 Facebook,美国的 Intel 垄断着全球电脑芯片,IBM 推行着"智慧地球",Microsoft 掌控着电脑操作系统,ICANN 掌控着全球域名地址,苹果主导着平板电脑。美国的网络空间霸权遍布国际互联网的每一个领域、每一个角落,在这种社会环境下,社会舆论被同化已成为一种必然。

3. 社会负面信息呈膨胀趋势

新媒体作为当代社会的一个开放系统,一方面它扩展了学生获取文学信息的渠道,使学生接触的信息面更宽,接触到的不同观点更多,但学生获取的信息就可能太多太滥;另一方面,海量信息,鱼龙混杂,使得文学理论教育的环境变得更加复杂化。首先是多元的大众传媒形态,超时空、数字化的虚拟世界,光怪陆离、泥沙俱下的传媒信息,对于世界观、人生观和价值观正在形成之中的青年学生来说,容易使他们分辨不清,不可避免地为他们带来诸多负面影响。其次是新媒体所具有的高技术和与生俱来的渗透性,是一个不以人的意志为转移的客观存在。据悉,全球互联网的全部网页中有 81% 的是英语,其他语种加起来不足 20%;国际互联网上访问量最大的 100 个网站中,有 94 个在美国境内。从国际互联网上可接受的信息来自美国的占 80%,来自中国大陆的仅占 0.01%。这表明,以美国为首的西方发达国家凭借其资金与技术的优势,占据了互联网信息资源的绝对控制权,大肆进行意识形态方面的渗透。由于缺乏必要的技术手段和监督机制,社会负面信息对文学理论教育所产生的冲击也是不可避免的。

（二）文化环境

新媒体时代，文学理论教育的文化环境发生了如下变化：

1. 文化环境的变革

（1）网络语言盛行

新媒体的发展，带来了新型的文学交流方式，改变了人们的行为习惯和表达方式。网络发展促进了一种独特的话语体系的产生。网络语言是当今高校文化环境中的一个极为重要的特征。网络语言是伴随着新媒体的发展而新兴的一种有别于传统平面媒介的语言形式。它以其简洁生动的形式，一诞生就得到了学生们的偏爱，发展神速。新媒体时代文学理论教育者必须熟悉网络语言，否则就像英语会话，连字母都不认识不熟悉，是根本没有办法进行交流的。目前，在学生中广泛使用的网络语言，从形式上来说，主要有如下几种：

符号化语言。在电脑上输出文字时，习惯上会带有相关的符号语言。例如：：－）（微笑的象形）；：－D（大笑的象形）；：－（（撇嘴的象形）等等。

数字化语言。运用数字及其谐音可以更好地表达自己的想法。例如55（呜呜的谐音，表示哭的声音）、88（拜拜，英语单词 bye－bye 的谐音）、520（我爱你的谐音）等等。

字母化语言。类似于数字的运用，字母也有表情达意的功效。如：BT（变态拼音的缩写）、PLMM（漂亮妹妹）、PMP（拍马屁）、BF（boy friend 的缩写，即男朋友）等等。网络语言在内容上有如下表现：一是新词新意层出不穷。像网络新词酱紫（这样子）、表（不要）、杯具（悲剧）等等，它们是同音替代或合音替代。一些旧词有了新的意思，可爱（可怜没人爱）、恐龙（丑女或者是褒义词）、天生丽质（贬义词）。二是使用超越常规的语法。网络语言已经不再拘泥于传统的词语构成语法，各种汉字、数字、英语或简写混杂在一起，怎么方便怎么用，语序也不受限，倒装句时有出现，如："……先""……都""二……的说"千奇百怪。三是口语化的表达。网络交际语言用于网上交流，在表达上更偏向口语化、通俗化、事件化和时事化。

（2）文化消费呈多维性和选择性

文化消费是一种直接影响人的精神、思想、心理、情感以及价值观、人生观的为人类所特有的社会文化现象。新媒体扩大了文化消费的内涵。随着信息产业的发展，媒体不单是一种文化产品载体，或者一种文化消费品，媒体已经融入人们的日常生活，逐步成为一种消费习惯和消费行为。当以电视为核心媒体的消费文化利用难以计数的符号和形象流动生产出无休止的现实模拟的时候，消费者往往会失去对现实的把握，人们在消费过程中逐步地迷失在"符号"的海洋里。20 世纪末 21 世纪初，以互联网为核心媒体的信息消费利用便捷的信息传播通道和手段将信息传播的时空差别降低到了最低，生活在如此文化环境中的大学生，媒体消费已经成为他们日常生活中的一种基本消费，投入时间和资金在信息的获取上已经成为一种基本的、习惯性的消费。与以往的文化消费不同，新媒体文化消费呈现出新的特点：个性化特征更加明显，受众的自主选择性能够更加充分的发挥；互动性加强，信息传递从单向走向双向、多向互动交流；受众参与性增强，将受众从被动的接受者变成主动的参与者；更加便捷，新媒体扭转了文化消费的时空限制。文化消费可以更多地通过新媒体随时随地发生。异地形象可视的文化消费活动、异域文化产品资源共享、远程文化消费操控等新的行为模式，成为新兴媒体引领的文化消费亮点。

（3）青年亚文化已成为高校文化的一种形态

所谓亚文化，又称小文化、集体文化或副文化，是指某一文化群体所属次级群体的成员共有的独特信念、价值观和生活习惯，与主文化相对应的那些非主流的、局部的文化现象；指在主文化或综合文化的背景下，属于某一区域或某个集体所特有的观念和生活方式，一种亚文化不仅包含着与主文化相通的价值与观念，也有属于自己的独特的价值与观念，而这些价值和观念是散布在种种主导文化之间的。在高校文化环境中，青年亚文化的存在与主流文化是相互伴生的。新媒体为青年亚文化提供了成长的温床，同时也促成了一种新的文化形态，即新媒体环境下的青年亚文化。这种亚文化有别于传统的表达方式，学生群体在张扬个性、宣泄情绪的同时，尤其显示出一种对主流文化、精英文化的抵抗和解构。近几年来，在高校流行的网络游戏、网络文学、网络音乐、网络恶搞和网络事件等，已成为高校学生所追求的与主流文化、精英文化有偏离性差异价值观的生存方式。

网络游戏：称为"在线游戏"，简称"网游"。指以互联网为传输媒介，以游戏运营商服务器和用户计算机为处理终端，以游戏客户端软件为信息交互窗口的旨在实现娱乐、休闲、交流和取得虚拟成就的具有可持续性的个体性多人在线游戏。学生亚文化群体借助于这种游戏形式，既舒缓了压力、表达了个性，同时也使他们对现实社会的挫败感和失落感在网络游戏过程中得到了宣泄。

网络文学：指新近产生的，以互联网为展示平台和传播媒介的，借助超文本链接和多媒体演绎等手段来表现的文学作品、类文学文本及含有一部分文学成分的网络艺术品。网络文学与青年亚文化存在着内在的姻亲关系。由于借助了强大的网络媒介，网络文学具有多样性、互动性和巨大的自由性，因而成为学生亚文化群体表达思想和情感的最便捷的工具，成为青年亚文化的一个表达空间。

网络音乐：是指通过互联网、移动通信网等各种有线和无线方式传播的音乐作品，其主要特点是形成了数字化的音乐产品制作、传播和消费模式。网络音乐主要由两个部分组成：一是通过电信互联网提供的在电脑终端下载或者播放的互联网在线音乐；二是无线网络运营商通过无线增值服务提供的在手机终端播放的无线音乐，又被称为移动音乐。网络音乐，既能够表现学生亚文化群体对自我思想的表达和对一些社会现实的讽刺与揭露，同时也能够充分体现他们对人生、社会、爱情、生活等方面的追求与理想，因而成为学生亚文化的一种强有力的表达方式。

网络恶搞：是一种借助新媒体，为建立集体认同而采用符号的新风格化方式来挑战现实社会的手段。自 2005 年末，胡戈的《一个馒头引发的血案》恶搞陈凯歌的电影《无极》，把中国互联网视频恶搞带入了鼎盛时期，到如今恶搞之风越刮越烈，五花八门的恶搞铺天盖地而来。除了视频，现在还有图片恶搞、声音恶搞、软件恶搞等。网络恶搞所具有的张扬个性、颠覆经典、反讽社会、解构传统的特点，已成为学生亚文化群体对主流文化抵抗的工具。

网络事件，是指通过网络或其他技术手段，利用信息系统的配置缺陷、协议缺陷、程序缺陷或使用暴力对信息系统实施攻击，造成信息系统异常或对信息系统当前运行造成潜在危害的信息安全事件。学生亚文化群体十分关注网络事件，往往通过对事件的分析来表达自己的看法，他们对网络事件的表达本身就隐喻着青年亚文化的价值观。

新媒体时代青年亚文化对社会文化的发展有着独特的文化价值和社会价值。就文化价值来说，青年亚文化促成了文化传播方式的改变，使其从"单向"向"互动式"方向发展，这充分体现了尊重文化自由平等的表达权利，使"个性文化"成为流行的主题，引领着社会文化朝着探寻真实的生命体验的方向发展。就社会价值来说，青年亚文化已成为青年群体特有的生活态度和生活方式的依托，它不仅有利于从意识想象层面解决代际冲突，而且逐渐从虚拟空间影响到现实的社会生活。从社会交往方式的发展来看，青年亚文化作为一种新的生活方式，它打破了传统的社会交往模式，极大地丰富了社会生活交往的内容，预示着新的社会交往模式的发展。了解和掌握上述网络语言形式、文化消费现状和青年亚文化形态，使其积极影响转化为文学理论教育的有益补充，无疑是有助于新媒体时代文学理论教育顺利开展的。

2. 文化环境的负面影响

新媒体时代的文化环境，对文学理论教育也产生了严重的负面影响：

第一，文学理论教育的文化辅助出现断裂。长期以来，文学理论教育一直是由主流文化、精英文化辅助的，因而使得文学理论教育工作能够得以延续。现在高校的文化环境已经发生了重大变化，在网络语言、亚文化氛围之中，传统的文学理论教育出现文化辅助断裂已成必然趋势。应当说，主流文化、精英文化对学生的辅助仍然是必要的，它所要改进的是能够更好地体现与时俱进，以符合新媒体时代的发展需要。因此，新媒体时代文学理论教育的有效开展，离不开与之相伴的文化辅助，否则就会使教育演变成单纯说教，失去知识性和趣味性，影响文学理论教育的效果，这样，就难以实现社会道德的有效传递。

第二，文学理论教育工作者的权威弱化。在新媒体时代，文化环境在很大程度上调整了"受教育者"与"施教育者"的关系，教育者与受教育者之间的地位是平等的，教育者可以把正确的世界观、人生观、价值观有机地融入网络的各种形式当中，但是不能强迫受教育者接受某种思想观点。按照以往传统的知识传承习惯，青少年一代在成长过程中所获取的知识和信息，主要是从他们的父母、老师那里获取的，父母和老师的知识权威形象是不可动摇的。在新媒体时代，这一传统的知识传承习惯开始动摇了。随着新媒体文化技术含量的急剧增加，技术文化已经超越了传统人文文化而成为社会文化存在的主要支撑，这便使富有创新且易于接受新事物的年轻一代成为新文化的拥有者，也就是说他们能够从父母、老师以外获取更多的知识和信息，这是他们在与父母、老师的互动中获得"反哺"能力或"话语权力"的最重要途径。这种文化反哺现象，既是一种文化加速度发展的表现，同时也是一种代际之间道德传递发生阻碍的必然。青年一代在构建其道德观中主体性强盛而继承性不足，因而严重影响了传统道德文化的整体传承。

（三）技术环境

1. 文学理论教育的技术环境的变化

新媒体的广泛应用，给文学理论教育的技术环境带来许多变化，其中最突出的反映在以下三个方面：

信息传播海量化。一般来说，传统媒体信息量小、信息面狭窄、信息途径相对单一，而新媒体依托高科技形成了一个覆盖面广泛、涉及领域全面的网状体系，不仅承载、传播了巨大信息量，而且信息更新的速度远远超过传统媒体。在新媒体时代，只要教育者掌握相应的互联网、手机短信等新媒体终端的应用知识，就可以自由的获取大量的信息资源。一般认为，动态更新的消息、数字资源极为丰富的数据库，是新媒体传播最有价值的两种海量信息。比如，像搜狐、新浪等门户网站每天24小时可以滚动上万条消息，可做到重大事件即时报道出来；比如登陆中国知网进行相关搜索，可以查看各行各业的知识与情报。网络上海量的信息为教育者提供了极为丰富的知识资源，使教育者足不出户就可了解自己所研究领域的最新的知识，也为其获得相关材料进行备课、教学提供了方便。信息传播海量化的技术环境，使文学理论教育实现了根本性跨越和对传统文学理论教育环境的彻底颠覆。大学生可以凭借新媒体随时随地获取所需的知识和信息，这会极大地提高文学信息的传播效率。文学理论教育工作者借助新媒体技术，可以以声音、文字、图像等丰富多彩的表现形式，生动地表达文学理论教育内容，并在最短的时间内快速地将文学理论教育信息传达给受教育者，而且不需要受到制度、体制和其他烦琐程序的制约，这增强了文学理论教育的及时性和辐射性，进一步拓展了文学理论的教育空间。

人际关系虚拟化。新媒体时代，由于新媒体技术的广泛运用，现实生活中的每一个人既可以成为一个传播载体或是消息源，也可以成为一个受众。传者和受众的角色大多是虚拟的，信息交流的双方均是以未知的符号代替，因而使得新媒体信息变得复杂多变，人际关系极具虚拟化。这种虚拟化虽然大大削弱了门户对消息的控制，但对加强文学理论教育无疑是个机遇，它有利于学生将内心深处的孤独、苦闷、迷惘等真实地倾诉出来；有利于教育双方通过短信、论坛、网络聊天等形式"毫无顾忌"地进行真实心态的交流，发表自己的意见，真正实现畅所欲言。文学教育工作者通过新媒体把握到学生最真实的想法，针对他们所暴露的一些思想、学习和生活中的问题进行组织讨论，这样做会收到传统文学理论教育方式不可比拟的效果，达到疏通、引导、教育的目的。

教育平台多样化。传统的文学理论教育平台主要以课堂教育为主，教育手段也比较单一。新媒体技术为文学理论教育工作者塑造了全新的平台，提供了通道上的便利。从传播通道上来说，新媒体实现了从单向度、单维度向多角度、多维度转变；从传播内容上来说，实现了从静态、单一的形式向动态、多样的形式转变，信息的发布和传递更加自由，信息的接受与运用更加方便，从而彻底打破了传统文学理论教育载体的时空、速度限制，使信息耗散与反馈失真的弊病得到了克服。在新媒体时代，熟练掌握新媒体技术的文学理论教育工作者，可以通过新媒体的多种技术，集文字、声音、图像、数据等为一体，形成集成性、同步性、交互性和形象性的教育新思路，使文学理论教育更加生动活泼、富于艺术性且更具亲和力。可以说，新媒体为文学理论教育创造了最佳的技术环境，不仅带来了工作场合、教育方式以及信息获取与传播的突破性的改善，使传统的文学理论教育平台由单一性变为多样化和立体化，而且也极大地提高了文学信息的传播速度，增强了高校文学工作的生动性与感染力。

2. 文学理论教育技术环境的消极影响

新媒体为文学理论教育创造良好技术环境的同时，也带来了一些消极影响，主要有：

一是由海量化的信息所产生的负作用。新媒体时代，随着海量化信息铺天盖地传播，在使受众比以往任何时候都能更加迅速便捷地获取信息的同时，也极容易造成受众在面对海量信息时的眼花缭乱和茫然失措。尤其是对那些涉世未深的学生来说，在面对海量信息所包含的带有腐朽思想的消极观点时，对信息的被动接受往往多于主动的思考，容易受到诱惑，这会影响到他们文学理念、价值观念的建立，稀释了文学理论教育的浓度。

二是由虚拟化关系所造成的负作用。在新媒体时代，在新媒体所营造的技术环境下，高校现有的文学理论教育模式受到挑战，真实世界和虚拟世界的界限变得模糊了，在某种程度上造成了"虚拟时空"的存在。高校学生往往不知不觉地受到"虚拟时空"的影响并被动接受，失去理性和自我。人际关系虚拟化，使人的身份可以变成一串字符，任何人都可以不受约束随意地使用不同的名字、性别、年龄来与人交流而不会被人觉察，久而久之会带来现实生活中人与人之间关系的微妙改变，造成人际关系的一种疏离与隔阂。但同时网络上缺少现实中的道德和法律约束，极易造成人们是非观念的混淆，诱惑人们去尝试在现实世界里不敢付诸行动的"行为"。目前，文学理论教育自身改革的速度远远跟不上新媒体技术的发展步伐，它在教育理念、教育政策、教育目的等方面缺乏前瞻性研究，对新媒体环境下的学校文学教育工作缺乏前沿认知。

三是由多样化平台所带来的副作用。新媒体技术的应用，使得教育平台多元化了，但同时也增加了网络管理的难度。以手机网络为例，现在高校学生是应用网络和手机上网的主要人群。近几年来，手机网络发展迅速，手机与互联网的互动更具有隐蔽性和不可预见性。对网络监管部门来说，追查信息源头的难度以及对信息真实性的鉴别难度进一步加大，给学生文学理论教育舆论导向增加了控制难度，使得国家、社会和学校对文学理论教育舆论的引导难度空前加剧，舆论引导在文学理论教育中的作用明显弱化了。

二、新媒体对高校学生的影响

新媒体给文学理论教育环境带来影响的同时，也对高校学生的生活、学习、心理和价值观带来了重大影响，主要表现在以下四个方面。

（一）新媒体对生活的影响

在新媒体时代，各种形式的新媒体已渗透到学生日常生活的各个方面，对他们的衣食住行都产生了重大影响。以网购为例，现在学生的购物、买书、叫车、订票等主要通过网上交易的形式完成。据统计，截至到 2009 年底，淘宝拥有注册会员 1.7 亿，全年交易额达到 2083 亿人民币。2011 年淘宝交易额为 6100.8 亿元人民币，其中，学生占有很大比例。在新媒体时代除了衣食住行变得方便外，QQ、MSN、人人网、微博、微信等的广泛应用，拉近了人与人之间的距离，方便了人们交往，使得新媒体时代大学生的交际领域也变得更为广阔。新媒体给学生生活带来了很多便利，同时也带来了一些问题，主要反映在两个方面：

一是生活方式的改变。在日常生活中，沉迷于 QQ、博客、网络论坛、社区等各种形式的新媒体，"离得开父母和朋友，却离不开网络或手机"已成为现在学生的主要生活方式。对新媒体的依赖，极大地减少了部分学生现实的生活和交往的时间。出现了这样一种生存状态：在网络虚拟世界里，他们兴致勃勃、浪漫幽默，不停地转换角色，善于和许多陌生人打交道；在现实生活中，他们却沉默寡言、性格孤僻，躲避甚至害怕与他人进行情感交流。这种虚拟的生活方式，容易导致学生的行为或思想逐渐固定化，产生讨厌生活、逃避现实、沦失自我等问题，长久下去，还会引起一系列不健康或亚健康疾病。

二是人际关系的冷漠。在新媒体时代，人际关系出现了奇怪的现象：一方面网络虚拟世界拉近了人与人之间的距离，为人际交往带来便捷；另一方面，现实生活中人与人之间越来越"老死不相往来"，心理距离变得越来越远了。在很多情况下，当代学生之间的感情联络、思想交流和嘘寒问暖不再是通过面对面的直接接触来现实了，而主要是由各种形式的新媒体来代劳了。这种人际交往方式，缺少人情味和真情实感，久而久之，很容易使人际情感弱化，进而导致人际交往关系的冷淡。这一现象还表现在子女与父母一辈的关系上。随着代际共同话题的不断减少，代际之间对问题理解的差异也越来越大，代际隔阂产生，代际关系也发生了异化，子女对父母的尊重和孝敬也变得淡薄。此外，新媒体上的"个人空间"虽然满足了学生个性化的心理需求，有助于提升个人自信心，但同时也缩小了其在现实世界里与他人交往的空间，容易滋生排他心理。

（二）新媒体对学生学习的影响

武汉大学青年传媒（集团）开展的新媒体技术对学生影响力的调查认为新媒体技术对

学生的学习方式、方法有着良好的影响，特别是对学生知识的积累有着明显的优势，不少学生通过运用新媒体技术来达到辅助学习的目的学生。其中，使用电脑和网络查资料的学生占71.2%之多，将其用于完成作业的学生占46.2%。调查数据显示，有66.5%的学生认为新媒体技术对他们的学习产生了很大或较大影响。与没有新媒体技术之前相比，现在的学生们通过新媒体能够及时了解和掌握到所学专业最前沿的知识和信息，对其深化课本知识、拓展自己的知识面，确实起到了很好的帮助作用。尤其是现在许多高校教师借助计算机或者在线的网络教学使得课堂或者学习过程变得更加生动形象，改变了传统知识教学中学生只能依靠书本和老师传授知识的学习模式，对高校现行的教学模式改革也起到了积极的促进作用。与此同时，新媒体对学生学习所带来的副作用也是明显的：一是新媒体知识和信息的传播往往是零散的、不系统的，由于缺乏专业老师的指导，容易使学生对问题的认识和理解不得要领。尤其是新媒体搜索引擎的便捷，在帮助学生学习的同时，也容易使他们滋长惰性，养成依赖新媒体来完成作业的习惯，以导致其学习研究能力下降，不利于学术功底的培养。二是学生的世界观还处于形成期，由于知识、经验、思维认识的局限，他们对许多问题的认识和理解还不太成熟，面对新媒体带来的海量信息，看问题往往容易极端和片面，缺乏必要的鉴别力，对他们思维能力和辨别能力的提高有一定阻碍作用。三是由于缺乏必要的课堂交流与社会接触，仅仅通过新媒体学习，既不利于学生创新能力的提高，也不利于学生综合素质的提升。

（三）新媒体对学生心理的影响

1. 新媒体对学生心理的积极影响

一是有利于学生形成内涵丰富的自我。新媒体以其广阔的空间，丰富的信息资源，向学生展示了一个全新的世界，为学生个性的发展创造了自由的空间。它不仅满足了学生对新生事物的好奇心，激发了他们的想象力、求知欲和创造力，而且使其思维变得活跃，视野也得到了拓展，促进了其心智潜能的开发。

二是有利于促进学生的心理健康。新媒体为学生适时地转移、倾诉和宣泄自己的不良情绪提供了机会和场所。通过此种方式，他们可以宣泄被压抑的不良情绪，从而获得一定的心理自疗效果，从日常的紧张精神中解脱出来，这有利于促进他们的身心健康。

三是有利于学生更好地实现自我。新媒体传播信息的互联性和"无屏障性"，有助于学生了解世界、思考世界，使其形成全球性的思维。由此全球性思维视角已不再是少数精英的专利，普通大学生也能够参与，以便其更好地实现自我价值。

2. 新媒体对学生心理的消极影响

新媒体所传播的海量信息，容易使学生无从选择，导致其出现焦虑不安、精神疲惫等心理问题。新媒体所传播的信息，既海量又丰富多彩，往往使涉世未深的学生目不暇接。他们的心理长时间浸泡在杂乱的信息中，其兴奋点和注意力也被信息的奇、新、异所吸引。并且，随着信息的漂浮不定大学生时而兴奋、时而迷惘、时而激动、时而颓伤，情绪起伏不定、千变万化。由于学生心理不太稳定，当他们面对太多的信息时，许多人常常陷入无所适从、束手无策的状态。当海量信息远远超出他们个人处理和利用信息的能力时，他们又常常表现出无所选择、焦虑不安甚至疲惫的精神状态，而这些正是心理不健康的一种征兆。

新媒体所形成的虚拟化环境，容易使学生缺乏面对面的人际交往，使其产生孤僻、冷漠等心理问题。"网络孤独症""人际信任危机""网恋"等是当前学生群体中高发的心理疾病。这些心理疾病产生的原因：一是现在的学生大都是独生子女，从小就生活在一种长辈呵护、缺少与同龄人交流的环境中，他们比较自恋、我行我素，加上在学校与老师、同学的交流又不是十分通畅，因此他们比较孤独，渴望交友，希望受重视；二是网络给学生带来精彩世界的同时，也让他们陷入更加封闭的虚拟环境，使得学生缺乏人与人之间交流的现状更加恶化；三是学生长期生活在网络环境中，加剧了其对网络的依赖心理，加之许多人又把握不好"线上生活"和"线下生活"的界限，必然造成他们与现实生活产生沟通障碍。这种心理疾病，不仅严重影响到学生面对面的人际交往，由此产生的信任危机很有可能会引起学生群体对现实生活中的诸多活动无动于衷，这是对新媒体时代文学理论教育工作的又一挑战。

新媒体所营造的空间自由度，容易使学生责任感弱化并滋生多元的自主选择的心理问题。新媒体的开放性与高度互动性，为信息的传播者和接受者构筑了一个平等的沟通桥梁，给使用新媒体的学生提供了极大的自由度。新媒体中信息组织的非线性使得学生可以根据自己的需要点击信息。学生处于社会化过程的准备阶段，自我意识日渐凸显。但同时，也应看到新媒体所营造的虚拟世界存在着严重弊端：一是虚拟世界的自由性，容易导致部分学生的个人主义倾向被强化。在虚拟世界里，人们可以放纵自己，说任何话、做什么事都无人管束，人们甚至还可以滥用自己的权利，把新媒体作为追求个人自由和宣泄不良情绪的场所。这种多元的自主选择的心理问题，将会使学生的个人主义倾向被强化。二是虚拟世界的隐蔽性，容易导致部分学生的责任感弱化。网络打破了国家和地域的限制，不仅如此，连同社会角色、社会阶层、性别、年龄、相貌、身体都成了许多人的身外之物，人们出现了角色认同危机。由于虚拟世界的隐蔽性，学生可以完全隐去真实的社会身份，根据自己的兴趣、爱好来扮演不同的社会角色与他人交往。这种自由性和隐蔽性，会使一些意志薄弱的学生放纵自己的行为，忘掉自己的社会角色和社会地位，淡化甚至消解道德和社会责任感。

（四）新媒体对价值观的影响

新媒体就像一把"双刃剑"，对学生价值观的形成与发展既有积极的一面，也有消极的一面。

1. 新媒体对学生价值观的积极影响

美媒体培养了学生的"网络文学"意识。"网络文学"是新媒体时代的产物,是网络文学化的内在要求与网络技术普及的结果。作为文学的一种全新形式,在网络文学的空间里人们没有尊卑、种族之分,人与人之间不再有身份、地位的羁绊和制度、纪律的约束,相互之间的表达机会趋向平等。在网络文学中,每个人都享有平等的话语权,都有坚持和保留自己观点的权利。现在越来越多的学生热衷于接受和实践"网络文学"。通过网络文学,他们用文字的力量积极参与、伸张正义,以"滚动散发性"的方式引发一波又一波的舆论和社会热议。在这一过程中,"网络文学"为学生民主意识的增强提供了众多的机会和渠道,有利于他们民主意识的极大增强。

新媒体增强了学生的主体意识。新媒体既为学生群体提供了一个开放的、自由的、虚拟的话语空间,又为每一个人提供了个性化的表达方式。在充斥于网络的各种各样的论坛、空间里,学生有了做主人的感觉,每个人随时都可以以一种虚拟的身份用自己喜欢的方式就关注的各种事件表达自己的思想、发表自己的看法。应当说,在没有新媒体之前,人们对各种问题也是有自己的不同认识和议论的,只不过那时没有可供其发表的平台和渠道,让许多好的建议湮灭在萌芽状态。现在,这个局面打开了,学生们可以通过手机短信、论坛、聊天室、QQ、MSN 等工具,对自己感兴趣的各种话题发表看法、提出建议,充分表达和张扬自我,有了社会主人翁的感觉。在参与谈论和建议的过程中,学生们获取了现实生活中不容易得到的自信和满足,这使得其自我意识不断完善,主体意识也不断增强。

新媒体强化了学生的开放意识。新媒体拉近了人类地域之间的距离,使"地球村"变为现实。在新媒体时代,今天的人类思考问题,已经不再是只考虑自己所在地域里的问题了。地球上的许多问题都是相互关联的,例如人口问题、资源问题、环境和生态问题等,通过全人类的共同努力才能有效解决。它需要地球人必须形成一种国际意识、树立一种全球观念,学生是最易于接受新思想、新观念的群体,而新媒体恰恰又有助于拓展学生的国际视野,促进他们的全球化价值观的形成。同时,借助新媒体所搭建的双向或多向交流的开放平台,使学生在了解世界文化、展示自己思想的同时,也有助于他们进一步强化自己的开放意识。

2. 新媒体对学生价值观的消极影响

新媒体使学生的价值取向紊乱。在新媒体时代,新媒体技术激发了各种文化的交流与发展并使其呈现出前所未有的活力,各种文化以极快的速度实现了"零时间"的交流和传播,在诸多文化中也不乏西方腐朽的价值观念和社会思潮等,使我国主流、传统价值观念受到不同程度的冲击和挑战。一些原来被人们普遍接受的价值观念开始变得陈旧,在实践中屡屡受挫,而另一些原来难以被人们接受的、甚至是被普遍否认的价值观念却被冠以"普世价值观"而倍受推崇,并开始引导人们的价值取向。就学生而言,价值取向是他们对价值追求、评价、选择的一种倾向性态度和行为选择。但由于学生还没有形成稳定的价值观,对一些价值观念缺乏理性的判断能力,年轻人天生的好奇心和新鲜感,往往牵引他们或者盲目追从和不明就里地加以选择,或者左右摇摆、不知所措,呈现出双重或多元价值标准并存的状况,造成了学生的价值选择迷惘和价值取向紊乱。

新媒体使学生的道德情操低下。通过对国内外已经发现的信息犯罪案件的统计,目前网络中出现的"黑客行为"和"情感欺骗"等犯罪案件,犯罪年龄在18~40岁之间的犯罪人员占80%左右,平均年龄只有23岁,其中有一些确是高校学生所为,反映了他们的道德情操低下。产生这种现象的原因,既有现实生活中文学理论教育弱化的问题,也有学生的自身修养不足的问题,但最主要的诱发因素来自两个方面:首先是新媒体所具有的隐蔽性,极易导致一些学生片面地认为网络是个相对自由的场所,无论赞成什么,还是反对什么均可以,不承担任何道德和法律责任。从客观上来说,新媒体具有数字化和虚拟化的特点,确实难以对学生在新媒体环境中的行为、言论逐一进行人员对号或者加以监控。正是由于存在这种"真空"现象,同时又缺少了"他人在场",使得一些学生得以放纵自己,显露出人性中恶的一面,从而产生种种不道德的行为。其次是由于新媒体还是一个新生事物,目前在新媒体以及虚拟空间方面的立法尚处空白状态,据中国社会科学院课题组进行的调查显示,目前计算机犯罪大约只有1%被发现,而且这1%中又只有4%会被指控,加上现实社会的道德规范又难以约束人们在虚拟空间中的行为,导致青年学生的道德判断力被削弱、道德行为变得庸俗,这已成为一个亟待解决的现实问题。

新媒体使学生的价值观念趋向自我化。新媒体为学生群体提供了个性化的表达方式,使学生的主体性得到增强,能动性得以发挥,自我价值得到体现。这但同时也带来了消极影响:一方面新媒体交互机制激活了学生的主体意识,使学生产生了强烈的自我表现欲望,导致了他们的个体意识极度膨胀,个人主义价值取向凸显,过分追求个人的绝对自由;另一方面,新媒体对利益激励、竞争等一系列市场经济机制的过多宣传,导致了学生的物质价值追求与精神价值追求之间的失衡,助长了学生的浮躁心理,使其价值观念自我化,人生理想庸俗化。目前,在学生群体中,关心集体利益的少了,而追求奢侈享乐、关注自身价值的实现的却越来越多了,发展下去势必影响到学生的价值取向,出现重个人轻群体、重功利轻道德、重时尚轻传统、重索取轻贡献等不良倾向。

三、新媒体对文学理论教育工作者的影响

如同新媒体对高校学生的学习、生活、心理等会带来影响一样,新媒体对高校文学工作者的影响也是客观存在的,主要反映在以下四个方面。

(一)新媒体对文学理论教育工作者工作的影响

1. 新媒体对文学理论教育工作者工作的积极影响

新媒体为文学理论教育工作搭建了新平台。教育主客体之间相互联系、沟通,是文学

理论教育工作者实现育人目标的首要前提。在传统文学理论教育环境中，教育主体对客体思想状况的把握，主要是通过座谈会、个别谈话、班级骨干汇报等途径来完成的。受各种条件和因素的制约，在这个过程中往往会出现情况不太真实或者把握不住问题的关键点等问题，因而难以达到文学理论教育的效果。新媒体在为学生提供学习和交流的新工具和新平台的同时，也为文学教育工作者开通了更多的了解学生思想状况的渠道。在虚拟世界里，学生们无拘无束、敞开心扉，表达自己的喜怒哀乐，文学理论教育工作者对此一览无余、尽在掌握之中。文学理论教育工作者可以根据学生的各种心理需求，及时地进行先进思想文化的传播引导和正确的世界观、人生观、价值观教育。可以说，新媒体为文学理论教育工作者搭建了更加广阔的文学教育平台。

新媒体使文学理论教育工作提高了时效性。传统文学理论教育主要是通过文学理论课、传统媒体等形式来实现的，信息传播的范围、速度都是有限的。新媒体凭借全天候、全时空、全方位的优势，不仅传播速度快，且具有极强的时效性。在新媒体时代，人们足不出户，通过新媒体便可以了解世界上政治、经济、文化、科技、体育等各种信息，同时也可以把自己制作的信息发布到世界上的每个角落，因而新媒体深受学生的偏爱，成为他们了解世界、关注文学的主要渠道。新媒体技术提供信息的丰富、及时和迅速，使其作为文学理论教育的一种新型载体，工作的时效性，使他们能够更加便利地获取丰富的教学资源；能够突破传统教学时间限制和其他烦琐程序的制约；能够更加便利地传播思想文化；能够更加及时地开展文学引导和教育。

新媒体为增强文学理论教育工作的实效性提供了机遇。所谓文学理论教育的实效性，是指实际的功效或实践的效果，文学理论教育预期目标与结果之间的张力关系。具体来说，学生文学理论教育的实效性表现在两个方面：一是文学理论教育的内在效果，就是要求文学理论教育能够顺利地内化为学生个体的思想道德素质，具体针对的是学生个体的发展和人格的完善；二是文学理论教育的外在效果，就是要求文学理论教育能够提升学生的思想道德素质，使其以良好的行为举止影响社会，营造良好的社会氛围，推动社会全面进步，这里具体针对的是社会的整体效果。文学理论教育的内在效果和外在效果，是相辅相成的，但要取得最佳效果，内化最为关键。从新媒体信息容量大、资源丰富、传播迅速、交互性强、覆盖面广、形式多元等优势来看，新媒体为促进文学教育实现内在效果提供了机遇。这种机遇主要表现在：新媒体丰富的共享资源，为文学理论教育工作者开展工作提供了充足的资源；新媒体的快捷性，为高校文学工作者大规模地、主动地、快速地传播正确的思想、理论提供了方便，避免了信息传递过程中的衰减和失真；新媒体主体的平等性，促进学生主动参与对话交流，实现了教育者与学生双方随时的互动交流，使教育者和学生之间的互动更广泛、更深入；新媒体传输的超媒体性，扩大了文学教育的覆盖面，将文学理论教育的课堂延伸到学生学习、生活的各个场所，促进了文学理论教育的社会化，使文学理论教育的实效性大大增强。

新媒体使文学理论教育工作强化了渗透性。隐性教育是相对于显性教育而言的。所谓隐性教育是指在宏观主导下通过无计划的、间接的、内隐的社会活动使受教育者不知不觉地受到影响的教育过程。文学理论教育工作者在实践中常常感到公开的、显性的文学理论教育，这难以达到预期的效果；而采用隐性教育，通过"潜移默化""润物无声"的方式，更能够对受教育者的思想、观念、价值观、道德、态度、情感等产生影响。由于新媒体具有隐秘性、虚拟化的特征，为文学理论教育工作者开展渗透性的隐性教育提供了可能。文学理论教育工作者可以借助新媒体技术，通过博客、微博、网络论坛、网络聊天、严肃游戏等形式，实现教育目的于学生的日常生活中，渗透教育过程于学生的休闲逸致间，潜移默化地对学生进行文学渗透，以达到文学教育的实际效果。

2. 新媒体对文学理论教育工作者工作的消极影响

新媒体传播的"无屏障性"，增添了文学理论教育工作的教学难度。新媒体给文学理论教育工作带来了巨大的挑战：首先是海量信息所承载的鱼龙混杂的"资讯轰炸"，快速地进入学生的视野，对于涉世不深、阅历较浅而又对网络极度依赖的学生而言是一种考验，很容易使他们黑白不分、自我迷失。帮助学生分清是非、走出迷茫，非一日之功所能奏效的，无形中增加了文学教育工作者的工作难度。其次是新媒体传播的"无屏障性"，增加了高校对校园网络控制的难度。虽然监管部门也采取各种手段加以制止，但碎片化的有害信息仍旧大行其道。这些错误网络信息对学生极具诱惑力，他们自觉或不自觉地充当起"传声筒"和"扩音器"，对不良信息的蔓延起到了推波助澜的作用。再次是新媒体传播方式的隐秘性，为各种病态人格和网络犯罪的出现提供了温床。一些学生在虚拟空间，为所欲为，宣泄不满，随意攻击社会、学校乃至身边的人和事，从而催生出"网络愤青""网络暴力"，加大了文学理论教育工作者的工作引导难度。

新媒体技术的"易更新性"，突显了文学理论教育工作创新的难度。新媒体是高科技，技术更新快速，尤其是新的应用方式层出不穷，对高校文学教育工作者的工作提出了的创新性要求。文学理论教育工作者比较熟悉传统的文学理论教育方式方法，对新媒体的运行机制不了解、对新媒体的话语表达不适应、对新媒体的运用不熟练，在这种情况下，他们的工作主导性缺失、教育效果不太理想也是难免的，要求他们的工作在短期内富有创新性也是不太可能的。但文学理论教育工作已进入新媒体时代，文化理论教育工作者应积极应对新媒体的新挑战，充分发挥文学理论教育网络传播的吸引力和导向性，加强高校文学教育工作的创新性，这是大势所趋、时代所需，教育者唯有及时调整心态、创新方法理念，才能做到与时俱进，更好地利用新媒体开展学生文学理论教育工作。

新媒体的"匿名性"，加大了文学理论教育进行针对性的工作的难度。新媒体的"匿名性"，既有利于学生在网上敞开心扉、吐露真情，为文学理论教育工作者把握学生的思想脉搏提供便利；同时，又由于是匿名表达思想、宣泄情绪，文学理论教育工作者无法锁定特定对象，这加大了高校文学教育进行针对性的工作的难度。因此，如何使文学理论教育从内容到方式都具有更强的针对性，以适应新媒体时代发展的要求，已成为文学理论教育工作者亟待解决的新课题。

新媒体的"无序性"，加大了文学理论教育管理工作的难度。新媒体极大地突出了公民个体在传播中的主体地位。在新媒体时代，新媒体用户不再是单向的信息接收者，而是可以自主生产、传播内容并传递信息的"自媒体"。美国皮尤中心发布的一项调查表明：有3296的美国青少年曾经有过被人在网络散布谣言、未经允许公布私人电子邮件、收到威胁性信息、未经允许上传令人难堪的照片等欺凌和骚扰的经历。新媒体传播在一定程度上的"无序性"，大大增加了现代社会的风险，已成为社会风险因素的重要来源。新媒体带来的"无序性"，引发了一些学生在虚拟网络中不道德行为泛滥等社会问题，这对他们的身心健康造成了很大的负面影响。新媒体技术背景下的社会是一个难以用规范制约的社会，这种无序性不仅为高校文学教育的管理工作增加了难度，同时也给高校文学教育工作的有效开展带来了困难。

（二）新媒体对文学理论教育工作者主导地位的影响

1. 新媒体对文学理论教育工作者主导地位的积极影响

新媒体有利于文学理论教育工作者掌握工作的主导性。在传统的文学理论教育环境中，表面上，文学理论教育工作者始终是掌握着工作主导性的，但实际上由于其无法真实把握学生的思想动态和真情实感，加上文学理论教育的形式又比较单一，文学理论教育是很难收到较好效果的。在新媒体时代，新媒体为文学理论教育工作者掌握工作的主导性增添了助力：一是新媒体的交互性，使文学理论教育工作者能够掌握到学生的思想动态，及时了解到他们关注的文学热点，这为文学理论教育工作者更好地发挥其主导性创造了条件。尤其是它们对学生中出现的倾向性问题，能够及时有效地加以引导、处理，使问题在萌芽状态便得到解决；二是新媒体信息资源丰富，许多新潮语言和案例层出不穷，经过文学理论教育工作者的加工处理，能够很快转化为文学教育教材，成为文学理论教育工作者掌握话语权的重要资源；三是新媒体形态多样，有助于文学理论教育工作者发挥其创造性，他们将集翔实的文字材料、悦耳的音乐旋律和精良图形图像于一体的立体的文化传播形态引入学生文学理论教育中，使学生们更乐于接受。

新媒体有利于文学理论教育工作者增强工作的互动性。文学理论教育能够成为一个互动的系统，做到主客体之间的互动与交流，是文学理论教育取得实效的关键。总结文学理论教育工作的经验与教训，教育主体与客体之间不平等，两者之间存在对立与隔阂，不能做到互动与交流，这应当是其中一个重要教训。在新媒体时代，网络的虚拟性和匿名性使得文学理论教育平等化，作者居高临下的姿态不再，他们以平等的姿态与学生互动交流，建立起了一种新型的主客体关系。这种新型关系的建立，有利于创造教育者与教育对象之间的和谐环境；有利于他们和谐相处、相互尊重、互动交流；有利于尊重和维护文学理论教育工作者的主导地位；有利于在比较宽松的新媒体环境中对大学生进行潜移默化的教育，从而增强了文学理论教育的渗透性和实效性。

新媒体有利于文学理论教育工作者实现工作的高效性。长期以来，文学理论教育主要是通过课堂教学，并辅以座谈、讨论、谈心、社会实践等形式来开展的。这种传统的文学理论教育形式，在社会快速发展的今天，越来越显得效率低下，不能适应新媒体时代文学理论教育的需要了。而在新媒体时代，新媒体所展现的快捷、灵活的优势，有助于改进高校文学教育效率低下的现状。文学理论教育工作者运用新媒体能够使正面的声音摆脱时空限制迅速传播；能够及时了解社会热点新闻，使教育者及时掌握教育对象的最新思想动态，进而发现问题，解决问题；能够更为方便和快捷地发布更具个性化的信息，在最短的时间里把教育内容迅速传递给受教育者，使思想教育更直接、更深入。通过新媒体，学生改变了在规定的时间到规定的场所接受教育的方式。他们可以在任何一个地方、任何时间获取所需的知识和教育，从而达到了文学理论教育工作者实现工作高效性的目的。

2. 新媒体对文学理论教育工作者主导地位的消极影响

新媒体在有利于文学理论教育工作者掌握工作的主导性、增强工作的互动性、实现工作的高效性的同时，也对文学理论教育工作者的主导地位具有一定的消极影响，主要是：

文学理论教育工作者主导地位的权威性受到一定消解。新媒体时代，新媒体为文学理论教育主客体之间的平等相处搭建了平台，但同时也产生了两种情况：一方面，教育主体由于受到自身新媒体素质、行政事务和工作时间等的限制，在教育过程中陷入了这样一个尴尬的境地，即面对海量信息，他们所看到的，学生也会看到，他们没有来得及看到的，可能学生已经知道了，信息的获取往往落后于教育客体。由此，文学理论教育工作者深感固有的主导地位的权威性受到一定消解。另一方面，受教育客体的信息接触面日益广泛，在新媒体所传播的各种不同观点影响下，他们对信息的理解更加多维和主动，而不像以往那样被动地接受教育者的灌输和安排，他们更乐于根据自身的是非观念和判断能力，选择自己认为正确的东西。在这种情况下，传统的文学教育过程中教育者的信息优势正在逐步减弱，特别是当前有些处在一线的文学教育工作者并没有深刻理解新媒体技术条件下文学理论教育呈现出的新特征和新规律，因而很难有效地利用新媒体来开展文学理论教育，这使得教育者在大学生思想成长过程中主导地位的权威性受到了猛烈的冲击。

文学理论教育工作者主导教育的思想性受到一定损害。当前，文学理论教育工作者中出现了这样两种情况：一种是有些文学教育工作者思想保守、观念陈旧，抵触新媒体，他们的教育方式和教育内容越来越不被学生接受，有的教育者甚至被学生评为"不受欢迎的教师"；一种是有些文学理论教育工作者由对新媒体不适应转而一味迎合学生的思想观点，更有甚者动摇主流文学信念。这两种情况都是有害的，对新媒体时代文学理论教育的顺利开展构成了前所未有的冲击，它不仅降低了文学理论教育工作者在学生心目中的权威性，导致他们对文学理论教育的冷嘲热讽甚至阳奉阴违，而且也严重损害了高校文学教育主导教育的思想性。

文学理论教育主导方式的有效性受到一定弱化。传统的文学理论教育主导方式主要以课堂教学为主，以专题讲座或报告、个别谈话、座谈会、小组讨论、社会实践、参观访问等面对面的交流为辅。这种形式亲切、自然的主导方式，使教育者能够在现场及时感觉到受教育者的情绪、思想等的真实变化，充分体现文学理论教育的"在场有效性"。新媒体的出现弱化了这种"在场有效性"，在一定程度上改变了学生的认知方式和自我表达方式。新媒体技术的开放性和交互性使社会对个人思想行为的制约机制发生了显著变化，增加了教育制约的难度，加上我们的管理经验不足，各种合法或不合法、健康或不健康的信息方便快速地进入学生的视野，不少信息直接对学生的精神世界带来消极负面的影响。新媒体快速侵入，其立竿见影的效果对传统的主要靠长期坚持、反复灌输、潜移默化发挥作用的教育无疑是一个严峻挑战，它不仅弱化了文学理论教育主导方式的"在场有效性"，而且给文学理论教育的效果带来许多不确定性。

（三）新媒体对文学理论教育工作者教育模式的影响

1. 新媒体对文学理论教育工作者教育模式的积极影响

新媒体拓展了文学理论教育工作者的教育内容。与新媒体时代相比，传统文学理论教育时期，由于受到主客观条件的限制，文学理论教育工作者的信息知识储备量、教育覆盖面等相对较小，影响了高校文学教育的效果。在新媒体时代，文学理论教育工作者的教育内容得到了极大拓展。这种拓展，主要反映在四个方面：一是新媒体技术所具有的超大信息量的特点，使文学教育的内容变得更加丰富而全面，同时也使文学理论教育工作者在实施教育时更具有可选择性和客观性；二是新媒体的广泛运用使得全球性信息资源共享变成可能，它使改变传统文学理论教育的信息知识储备量小、教育覆盖面窄等问题成为可能；三是新媒体信息的快速更迭，有助于文学理论教育者在短时间内完成文学理论教育内容的收集、筛选工作，选择那些时代性强、教育意义强的文学教育内容，这大大提高了文学理论教育工作的时效性，体现了文学理论教育工作的时代要求；四是新媒体技术的多样性，使原本比较呆板的教育内容，开始走向立体化、动态化、超时空化。越来越多的文学理论教育工作者将原本抽象、难以把握的文学理论教育内容，通过集声、色、光、画等为一体的新媒体技术演绎出来，使抽象变得形象，呆板变得活泼，大大增强了文学理论教育的吸引力和实际效果。

新媒体更新了文学理论教育工作者的教育方式。新媒体的广泛运用，极大地改变了传统文学工作的教育方式，它带来了"四个转向"：一是转向开放式教育，新媒体技术的广泛使用，改变了以往的封闭式教育方式，使得学生接受教育的渠道变得更多元、更直接、更具体，因而趋向开放式教育成为可能；二是转向启发式教育，在新媒体时代，高校文学的教育方式已经不适合采用灌输式教育方式了，这种教育方式已更新为以学生为主体、教师为客体、以启发诱导的方式来引导学生的思想进步的教育模式；三是转向双向互动式教育，在新媒体时代，新媒体使得教育主客体之间实现了真正的双向互动交流，教育者在进行授教的同时，自己也同时在接受着教育，因而使单向被动式教育向双向互动式教育转变成为可能；四是转向服务式教育，新媒体技术的运用，使得传统的以"老师说，学生做"为主的教育方式失去了其优势。由于文学教育工作者在文学理论教育中所起到的作用更多的只是一种引导，即通过引导将强制性的信息灌输变为信息的选择利用和服务，从而大大提高了思想"灌输"的实效性。

新媒体丰富了文学理论教育工作者的教育手段。文学理论教育工作者在实践中深深感受到，与新媒体技术相比，传统文学教育的手段比较单一，效果难以彰显，越来越不适应时代发展的需要了。而新媒体则丰富了文学理论教育工作者的教育手段。如手机短信、微信、博客、网络论坛、微博、QQ、MSN等工具，被文学理论教育工作者运用的话，可以拓宽学生文学理论教育的途径，成为新媒体时代开展文学理论教育的新手段；还比如充分利用现在校园流行的"QQ群"，文学理论教育工作者可以将文学的内容渗透到班级"QQ群"交流中，使班级在网络中也能成为交互性信息活动场所；又如通过运用"网络论坛"等新手段，文学理论教育工作者可以克服课堂教学的时间限制，打破传统意义上的班级概念，借助网络论坛来传递信息、交流思想、聊天谈心，从而卓有成效地推动学生的文学理论教育。

2. 新媒体对文学理论教育工作者教育模式的消极影响

新媒体的发展使高校现有的文学理论教育模式受到冷遇。新媒体技术的迅速发展，把人们从现实世界带入虚拟世界。在这个虚拟世界中，实体的现实与创造的现实已经融合在一起，人们的认知方式也随之发生了根本性的变化。处在这个大背景下，文学理论教育的现有模式面临着全新的挑战：一方面这种认知方式容易使学生受虚拟世界的左右，使学生自觉或不自觉地受"虚拟时空"这一存在形式的强制性影响和对其进行被动性接受，从而使高校文学教育的现行模式受到冷遇和排斥；另一方面，对文学理论教育工作者来说，他们所依赖的原有教育制度环境已严重滞后，尤其是在教育理念、教育政策、教育目的等方面缺乏前瞻性的理论与实践的研究，远远跟不上新媒体技术的发展步伐。如何创造一种全新的教育模式，来承载新媒体时代文学理论教育的任务，这对文学理论教育工作者来说是个新考验。因此，改革现有文学理论教育模式，以适应新媒体时代文学理论教育的发展需要，已成为文学理论教育工作者义不容辞的职责。

新媒体的发展使高校现有的文学理论教育的引导功能受到阻碍。在传统社会里，实施和整合社会价值观的主要渠道和载体，一直是由政府主导的新闻媒体承担并发挥着主导作用的。但是，随着新媒体的崛起，这种局面开始被打破，新媒体正在逐步成为现代社会价值观传播的重要渠道。但是，由于新媒体开放性、匿名性、虚拟性等特点，使得新媒体自身传播的价值观也是多元的，它既传播先进的、正确的价值观，同时也夹杂着很多黑白颠倒的、有害传统道德价值观的东西。这不仅导致了学生价值观的异变，而且也无形中加大了文学理论教育引导功能的难度。随着文学理论教育现有模式的日渐弱化，新媒体在某种程度上抑制和阻碍了高校现有的文学理论教育引导功能的发挥，这将成为文学理论教育改革的过渡时期迫切需要解决的问题。

新媒体的发展使高校现有的文学理论教育内容受到反叛。文学理论教育的主体内容是文学理论教育工作者按照国家教育部制定的培养要求，通过"灌输式"和"诱导式"的方式使受教育者"被教育'。文学理论教育的内容，不仅体现了文学理论教育的性质，而且它也是实现文学理论教育目标与任务的重要保证。传统教育模式的最大长处是能够使教育内容与教育目标始终保持一致性与趋同性，其短处是容易导致教育内容的相对静态化和平面化，尤其是忽视了学生的个性及内在需求。进入新媒体时代，学生信息接收途径更加广泛，不论是主流文化还是非主流文化，他们都能够从新媒体上快速获取。由于受到多元文化的影响，他们对那种自由言说的方式和无拘束性的言论感到莫大的欣慰，个体最原初的心理和精神得到释放，开始对被动接受既定道德规范和合乎规范性的教育内容进行反叛。由此可见，随着传统媒介"把关人"理论的颠覆，新媒体以其传播快捷性、表达交互性、内容随意性、言论自由性等特点，对当前文学理论教育的主体内容提出了新挑战。如何既能利用新媒体技术对文学理论教育内容进行创新，又能保持文学理论教育内容符合国家教育部制定的培养要求，是我们必须着力研究的一个新课题。

　　新媒体的发展使高校现有的文学理论教育方式方法受到排斥。所谓的文学理论教育方法，是指进行文学教育时，在正确价值观的指导下，在挖掘人们灵魂、丰富人们精神生活和调动人们积极性、实现文学培养目标的过程中所应用的各种办法和程序的总和。传统的文学理论教育主张教育者对受教育者的言传身教，是一种单向教育模式，学生处于被动接受的地位，缺乏互动性。这种文学理论教育方法的最大长处是针对性强、反馈及时，有利于大学生接受正面思想，实现文学理论教育的预定目标。新媒体的应用，排斥了传统的文学理论教育方式方法，使原有传播方式从单向传输改变为双向互动交流。它虽然受到学生的欢迎，但难以实现文学理论教育的预定目标，也难以收到文学教育的预定效果。因此，如何主动学习并运用新媒体技术，既能将传统的文学方法现代化，同时也能实现国家教育部制定的培养要求，对高校现有的文学理论教育方式方法提出了新的挑战。

（四）新媒体对文学理论教育工作者自身素质的影响

1. 新媒体对文学理论教育工作者自身素质的积极影响

　　新媒体拓展了文学理论教育工作者的视野。网络技术作为 20 世纪最具革命性的科学技术之一，推动了人们的思想大解放。随着新媒体技术的广泛运用，新媒体使信息的全球化流动与传播变得更加便捷。其开阔眼界、活跃思想、创新精神、提高效率、共享信息等优点已被人们广泛认同，这就为新媒体时代高校文学工作奠定了良好的思想基础。对于高校文学教育工作者来说，新媒体带来的"三大弱化"，拓展了高校文学教育工作者的视野：一是弱化了课堂内外的界限，它引导文学理论教育工作者所要重视的不再只是课堂的两课教学，让其更加重视利用课堂外的时间与学生进行网上沟通与交流；二是弱化了校园内外的界限，它引导文学理论教育工作者走出校园，使其分析和把握住社会上的各种热点问题出现在受教育者身上的根源，寻找对症措施，及时地予以解决；三是弱化了国与国之间的界限，它引导文学理论教育工作者不仅要注重国内的信息，还要善于利用新媒体技术突破地域限制，放眼全球，关注海外，及时了解和掌握国外的信息，以做到未雨绸缪，只有这样才能把握好文学理论教育的主动权。

新媒体促使文学理论教育工作者确立现代观念。所谓现代观念，是指与现代社会相适应的思想观念，并能随着时代的发展不断与时俱进、丰富完善。当前，文学理论教育工作者的现代观念应当包括：时空观念、科学观念、素质观念、平等观念和效率观念等。新媒体发展速度快，更新周期短，开放程度高，是现代科技的结晶，也是信息社会的时代精神的集中体现。新媒体的这些特征，有利于推动文学理论教育者形成新的思想观念。如新媒体的显著特点是运行的快捷性，这将有利于培养文学理论教育工作者的效率观念。新媒体增加了文学理论教育工作者接触外界的机会，每一次接触都是开启新知识的大门，这种便利为文学理论教育者的知识更新和调整自身的知识结构创造了不可忽视的客观条件，有利于培养文学理论教育工作者的素质观念。新媒体技术使文学理论教育工作者在获取信息方面将不再受到空间阻碍和时间限制，因为地球在网络上缩小了，从而导致文学理论教育工作者形成新的时空观，这使文学教育工作者和文学理论教育对象之间的交流和沟通更加紧密。新媒体技术为文学教育工作者构建了一个异质的"人造世界"的虚拟现实。社会被缩影在这个人为的虚拟世界中，文学理论教育工作者在个人作为主体的这个世界中运动，与各种事物发生联系，而这些联系实际上都是靠信息运动来实现的，这极大地丰富了文学理论教育工作者对事物运动本质的认识，使其形成新的科学观念。

新媒体促进文学理论教育工作者个人综合素质和能力的提升。新媒体在推进改革文学理论教育工作方式方法的同时，也对高校文学教育工作者的业务水平提出了更高的要求。面对新形势新挑战，高校文学教育工作者应利用新媒体加强学习，不断提高自己文学理论教育工作的能力。他们既要注意在不断提高学生政治素质和思想道德素质的同时，确保学生文学教育工作的正确方向，同时又要注意通过网络等新媒体，随时随地关注和吸收全球最前沿的知识研究，增加自身的知识储备，完善自身的知识体系，更好地胜任新媒体时代的文学工作，完成在新环境中的角色定位。如在教学实践中，高校文学教育工作者应根据教学工作的需要，积极发掘网络资源，随时更新教育素材，并善于利用图片、动画等形式，使文学理论教育的内容更充实，形式更多样。在日常管理中，高校文学教育工作者要注重利用新媒体开展相关调研和测评，了解和掌握学生的思想动态、心理状况、精神需求，使文学理论教育更贴近学生的学习生活实际，以取得更好效果。

2. 新媒体对文学理论教育工作者自身素质的消极影响

新媒体使个别文学理论教育工作者的理想信念和价值观有所淡化。新媒体在为文学理论教育工作者增添新的工作渠道和现代化手段的同时，也产生了一些消极影响。在诸多影响中，最重要的是对文学理论教育工作者的思想观念的影响。在现代社会，新媒体是"无疆界""超国家""超民族"的空间。如同高校学生群体一样，文学理论教育工作者也不是生活在社会真空环境之中，他们也会受到网络上的来自西方国家意识形态的种种影响，在这里，尤其是西方发达国家文学作品中所宣扬的政治观、利益观、思维模式、生活方式等，对一些年轻的文学理论教育工作者影响较大。一些意志薄弱的教育工作者，对马克思主义、社会主义、共产主义的理想信念和集体主义价值观有所淡化，他们在课堂上或在网络里，盲目追捧和随意宣扬西方发达国家的文学思想观念。虽然传播这种负面思想和情绪的人不多，但久而久之，这不仅会对涉世未深的学生产生负面影响，也会影响到文学理论教育的有效开展。

新媒体使少部分文学理论教育工作者的业务能力变低。文学理论教育工作者对新媒体技术的熟悉、掌握和运用及其创新能力与想象能力的发挥，决定了他们在文学理论教育过程中对新媒体的认识、使用和发展。但从现状来看，大部分文学工作者表现出网络技术的贫乏。据北京理工大学课题组对北京文学理论课任教老师的调查结果显示，虽然大部分教师已经能较为熟练地使用网络资源，但很少使用网络资源的教师仍占总比例的10%。在获取信息能力的自我评价方面，4%的老师表示很吃力，无法找到所需资源，不会使用辅助工具，28%的教师只知道百度、谷歌等一些简单的资源获取途径，而且资源获取花费时间较长，仅28%的教师表示基本掌握多种查询方法，能熟练获取所需资源。从目前文学理论教育工作者的知识结构状况来看，其知识结构普遍比较单一。文学工作和政治学、哲学、伦理学、心理学乃至艺术等许多学科都有密切联系，然而，由于历史的原因，许多高校文学工作者所学专业主要是汉语言文学、古汉语学等，他们对当今流行的网络文化、文学艺术新思潮、新现象知之甚少，这也是在所难免的。面对学习使用新媒体的压力，传统的文学理论教育工作者对学生的信息控制和行为指导显得力不从心，尤其是一些老教师感觉束手无策，不知所措，进而唉声叹气，怨天尤人，甚至产生自卑心理。

新媒体使一部分文学理论教育工作者的整体素质弱化。目前，在一部分文学理论教育工作者中，存在较普遍的整体素质弱化的现象，概括起来主要是"五个不强"：一是网络语言表达能力不强。一些文学工作者不善于运用新媒体技术，以网络语言、网络文字、网络形象等形式表达自己的思想，更有甚者对网络语言知之甚少或者根本听不懂。二是观察能力不强。他们不善于利用新媒体在海量信息中及时发现和捕捉到学生的思想动态，也不善于对网络现象进行综合分析，以准确掌握受教育对象的特点，有针对性地开展文学教育工作。三是调查研究能力不强。他们不善于借助新媒体平台，有目的地开展一定规模的网络调研和网络信息收集工作，以做好综合分析，预测学生思想发展的趋势，及时发现问题、研究问题和解决问题。四是组织协调能力不强。面对思想层次各异的学生，他们习惯于单打独斗，不善于动员校内外力量通过在线活动，引导网上舆论，共同做好疏导工作，也不善于协调好各网站的力量，使其既能各负其责，又形成合力。五是调控能力不强。他们不善于根据不同时期网络社会的热点、难点、焦点问题，调整自己的知识结构，及时规划工作方向，引导社会舆论，以增强新媒体时代文学理论教育工作的时代性和时效性。

四、新媒体对文学理论教育消极影响的成因简析

上述影响分析表明，新媒体对文学理论教育环境、学生群体和文学教育工作者的影响

是客观存在的，也是不容回避的。巩固和扩大新媒体的积极影响，分析研究产生消极影响的原因，准确把握问题的症结，采取切实可行的对策和建议，正是新媒体时代文学理论教育工作者应当担负的职责。当前，新媒体对文学理论教育消极影响的成因，本文认为主要反映在以下五个方面。

（一）由思维的单一封闭所导致的文学理论教育出现实效性障碍

思维有广义和狭义之分。广义的思维是人脑对客观现实概括的和间接的反映，它反映的是事物的本质和事物间规律性的联系，包括逻辑思维和形象思维。而狭义的思维通常指的是心理学意义上的思维，专指逻辑思维。

在传统文学理论教育的环境中，文学理论教育工作者的逻辑思维往往是单向的甚至是封闭的。在社会相对不够开放的年代，尽管这种思维存在诸种弊端，但不容否定，它对培养和教育那个年代的年轻人也发挥过重要作用。在新媒体时代，新媒体技术的广泛运用，不仅给人们创造了一个全新的世界——网络世界，而且已经并正在促使人们的思维方式发生深刻的变化。在这种大的社会背景之下，一些文学理论教育工作者仍然固守传统的思维，习惯于用传统思维来分析和解决新媒体环境下所出现的各种思想认识方面的问题。这样做尽管费力不少，也很倾注心血，但往往事与愿违，而这也成为文学理论教育难以取得实效性发展的思维障碍。新媒体具有极大的融合性，它能够促进多种媒体形态和不同形态内容的融合，对当代人单一封闭的思维产生了巨大的冲击，带来了思维的空前变革。在新媒体时代，文学理论教育工作者开始认识到，分析和研究学生群体出现的各种思想道德方面的问题，尤其是面对新媒体所产生的种种消极影响，不能仅仅从一个角度去分析研究，也不能再沿用过去单打独斗的办法去解决，而必须多角度地、多学科地进行跨界思维。只有这样才能打通文学理论教育的通道，实现文学理论教育的要求。

（二）由话语传播严重滞后所导致的文学理论教育话语权失效

当前，文学理论教育话语权出现障碍的一个重要表现，就在于话语传播手段严重滞后。话语传播手段严重滞后，使得文学理论教育工作者的话语权受到一定影响，其规范功能不能得到充分体现，这导致了种种消极因素的产生。究其原因：一是新媒体时代由于信息传播速度快、范围广，文学理论教育内容有时难以与社会发展具有同步性，这造成了文学理论教育话语滞后于社会发展，致使教育者和受教育者之间难以使用文学理论教育话语进行有效沟通；二是新媒体时代信息的传递过程是双向的，信息的发送者既是发送者也可以成为接收者，因而大大改善了传统媒体传播信息过程中受众的被动地位，受教育者与教育者在相同的时间获得信息，甚至比教育者更先获取信息，因而产生了文学理论教育话语传播的不对称；三是在新媒体时代，虚拟空间里的每个主体都是平等的，双方都拥有平等的话语权，因而控制式或劝导式的话语传播方式失效。由此可见，在新媒体时代，文学理论教育的话语变革已成一种必然。

（三）由教育内容结构不完善所导致的文学理论教育效果不佳

首先是理论的滞后性与新的文学实践层出不穷之间的矛盾和脱节。现在大部分高校特别是地方性师范院校采用的教材远远滞后于文学理论研究的最新发展，教材内容老化，理论话语陈旧，与新的文学实践严重脱节。新世纪以来电子媒介发达之后新的文学文化现象的涌现超出了原有文学理论的阐释范围，旧文学理论体系阐释的有效性危机愈加凸显。套用歌德在《浮士德》里的话，即"理论是灰色的，而生活之树是长青的"。新媒体时代文学发展的复杂性远远超出了当下理论的阐释范围，这些新鲜文学文化现象无法在现有的文学理论教材中得到合理、完美的解释，这导致学生对既有文学理论阐释的有效性产生狐疑。

新媒体时代文学理论教育之所以效果不佳，还有一个重要原因就是现行的文学理论教育内容结构不够完善，不能与时俱进。内容结构的不完善，诱发了消极因素的产生。它提醒文学理论教育工作者应当注意到：强调内容的文学主导性，但不能以德行塑造等同于文学生活，不能与现实生活相脱节，背离了学生的生活实际；强调内容以知识为本，但不能偏离了对人的全面发展的终极关怀；强调内容的统一性和规范性，不能忽略文学理论教育对象的层次性和差异性，更不能忽视文学理论教育内容丰富多彩和生动形象的特征。

在新媒体时代，信息传播内容的多元化和复杂性、资源的共享性与开放性相互交织在一起，对文学理论教育内容的结构优化提出了迫切要求。当然，高校文学教育内容结构的优化或创新，并不意味着否定过往，标新立异，而是在继承传统的基础上，紧密结合新媒体时代的特征，为教育内容注入新的血液，使文学理论教育内容为学生所喜爱和接受。

（四）由现行载体乏力所导致的文学理论教育的整体效应难以发挥

文学理论教育要通过一定的载体进行教育，载体是文学理论教育发挥效应的必要条件之一。随着新媒体的发展和运用，传统高校文学载体形式日显滞后和低效，导致了消极因素的产生：一方面新媒体所显示的信息渠道多、覆盖面广的特点，使课堂教育中教育者和受教育者在很大程度上处于同一个"信息平台"，大大降低了教育者的权威性和影响力；另一方面由于新媒体所带来的载体样式的多样化，文学理论教育对载体选择的空间大大扩大，这使得单一的以课堂教育为主要载体的形式已显落伍。这种现状说明，当前文学理论教育的效应难以发挥的原因就在于现行载体乏力，不能适应新媒体时代文学理论教育运行的需要。文学理论教育现行载体的整合势在必行，它要求文学理论教育工作者应针对新媒体给学生思想带来的独立性、选择性、多变性、差异性的实际情况，既要根据文学理论教育诸要素的特点选择合适的载体，更要注重综合运用多种载体，通过优化组合、相互交叉、相互配合、相互补充、协调作用，共同形成全方位的文学教育合力与态势。

（五）由教育模式陈旧所导致的传统文学理论教育模式的不适应

新媒体时代，传统文学理论教育模式正面临着严峻的挑战：一方面传统模式在没有新模式取代的情况下，仍在顽强地履行着自己的职责，发挥着应有的作用，但同时其作用也正在日益锐减，显得力不从心；另一方面，新媒体发展势头强劲，它所具有的覆盖广泛、快捷高效的形式，成为思想文化信息的集散地和社会舆论的放大器，对学生的影响越来越大。但同时由于传统教育模式在对抗中不具引导力，使得泥沙俱下的多元文化信息，对涉世不深的学生带来思想混乱等问题，这也导致他们的价值观出现偏差，个别人甚至误入歧途。这一情况说明，传统教育模式陈旧，是产生消极影响因素的极为重要的原因。在这一背景下，由传统文学理论教育模式所产生的消极因素，使得构建适应新媒体时代文学理论教育发展需要的新模式不仅是完全必要的，也是非常迫切的。文学理论教育工作者应顺应时代发展需要，更新文学理论教育观念，在把握多元化沟通交流需求的基础上，学习和熟练运用新媒体技术，积极探求新的教育模式，努力发挥文学理论教育的应有功能，以适应新媒体时代高校文学教育发展的新需要。

第五章　新媒体与文学理论教学的碰撞

现代教育发展到今天，新媒体逐渐走入人们的视野。随着近几年新媒体的崛起，微信、微博、社交媒体、智慧城市等形式的新媒体开始走进我们的生活，它们图文并茂、动静皆宜的表现形式，大大增加了学生对文字的理解与感受，对提高学生的阅读与写作能力起到一定的作用。许多教师都在尝试利用新媒体技术来挖掘课程资源，为学生创造更好的学习体验。而作为一种先进的教学手段，新媒体辅助教学在教学和学生学习中起到了传统教学手段无法替代的作用。但这并不意味着所有的课堂中都要运用新媒体进行教学，在有限的课堂时间内，教师完全舍弃粉笔和黑板，舍弃了有声的、即时的、生动活泼的、快捷高效的师生交流、思想碰撞，而让学生用电脑勉强地进行无声的、缓慢的、无情无态的"对话"，是万万不可取的。新媒体辅助教学毕竟是一种新的教学手段，只有执教者正确认识新媒体辅助教学在高中教学中的利与弊，科学地运用它才会促进教学的发展，从而使教学达到事半功倍的效果。只有将传统的教学媒体与现代教学媒体联系起来，使其相辅相成、互为补充，充分发挥各自的教学功能，才能起到优化课堂结构，提高课堂教学质量的促进作用。

一、新媒体时代下的教学方式变革

（一）传统教学中的"老三样"

以往教师开展教学活动，没有幻灯片，没有投影仪，更没有多媒体，主要的媒介就是黑板、粉笔和教科书，也就是大家常说的"老三样"。每一节课，教师用粉笔将板书写在黑板上，习题抄在黑板上，板书量大，既费时又费力，教学进度提不起来。借助黑板、粉笔和教科书的媒介形式，只是简单的文字表达，基本上没有情态的交流，难以调动学生视觉和听觉的感官，既不形象，也不生动，甚至让学生提不起精神。然而，教科书的内容有限，教师要想通过教科书有限的内容，挖掘更多的教学资源和内容，难度可想而知。学生所能接收到的教学内容单一、形式单一，学生的学习兴趣自然会受到影响。

（二）传统媒体介入

教师向学生传授知识，需要通过媒体，不同时代，教学媒体也在发生变化。随着社会的发展，科技水平的进步，传统教学的"老三样"并不能满足实际教学的需要，一些教学媒体逐渐走进教学活动中来。例如投影仪、幻灯片等多媒体逐渐在教学活动中得到广泛的应用。传统媒体在教学中的应用同样经历了一个演变的过程。

（1）投影仪的介入

投影仪又叫作投影机，是一种可以将图像或者文字投射到幕布上的设备，教师要事先将想要投放在幕布上的内容写到一张透明塑料片上，再通过投影仪转投到幕布上。这样节省了教师板书的时间，让教学环节更加紧凑，教学内容也更加丰富。劣势就是，幻灯片要事先写好，不方便作出临时修改和调整，此外，幻灯片放映机本身也比较笨重。

（2）幻灯片的介入

随着现代教育技术的不断发展，投影仪的更新换代让幻灯片介入到了教学中来，新一代的投影仪可以与电脑等设备连接，教师只需按照教学内容的需要，将需要投放的内容编辑到 PPT 里，再与投影仪相连，就可以投放到幕布上。幻灯片的内容除了文字也可以是图片，从内容来讲，更加丰富；从感观来讲，更加美观。这样的幻灯片播放起来比较方便灵活，只需教师动动鼠标或者键盘就可以切换幻灯片，可以随时在电脑上进行内容的修改，自主性比较强。携带也很方便，只需通过网络或者移动存储设备就可以随时随地浏览或编辑。

（3）多媒体的介入

多媒体就是多种媒体的综合体，一般包括文字、声音和图像等多种媒体形式。在现代教学技术中，教师常常用 Microsoft Office Power Point（PPT）来制作多媒体课件。PPT 是制作和演示幻灯片的软件，能够制作出集文字、图形、图像、声音以及视频等多种媒体元素于一体的演示文稿，有助教师把自己所要表达的信息组织在一组图文并茂的画面中，用于辅助教学。演示文稿中的每一页就叫幻灯片，每张幻灯片都是演示文稿中既相互独立又相互联系的内容。在教学中，这样的多媒体融合了投影仪和幻灯片的优点，内容更加丰富，表现形式也更加多样，更容易激发学生的学习兴趣，调动学生听觉、视觉的感官，更好地为教学服务。传统媒体的演变和融合，借助了计算机信息技术发展的"东风"，正因为计算机信息技术的革新，才让现代教育技术进一步发展。可以说，计算机信息技术的发展和革新是现代教育技术的基本条件。只有具备了这一基本条件，现代信息技术才能得到更好的发展和演变，才能更好地为现代教学服务。计算机信息技术不断革新和发展，表明新媒体时代已经到来。

（三）新媒体介入

新媒体时代的到来，使很多教师不自觉地扮演了新媒体拥护者的角色，不自觉地融入新媒体当中，并用其服务教育工作。当前，应用于教学当中的新媒体主流工具有很多，例如 QQ、微博、电子邮箱、微信、网络电视会议、网络资源共享等。在网络上我们可以查找许多名师的课堂实录，教师运用新媒体教学的例子也屡见不鲜，有的教师甚至开通微博、微信与学生进行互动。这样做的意义在于，首先，教师了解学生的思想动向，更有利其于教学内容的把握；其次，拉近了师生之间的距离，消除隔阂和距离感。

例如，QQ 作为普遍使用的计算机网络交流工具之一，具有在线聊天、视频电话、点对点或者断点续传文件、共享文件、网络硬盘、QQ 邮箱等多种功能，并可与移动通讯终端等多种通讯方式相连；从效能上看，使用 QQ 进行远程教学辅导，具有能方便、实用、高效地和学生联系等诸多优点。教学中利用 QQ 可以实施双向互动、实时全交互。远程教育模式改革，是要求教师与学生、学生与学生之间，通过网络进行全方位的交流，以此拉近教师与学生的心理距离，这也能增加和扩大教师与学生的交流机会和范围。并且计算机对学生提问的类型、人数、次数等进行的统计分析能使教师了解学生在学习中遇到的疑点、难点和主要问题，从而使其更加有针对性地指导学生。要实现这一目标，新媒体技术是关键。传统的互动方法是：学校在自建的网站上开辟论坛，通过让学生和老师进入聊天室实现互动，这种方式的缺点是双方必须约定上网时间，授课方必须在约定的时间内不离线，学员也必须在工作期间内挤出时间进入论坛，这样很不便利，互动往往变成单一行动，效果不佳。而利用 QQ 则可以不受白天、晚上时间的限制，平时双方可以把 QQ 挂在网上，一旦双方都上线，则互动马上就可以实现，并且可以不受人员数量的限制，实行多方互动；在互动过程中，师生可以充分利用 QQ 的点对点、断点续传文件、浏览共享文件、浏览网络硬盘共享功能、QQ 信箱等功能，进行网上答疑、学习资料的传输，这便可实现论坛无法实现的"双向互动、实时全交互"功能，即任何人、在任何时间、任何地点、从任何章节开始、可学习任何课程。

综上所述，QQ 作为远程教育辅助教学与管理的现代网络应用工具，方法独特、形式新颖、功效明显。在实际中，QQ 是作为远程教育实施中出现的一个现代化补充工具，其应用的广泛性和潜力仍需大力挖掘和探索，除了这些平台，教师还可以利用 MSN 等国际聊天工具。

目前，教育技术在教育中的应用形式是多种多样的，从技术特点上来分，大体上可分为五种：

一是基于视听媒体技术（如幻灯片、投影、广播、录音、电视、录像、CAI、语音实验室等视听设备）的教学形式；

二是基于卫星通信技术的远距离教学形式：

三是基于计算机技术的教学形式；

四是基于 Internet 及其他网络技术的网络教学形式；

五是基于计算机仿真技术的"虚拟现实"教学形式；

对于前四种教学形式，我们都较为熟悉，而对于虚拟现实教学形式则较为陌生。"虚拟现实"一词最早出现于 1989 年，1990 年在美国达拉斯市召开的 SiggraPh 国际会议明确了虚拟现实的主要技术过程，即实施三维图形生成技术、多传感交互技术以及高分辨率现实技术。虚拟现实技术的主要特征可概括为实时交互性、多感知性、存在感和自主性等。

虚拟显示技术由于其硬件和软件成本较高，目前仅用于军事训练、医学实习、仿真试验、体育训练、特殊教育等领域，但毫无疑问，随着经济和技术条件的发展，虚拟现实技术将是 21 世纪教育技术的主要发展趋势之一。

针对我国的经济和教育现状，在今后相当长一段时期内，我国的教育技术应用仍将是以基于视听媒体技术的新媒体教学形式为主，并在此基础上大力发展基于卫星通信技术的远距离教学形式，积极试验基于网络技术的网络教学形式和基于计算机新媒体技术的新媒体教学形式。

20 世纪在人类历史上是一个极其重要的阶段，前半个世纪发生了两次人类有史以来最大规模和范围的世界战争，后半个世纪又出现了以新技术革命为推动力的世界范围内的综合国力的竞争。现代教育技术作为一个融理论与实践于一体的独特技术正是在这样一个背景下产生和发展起来的。而且随着现代教育技术在教育实践中的广泛应用，教育技术在推动教育改革和发展中的巨大作用日益显现出来。毋庸置疑，在 21 世纪教育全面现代化的进程中，教育技术将担负起重要的使命，因此，我们有必要对其有一个全面的认识。

二、新媒体环境下的学习主体的变化

（一）新媒体环境下读者阅读趋势发生变化

在传统媒体时代下，人们获取信息的来源大多是电视、报纸、广播和口耳相传等。五六十年代的人喜欢看报，七十年代的人喜欢逛门户网站，八九十年代的人喜欢上社交网站，至于 00 后则更喜欢上微信、微博。这样的演变是不同年代的人阅读习惯的演变，这样的演变是随着新的信息传播方式和传播媒介的普及应用而演变的。伴随着新一代互联网技术的普及，触摸技术的运用，人们的阅读方式正在被改变。

首先，从单一阅读方式发展到多方面阅读方式。随着平板电脑、微软系统等多任务工具和平台的出现，要想实现多任务操作并不难。而这一点，恰恰是读者更喜闻乐见的。受众可以一边读，一边学，一边交流互动，处于手脑并用的状态，这样很容易地把受众和外界联系起来，是传统媒体、广播、电视等做不到的，这也是新媒体渐渐成为主流的一个原因。

其次，从被动到主动的互动阅读方式。传统媒体的互动性差，是因为技术的限制。技术发展到今天，传统的东西还在，但新的技术、新的传播方式让互动式的阅读变得容易许多，在阅读过程中，读者可以将自己的情感、体会发表出来，也可以看到其他人不同的观点，以此形成一个交流圈。这样，不但可以让读者找到存在感，也很容易带给读者更好的交流学习的体验，读者能更好地发表自己的观点，实现自己的价值。

第三，从标准化信息到个性化和定制化信息。我喜欢阅读什么主题的内容，你就给我看什么主题的内容，这是每一个读者都期待的，读者希望这些信息的推送服务，都要围着自己的口味转，这就是要求信息推送满足个性化的需求，要有定制化的服务。喜欢的内容进来，不喜欢的内容出去，这一点是传统媒体无法做到的。传统媒体受版面、时间、时效性、广告等诸多因素的限制，只能为受众提供标准而又统一的信息，很难迎合个性化的需求。而新媒体以其相对来说不高的资金和人力投入，形成以受众为中心的互动体验，以及海量的内容空间，它能根据用户的选择，筛选出用户喜欢的内容，进而更精准地为受众推送更符合用户喜好的个性化信息，真正做到私人订制。这样"以人为本"的阅读，当然会受到读者的青睐。试想一下，在教学中，如果教师能够合理地利用新媒体来激发学生的阅读热情，培养学生的阅读习惯，那对学生阅读水平的发展，将是一件值得期待的事。

（二）新媒体环境下学习主体理念发生变化

首先，随着时代的发展互联网更具平民化。互联网的基本理念是平等，享受每台电脑的平民都是平等的。而发展到今天的新媒体，也本着这样一种平等、公平的平民理念，使其得到更多受众的认可。平民理念往往是指大多数的平等，而这种平等性，在我们教学当中同样适用。教师要和学生建立平等的关系。

其次，互联网代表着开放的理念。互联网，就是互相联通，在技术上，任何一台电脑都可以和其他电脑进行联通，这种开放的方式和理念，是传统媒体的封闭性不可比拟的。

第三，互联网具有互动和包容性。在互联网当中，我们可以看到各家言论，可以自由发表自己的观点，互联网包容了各种不同的声音，为不同的声音提供了一个展示的平台，而这是传统媒体很难做到的。

第四，互联网更加重视阅读体验。伴随着信息技术的进一步发展，新媒体的用户体验越来越完美，当然越来越多的受众也很喜欢这种方式，移动终端的代表产品 iPad 和 iPhone 的风靡程度足以说明这些。

三、新媒体环境下的文学理论教材

（一）新媒体时代下的文学理论教材亟待更新

文学理论课是重要的理论课，在当前新媒体时代下，文学关注与理论严重脱节，教材观念陈旧、内容老化，教材编写者与教学者、文学脱节。这些问题已经积弊成疾，亟待解决，如若不然，则会造成教师不爱教，学生不爱学的后果。久而久之，本来就很差的学生的理论水平会越来越差。我们的教学，无论是国家级的，还是地方级的，在教材的编写上都大同小异，讲课内容也大同小异，即使是文学概论精品课也基本逃不出既定的樊篱。而国外的文学理论课，完全就是关于文学的纯理论，比如耶鲁大学文学系的文学理论课就是如此。他们讲起来也不受教材所限，随心所欲而不逾矩。我们国内几乎每个高校都有精品课，而文学概论这门课程在各个高校称得上精品课的不在少数。然而，统观教师讲课模式、方式，基本就是大一统的局面，就像当前的电视剧，基本脉络大多一致，令人提不起兴趣。而且，更为严重的是，日复一日，年复一年，大家都是这么教，学生都是这么学，最终有所获的寥寥无几，文学理论课失去了它的血色，沦为一架干瘪的教学工具。

或许，在所有的问题中，教材才是问题的症结。时下所用的教材，不仅文学观念陈旧，而且意识形态色彩强烈。文学可以随心所欲地写，作为文学姊妹的文学理论却与之相去甚远。这是一个令人绝望的现实，本来同宗同系的文学理论似乎专意于一项严肃的事务，将文学抛得远远的。文学理论能否简短一些，能否淡化意识形态，或者改变体例，我认为这是我们应该重新考虑的问题。在中国传统文学史上，文学理论与文学本身没什么两样，比如《文心雕龙》《诗品》，以及各类诗话、词话等，既是文学理论，又是文学作品。

不仅文学理论，文学史在之前也出现过此类问题。而出现这类问题的一个很重要的原因就是其意识形态色彩太浓，淹没了文学本身的文学性，后来谢冕、陈思和等人所编写的文学史就像大雨之后的街道，焕然一新。从20世纪80年代夏志清的《中国现代小说史》到1988年之后直至今日的文学史已经卸去了沉重的历史包袱，转换成新的面孔。如今文学史已经不存在意识形态问题，而文学理论却到了相应的时期，也该到文学理论教材更新的时候了。

（二）文学理论教材应体现学科知识体系的规范性

文学理论教材建设与学术研究相比，从内容上看，学术研究可以是局部，就问题的一个方面展开，也可以是较大的问题研究。而教材则不然，它必须是成系统的，要具有相对稳定性和普遍适用性。这样文学理论的教学实践才能保持稳定、形成规范。但现在，各高校往往运用本校教师编写的教材，尤其是重点院校，尽管他们被称作是教材，但实际上是个人的学术专著，各有各的体系，各有各的观点，教材之间体系框架大相径庭。例如童庆炳主编的面向21世纪课程教材《文学理论教程》，共五编，十六章；陶东风主编的21世纪文学系列教材《文学理论基本问题》，共七章。这是两本不同时期出版的体系截然不同的教材。童庆炳主编的教材，以文学活动四要素为基本框架，形成系统。陶东风主编的教材，从中西方对比的角度对文学基本问题进行阐述。两种体系、两种风格、两种理念。试想，如果学生学习了这样两本不同的教材，对文学理论的认知会有多少相通性呢？新近出版的教材大致情况也如此。这似乎是多元化的体现，但众语喧哗，难成统一。不同学校的学生对文学理论的认知不统一，似乎文学理论这一学科是随意的，没有规范性，这样必然会消解学科的科学性。作为一门课程，而且是专业理论基础课，教材应相对一致规范，以此为基础由授课教师加以开拓，融入自己的学术思想和观点，体现教学的特色和个性，这才符合课程的特点，教材的大体一致与学术见解的多元化并不冲突。

当然，这里并不是说两本教材不好，它们都很优秀。童庆炳主编的教材曾是第三代教材的代表，被称为换代教材，许多大学使用。陶东风主编的教材是在反思文艺学学科，尤其是就教材中的普遍主义与本质主义倾向而探索性地编写的新教材，目的是充分体现文艺学的多元和开放，强调文艺学知识的历史性与地方性。在这里把两本具有代表性的教材进行纲目对比，只是想说明教材统一的重要性。

（三）文学理论教材应具有实践的可操作性和接受的可读性

是否具有认识的正确性和实践的可操作性，是文学理论研究是否具有科学性的标志。文学理论研究的目的是为了运用。教材既然是为教学实践提供依据的底本，那么就务必要在其可操作性上下功夫：一是增强适合教学过程的可操作性，增加有助于教学双方交流和调动学生积极性的环节，包括讲授、阅读、写作、辩论、评议等内容。二是要在概念命题和原理接受的基础上，注重提高学生的综合能力，最终目的是培养学生的思维能力、解读文本的能力、分析社会现象的能力等，达到学以致用的目的。

从可读性而言，常规思维认为只有文学作品才有可读性，理论性教材则不必读。其实，可读性是一切阅读接受的必要条件，是主客体建立联系的纽带。可读则会愿读、好读，从而才能达到沟通，形成对话。然而，现在的一些权威性教材恰恰是语言繁复艰涩，拼命追求一种话语权，把原本易懂的东西写得深奥费解的教材。所以，在新媒体环境下，我们需要从教材这一环节就把学生的学习欲望和进行深入研究的兴趣调动起来，这也是教材建设的使命。

四、新媒体进入到文学理论教学的意义

新媒体在文学理论当中应用研究的意义是深远而又广泛的。从文学理论学科教学的角度来，近年来新媒体在各个领域的应用更为广泛和灵活，如移动互联网、微信、微博、大数据与云计算、社交媒体、三网融合、宽带中国、移动应用 App 等，它们利用新媒体的以人为本、虚实结合、互动包容、以市场主导等优点，以学生乐于接受的方式调动学生的积极性，把其巧妙地引入到教学活动中，锻炼和提升学生的写作和阅读能力，从而更好地实现教学的目标。这就不得不谈到新媒体之于教学的意义，该意义主要表现在以下五个方面。

（一）有利于激发学生的学习兴趣，使其变被动学习为主动参与

"兴趣是最好的老师。"孔子说："知之者，不如好之者；好之者，不如乐之者。"教学实践也告诉我们，学习兴趣是学生顺利完成学习任务的心理前提。学生一旦对所学内容产生兴趣，就能积极主动地去学，乐学不倦。同时，心理学家认为，人们对外来信息和知识的接收，主要是通过人体的各种器官实现的，是先有感觉后有认知。因此，在讲课中给学生以直接的感官刺激，有利于引发学生对所学知识的兴趣。而传统的一支粉笔，一块黑板，教师一张嘴，偶尔加上一两件教具的手段，很难长时间吸引学生的注意。学生面对黑板上所列的提纲，忙于记笔记，加之历史具有过去性，只靠文字和语言往往不易理解，学

生感到枯燥，上课开小差的现象时有发生，教学效果的好坏是可想而知的。如果教师运用新媒体技术，通过富有创意的画面、动态的示意、丰富的影视资料，创设历史情景，可以打破时空的界限，为学生再创历史画卷，缩小学生与历史的时代距离，使之目睹真实的历史，变被动的"听""记"为主动的"看"，这样就能激发学生学习的兴趣，使学生对学习内容产生积极的注意倾向，并激起其热烈、持久的情绪。

要想学生主动学习，积极思考，我们就必须先培养学生的学习兴趣。学生对新鲜事物非常敏感，对新鲜事物的接收也比较容易，好听的音乐、绚丽的画面、丰富的视听语言、精致的小动画，都能够将学生的兴趣紧紧抓住。这恰恰就是新媒体吸引人的地方，直观、形象、生动、感染力强，这样的东西一旦拿到教学中来，必将引起学生的兴趣。关于这一点，邱轶东在《新媒体教学的应用》中的指出：新媒体技术能直观形象、逼真地展现教师想要营造的教学情境，可以将学生的非注意力因素集中起来，调动学生的听觉、视觉等各种感觉器官，带动学生尽快进入教学情境，从而激发学生学习的兴趣。如果在教学中都能先运用新媒体进行情境创设，在教学伊始就激发出学生的学习兴趣，营造出浓郁的学习氛围，就一定可以达到事半功倍的教学效果，提高课堂教学的效率。这一点显然是教师无法用传统教学手段达成的。此观点在教学实践中得到了进一步的论证。

在文学理论教学中，古诗的学习一直是学生学习的重点、难点，它们对比有一定的心理障碍，新媒体的使用就可以帮助我们巧妙地克服这一困难。在教学中，教师使用较多的就是微视频（或者小视频），它可以以直观的方式，将古诗词中含蓄的意象、内敛的情感，甚至是晦涩难以理解的知识点，化成生动形象的视听体验，能够化抽象为具体、化虚为实、动静结合、繁简相宜，能够打破时间和空间的限制，烘托气氛，激发学生的兴趣，很容易让学生产生共鸣，激发其想象力。通过引导学生走入教学氛围，可以激发学生兴趣，调动学生学习积极性。

例如，讲授《蜀道难》，众所周知，李白的诗风豪放飘逸，用词更是潇洒大气，学生虽读起来心胸开阔，但却无法构建其描述的蜀道之图；此外，书中还有一些学生读不准的疑难字，这些都降低了学生学习的积极性，从而影响这节课的教学效果。但是，新媒体技术的应用使这些问题迎刃而解。微视频的播放，能够创设教学氛围。在学习此诗之前，教师可以播放一个展示"蜀道之难"的视频，形象、直观地将"难于上青天"的情景播放出来，还原李白见到的场景。李白在千年之前望此景、生此情，古人有此情愫，作为国学传承的我们，首先是感受，其次要传承，更重要在于创新。而我们教学的第一步就是带领学生走入其情境，消除学生心理障碍，吸引学生兴趣。同时在播放微视频过程中伴随着《蜀道难》的示范录音，学生在感受之余还可以学习以读准字音，把读不准的字音标记好，仅此一环节既集中了学生的注意力，消除他们"古诗之难"的心理障碍，又帮组他们疏通了字音。此环节后，学生必定满腔激情、心潮澎湃，在此基础上我们具体讲述此诗，从而使学生在兴趣的驱使下，教师的指引下完成此诗的学习。而在这一节课的讲授过程中，微视频的应用帮了我们的大忙，呈现了我们表达不出的直观的效果，而且对学生初步印象的构建起到了至关重要的作用。

兴趣是推动学生学习的内在动力，在传统的语文课堂教学中，只凭教师口头的说教和黑板上的板书是很难体现出情境创设中的悬疑性、惊诧性和疑虑效果的。而新媒体教学技术走进课堂后，以鲜艳的色彩、优美的图案、动听的音乐和喜闻乐见的动画形象，直观、形象地再现了客观事物，充分地刺激了学生的感官，调动了学生的积极性。这也说明了运用新媒体课件进行教学可激发学生的学习兴趣。联系教学实践看，例如最让学生头疼的"鲁迅文"，鲁迅文存在不同时代下思想不同的差异。如何教授好"鲁迅文"一直是众多文学老师所研究、探讨的重要问题。在此问题上，我认为新媒体技术可以帮助我们。鲁迅的文章被很多同学认为艰涩、难懂，主题过于深沉、压抑，我认为造成这一问题的原因是学生无法真正理解当时时代的严峻性、斗争的残酷性、革命的紧迫性，这就要求教师在教授"鲁迅文"的过程中首先要还原当时的时代，帮助学生理解"一时代有一代要求"，而当时的时代就是需要像鲁迅这样的人站出来，带领人们，通过文学医救人们的灵魂。"我以我血荐轩辕"，鲁迅的初衷、心血等一切都是为了创造中华民族更美好的未来，没有他的努力，就没有我们解放了的今天。但是仅凭教师的"言传"，则"苦口婆心"多，"感染力、冲击力"小，教学质量未必有所提升。新媒体技术的不同在于它通过灵活多样的形式，声情并茂的影音效果来激发学生的学习热情。

教师可以在网上、微信群、微博或者 QQ 群里提出问题，学生可以互动交流，也可以自行检索答案，摆脱教师单一讲，学生静静听的呆板模式。这种互动模式将学生的积极性调动了起来，带着兴趣去研究问题，带着问题去寻找答案。布鲁纳指出：最好的动机是学生对研究的东西有着内在的兴趣，就会产生愉悦的情绪，从而集中注意力，积极思维。

如教师在讲授鲁迅文章时，以《纪念刘和珍君》为例，讲课前在课堂上播放一段微视频，从而声情并茂地真实还原当时社会的风起云涌、思潮运动迭起的时代背景，以直观的形式将其呈现出来，被学生感知。在此基础上学生生动真切的去理解动荡不安的时代中，革命是有牺牲的，有怀揣着美好的民主理想的阳光青年用年轻的生命去铺就我们的未来，他们勇敢却谦虚，他们为了理想义无反顾，用他们的热血激情了大地。微视频配合音乐，现场同期声，生动、直观展示此内容，引出刘和珍作为这样一名青年站在时代的风口浪尖，"敢于直面惨淡的人生，敢于正视淋漓的鲜血"，这样的一位勇士值得我们去纪念、钦佩、学习。在展示当时动荡不安的时代之余，对刘和珍这样一位勇士肃然起敬，为这种勇气心潮澎湃、激动不已。教师不仅要学生看得过瘾还要听得震撼，配合上撼动人心的背景音乐，将学生的每一个听觉神经都激发起来，给学生一种身临其境的感觉，给学生一种穿越时空般的体验。这样心灵上、情感上的交互体验，能够加强学生对文本内涵的感知。所以，教师在实际教学过程中，应该把握新媒体的特点，结合具体文本，具体知识点，将学生巧妙地融入教学情境中来。

在新媒体技术飞速发展的今天，从叙事的角度考虑新媒体与精神生态意义上的交互，并将其应用于现代中学文学教学中，能促使课堂教学模式由单向性向交互性转变，推动人机交互艺术的发展，使精神生态意义上的交互更加人性化，文学情节更加生动，师生教学过程更加体验化。新媒体以其丰富的图、文、声、画等元素激发学生的学习兴趣，使教师教学、学生学习的效果更好。心理学研究表明，大段的文字信息，抽象的分析和讲解，想要吸引学生的兴趣的话，效果并不会令人满意。但是新媒体不同，基于触摸媒体，灵活多样的社交软件，在营造生动、活泼、直观的教学氛围等方面有着其他媒体所远远不及的优势。心理学实验结果表明，11%的人，获取信息的渠道来自听觉，而83%的人，获取信息的渠道来自视觉。看得见，摸得着的新媒体方式，对学生而言，吸引力是非常大的。因此，教师要善于正确地利用这一优势，来激发学生的学习兴趣，提高学生学习的积极性。

而且新媒体技术拥有形象生动的动画、好听的音乐、灵活多样的表现形式和互动性、参与性强等特点，很大程度上增加了学习的趣味性，能够激发学习者的学习兴趣，使学习过程变得不再枯燥、乏味。

教师在课堂上可以在微信群中（以班级为单位）发布这样一条互动连接，让学生们以"填字"的方式完成：如微信、微博中曾经有这样一款填字游戏，学生通过点击空白处，获得关于诗句的两条提示，游戏通过回忆激发学生，写出诗句。"填字游戏"为学生量身定制，难度适中。它的内容有时事新闻，也有百科大全；有教学精粹，也有古诗词；有典故，也有成语和脑筋急转弯，学生可以在游戏中找到知识的盲点，这也能帮助学生巩固知识。学生可以求助，也可以上网搜索、互相讨论。填字游戏的难度系数设置很合理，游戏大体可分为基本常识、古诗词、成语、新闻事件、百科知识和综合性知识等不同主题，大概有70%需要"想一下"，最后30%就要求学生绞尽脑汁地思考了。其实填字游戏就是帮助教师迅速找到学生知识盲点的利器，也是师生沟通互动的桥梁。学生在游戏中发现知识的不足，弥补不足。

类似的例子不胜枚举，它给我们一个启发：教学与游戏结合起来，就能让学生眼前一亮，脑洞大开，更乐于参与到互动教学中来。这也体现了新媒体技术应用于教学后，在文学课堂的趣味性。

新媒体要想真正应用于教学中，更好地为教学服务，就要求教师要从实际教学内容出发，从知识点出发，不要为了用新媒体而用新媒体，忽略了新媒体教学的初衷。让新媒体教学和传统教学有机结合，对激发学生学习的兴趣、提高学生学习的主动性更有益。

（二）有利于呈现过程，突出重点、难点

当前的教学不再是"填鸭式"的教学，不仅仅需要学生掌握所学的知识点，更重要的是让学生掌握知识的形成过程，使学生知其然，又知其所以然。

那些教学中难以清晰呈现出来的内容，在学生感知能力之外的内容，可以通过新媒体教学中的多元化的形式灵活地展现在课堂上，帮助学生理解和感知。由于长期受应试教育的影响，学生对现有知识的掌握还拘泥于死记硬背，往往通过强化记忆来巩固知识点。因此学生们在考试之后经常说，我把知识都还给老师了，也就是考完就忘。这说明学生很难

将知识真正内化，将知识经过自己的头脑思考加工而转化为自己的东西。这说明教师并没有在学生学习的过程中培养学生自主学习的能力。

在这一点上，新媒体技术发挥了巨大作用，如教师在讲授《苏轼词两首》时，大多数学生知道苏轼是开一代豪放词先风，改变了"花间词、婉约风"而一统文坛的伟大词人，但为何有此成就，却无人知晓，这便是"知其然却不知其所以然"。而且第一首《念奴娇·赤壁怀古》中的豪放却有一丝消极，有何原因呢？第二首的《定风波》也仅仅只是"沙湖道中遇雨"的感慨而没有其他深意吗？这些知识的内在因果联系，都需要教师呈现出来，而新媒体技术的应用则使这一问题迎刃而解。

教师通过新媒体呈现过程及知识背后的深层原因，与学生一同探讨，帮助学生完成知识的内化，使其灵活掌握知识，形成知识的体系从而记得更准、更牢。用新媒体展示苏轼的生平，教师与学生一起体味其百味，无论哪个政党进行改革，苏轼永远站在人民的立场上，王安石发布新政，他从人民的角度提出其不合理的地方并且大胆直言，不顾当时对其别有用心之人的算计，只为国泰民安，换来的却是一贬再贬，甚至是生命之危，幸亏王安石爱才才使其得以保全；但是司马光尽废新政之时，他却依然肯定王安石变法有其合理性，反对尽废，于是在新旧党派之争中他永远站不好自己的位置，因为在他心里只有人民而没有政党。于是他又遭到贬谪，仕途的颠簸，人生的挫折使在黄州的苏轼在生活上"与人谈鬼"，在创作上以历史为主，总之"不谈时事"！于是有了《念奴娇·赤壁怀古》一词。"大江东去，浪淘尽，千古风流人物"一如既往的豪放之情，怀念三国时期的周郎"雄姿英发，羽扇纶巾，谈笑间樯橹灰飞烟灭"的历史风姿。而当前的"我"呢，"多情应笑我，早生华发。人生如梦，一樽还酹江月"，与公瑾相比，当前的"我"有多可悲！对比手法中尽显苍凉，人生不过如梦罢了。这样解释此诗，水到渠成，顺理成章，有利于帮助学生构建知识的系统，向学生展示其来源，展现知识的认知过程，再配合以教师提前录制的微课，向学生展现究竟什么样的景象引发了苏轼的感慨？作者在此时创作上以历史为主，那么词后又有什么历史故事，周公瑾当年有怎样的作为呢？周瑜出身显赫，用现在的话来说就是富二代，少年时期就意气风发，露出帅才之能，所以才有孙策的"外事不决用周瑜"之托并且教师在讲课时将其与《赤壁》短片相配合，还原当时的历史状态，从而使学生形象生动而具体地掌握知识。

而在讲解《定风波》时则不同，《定风波》是在作者磨难的人生悬崖上开出的坚毅之花，是作者难得的心态的体现。我们在途中遇雨是什么反应呢？找几名同学谈一下感受。然后教师用新媒体展示雨中的泥泞，雨中奔跑的人们，从而为此词的讲解作铺垫，那么苏轼沙湖道中遇雨是什么心态呢？作者爽朗地吟诵出"莫听穿林打叶声，何妨吟啸且徐行，竹杖芒鞋轻胜马，谁怕？一蓑烟雨任平生"。在自然界中遇到不幸时作者以乐观的态度泰然处之，"莫听""吟笑""徐行""谁怕"。我们要让学生了解作者此时的心态不仅仅是指遇到自然界中的风雨时，也指遇到人生过程中的风雨时。而表达这项知识需要一个认知过程，这个过程可以应用新媒体技术。如果将苏轼一生的境遇与这首词联系，作者经历了人间苍茫，才有了此番豁达的心境，尽管"风雨"尽失，迎来"春风"对于作者来说不过是"也无风雨也无晴！"。作者的人生经历以及词的时代背景与词的理解密切相关，这也就是我们所说的"知人论世"。而新媒体技术在展示背景，呈现知识的认知过程中功不可没。

在文学理论教学中，教师应该留意学生的情感波动，要把握好时机，为学生创设情境，利用新媒体技术的优势为现代教学服务，以获得最佳的教学效果。如上文中谈到苏轼词中所蕴含的豁达乐观，教师应以此情教育学生，任何人的人生都不可能一帆风顺，都会存在磕磕绊绊，而当人生中的风雨来临时，我们要像苏轼一样看淡挫折，直面人生。

教师需要创设一个直面人生挫折的教学环境，鼓励学生即使在学习和生活中有不如意，也要坚强，并且坚定地朝理想大步迈去，走出属于自己的人生。这一过程激发和陶冶了学生的情感，使其与作者产生共鸣，既达到了"育人"的目的，同时又更深刻地呈现了知识的背景，使知识点的讲解水到渠成。

仅对文学理论教学而言，新媒体在文学教学中运用的主要目的是提高教学质量。让学生突破难点，掌握重点，这样才能提高教学质量，而这一点利用新媒体技术就可以突破。文学理论的教学重点是整个文学教学过程中要求学生必须掌握的内容，同时也是教学的难点。如果教师将其以新媒体的方式融入教学情境中来，则可以激发学生兴趣，达到化繁为简的目的。

例如《鲁提辖拳打镇关西》，教师可以整理《水浒传》中关于鲁智深的精彩片段，在教学中播放，如果课堂和教学中没有充足的时间，可以将整理好的视频分享到QQ群或者微信群当中，供学生利用课余时间了解。针对视频中的关键部分，教师可以提出问题，作为观后作业，如鲁智深的形象特征等，像这样让学生举出其事例然后具体分析他的复杂性格。教师还可以利用新媒体，在群内链接分享《好汉歌》的MV，通过精彩的片花，多方面对鲁智深这一人物进行剖析，从而有效突出教学重点。

教师在教学过程中要让学生学会：阅读优秀作品，品味语言，感受其思想、艺术魅力，发展想象力和审美力；在阅读中，体味大自然和人生的多姿多彩，激发热爱生活、珍爱自然的感情；感受艺术和科学中的美，提升审美的境界；通过阅读和鉴赏，陶冶性情，深化热爱祖国文学的感情，体会中华文化的博大精深，追求高尚情趣，提高道德修养。文学的课程目标包括阅读和鉴赏，但在实际教学中，很多东西只可意会不可言传，尤其是教学。微视频在高中文学当中的应用，打破了图文限制，通过视觉、听觉来激发学生的学习热情，加强了学生对文本的感知能力。而教师也可以利用新媒体与学生建立良好的沟通关系，潜移默化地提升学生阅读、写作、表达、交流的能力。并且与其他教材有所不同的是：文学教材是一个自然美、社会美、艺术美的仓库。课文中，有许多文采斐然、语言优美、思想艺术极高的文学作品，如《兰亭集序》《荷塘月色》《滕王阁序》等，意境美、形象美、语言美等优点使教学的审美优势突出。如果能够运用新媒体技术，让学生走进这些精品美文，获得美的体验，感知美的内涵，对教学目标的完成，必将事半功倍。美可以通过文字来联想，也可以通过视频来呈现。一个是空想，一个是直观的视听享受，二者相比，效果可见一斑。读一段文字和看一段美轮美奂的视频，所带来的体验是完全不同的。学生欣赏视频，再和文本有效地结合起来，有利于提高学生的审美情趣，激发学生的学习兴趣。

学生在预习《滕王阁序》之后，面对文本中晦涩难懂的字句，自然会有抵触情绪。这时，利用新媒体播放一段滕王阁的风光短片，提高学生的审美情趣，从而激发学生学习兴趣。这也可用于加深学生理解，在学生涵咏文字后，再播放，从而陶冶其性情，提升其审美情趣。在欣赏和品味中提升学生的阅读、写作能力。

再如，在苏轼《赤壁赋》的学习中，学生在疏通文意后，品味当时情境以及语言表达的精彩。文人的闲情雅趣有："举酒属客，诵明月之诗，歌窈窕之章。"文人生活情趣的高雅让人心生羡慕；当时的美景也不可忽视，"清风徐来，水波不兴""少焉，月出于东山之上，徘徊于斗牛之间……飘飘乎如遗世独立，羽化而登仙"，环境亦是超然美妙，但是在此超然中友人却"客有吹洞箫者，倚歌而和之，其声呜呜然，如怨如慕，如泣如诉……固一世之雄也，而今安在哉……知不可乎骤得，托遗响于悲风。"正是环境的壮阔，历史人物的飒爽风姿才引发友人的渺小卑微之感，但友人的表达却是诗意盎然，让人回味，值得反复吟诵、学习。此情此感赋予语言文字异常的活力，激发学生的情感体验，外在环境越好，身边的人越优秀我们越是有压力，觉得自己越渺小、平凡。而苏轼不愧是千古大家，胸襟超然大气，语言更是畅快自若，以身边的事物为据，生动清晰地表明我们无须悲哀，天地之美景我们共同所有，只需坦然欣赏。教师可以小视频的形式一幅一幅地播放《赤壁赋》中的情景，并配合以优秀的示范阅读，从而以直观的形式呈现其景象，并从友人与苏子的精彩对话中潜移默化地培养学生表达和交流的能力。

从以上教学案例中，我们发现新媒体的使用可以帮助我们把知识的前因后果更详细、清晰地展现出来，从而使学生对知识的学习水到渠成，更易于理解与吸收；此外，新媒体展现情境的同时更易于突出重点和难点，以具体、直观的形式将重点生动化，在具体的教学情境中提高学生阅读、写作、表达交流的能力。

（三）有利于丰富教学内容，增强互动性，提升学生能力

相信许多教师都有类似的情况：为节省板书时间，事先准备了一些纸条或者小黑板，写上板书；为增加课堂练习量，把习题抄在小黑板上。教师的初衷是想充实教学内容，节省教学时间，但这些干巴巴的文本，看上去仍显得苍白无力。新媒体以其交互性强，传播速度快，信息量大等特点，被许多教师运用起来。比如许多教师都乐于通过邮件、微信、微博等形式与学生沟通，督促学生按时完成任务，分享自己的教学心得等。而新媒体的表现形式对于学生来说就是直观阅读，它能够迅速地把课程资源显现在学生面前，这样既可以大量节省教师讲课、板书的时间，又可以使教师传授更多的知识，不但能取得较好的教学效果，而且也增加了课堂的教学内容。

在实际的教学实践中对此有很好的例证，如在讲解《鸿门宴》一课时，了解背景知识对于本课的理解至关重要，教师可以截取《楚汉争霸》的片段在课堂上或者发布到群里播放，展现鸿门宴的背景。在鸿门宴上，虽不乏美酒佳肴，但却暗藏杀机。为什么文中之宴危机四伏，惊心动魄，这样前后联系也有利于消化理解。此外，教师还可以用新媒体展示出截取于《楚汉争霸》中的关于项羽、刘邦的故事情节，从而与学生一同分析他们不同的人物性格，进而了解为何实力薄弱的刘邦却取得了最后的胜利，而大名鼎鼎的西楚霸王却落得"霸王别姬""乌江自刎"的下场；而在此过程中"鸿门宴"起到了什么样的作用？教师可以在视频中展示"巨鹿之战""鸿门宴""垓下之战"等最具典型性的情节和场面，呈现出各个矛盾点，以及人物性格的对比，来突出项羽的人格特点。东城之战展示了项羽一往无前的气势和才情，而鸿门宴中又表现出项羽的耿直和豪迈。既有"力拔山兮气盖世"的英雄气魄，又有自负、缺乏耐心、坦率而犹豫不决的一面，他性格的复杂悲剧性最终把他困在垓下。而相比之下刘邦的优点却很多，比如：

善于用人。刘邦手下有许多著名的大将，有许多以前都是服从项羽的，但因为在项羽手下得不到重用，所以都投奔刘邦，像陈平、黥布（英布），这些人到了刘邦手下都得到重用，所以都愿意跟随刘邦。

待人公正。刘邦用人，从来不计较这个人以前跟谁，换过几个主人，像陈平，三易其主，刘邦手下还有一个儒生叫叔孙通，一生换了6个主人，但刘邦照样重用他，让他做太子的老师。还有就是雍齿封侯。刘邦刚起义时，把大本营彭城交给雍齿看管，结果，刘邦刚一走，雍齿就叛变了，刘邦是又气又恨，但是，刘邦统一天下封侯时，还是照样封雍齿为侯。

屡败屡战。这例子很简单，雍齿叛变，刘邦就去攻打彭城，结果，攻了两次都没攻下来，有一次50万大军被打的只剩10万，刘邦落荒而逃，但不久，他又卷土重来，于是攻下了彭城。这种例子在楚汉战争中特别多。

自信、勇敢。刘邦从起义那一天起就没有想过自己会失败。所以，当大家推选沛公的时候，萧何、曹参都不敢当，只有刘邦敢当。

不可忽视的是他也有缺点：如疑心太重。刘邦在平定黥布叛乱时，一直在打听萧何在后方干什么（因为萧何是有名的清官，在群众中威信很高，刘邦怕萧何也叛变），这时，萧何手下的一个门客让萧何搞点"腐败"，于是，萧何强行用低价买地，等到刘邦回来后，民众一纸诉状都状告萧何，刘邦看到这些，表面上很生气，实际上却特别高兴（因为这样萧何在群众中的威信就降低了）。

这些内容尽可以用新媒体以影视资料的形式生动展现，能大大地丰富课堂教学内容，有效地减少讲课和板书的时间。在鸿门宴上，范增邀请项庄一起舞剑，想趁机杀掉刘邦，而项伯为了保护刘邦，也拔剑挺身舞剑，保护刘邦。最后借赐酒之机，刘邦逃走。内容了解后，针对重点实、虚词和句型深刻讲解，将课程资源有效而生动的展现，从而提高教学的质量。

利用传统方法，讲授《鸿门宴》一节课时间会紧张，这篇课文至少要两课时甚至更长时间，新媒体在此则显示了其优越性：它可以节省大量的时间，如板书无须再写，轻轻一点即可完成；问题也无须重复多次，而且借助新媒体的优势，教师可以把教学的精粹内容共享到微信或者 QQ 群里，学生时刻查阅，有利于掌握知识点。这样，运用新媒体教学手段可以在极短的时间内，开拓学生的视野，丰富学生的知识储备量，便于知识的引入，丰富教学内容。新媒体教学以其丰富的信息资源，为这一教学目的实提供了可能。学生可以利用网络主动探索相关知识，在群里共享，实现知识在新媒体中的迅速传播，不但丰富了自己的知识，也让其他人成为知识的接受者。只要教师在其中加以简单引导，学生可以互相讨论，分享观点，独立探索知识，体验成功的乐趣。

如在讲解《林黛玉进贾府》一课时，其作为名著的选讲，教师除了讲清课文中的内容，还有必要将经典名著整体的表达体系、人物关系、思想内容和其所表现的时代背景讲明，使课本内容与课下积累结合，提高学生的文学素养，如作者生平与其创作的关系、渊源，从而帮助学生更好地整体理解《红楼梦》。《红楼梦》表现了一个大家族的兴衰过程以及其中的人物活动，人物关系较为复杂，需讲明才能更好地理解。教师可以把人物关系图发到群里，这样人物关系一目了然，清晰直观，让同学们保存下来，便于学生利用零散时间学习。

在单元知识整合中，比如一单元的文言文讲解后，教师可用新媒体把知识整理后进行展示，使知识更系统，更有条理，便于掌握。如教师把重点的实词、虚词归纳，把判断句、被动句、省略句等重点句型一一展示，通假字、古今异义字等归纳在一起，发布到学生的群里，方便学生随时查阅，更方便记忆。

在文学理论教学中，教师可以利用新媒体技术，营造更好的教学氛围，让学生在聚精会神中产生兴趣，获得审美感受。新媒体教学会让教师的教学思路更为明晰，有助于学生理解和认识文本内容。

由以上众例子可见，新媒体技术的应用不仅有利于集中学生的注意力，而且扩大了课堂的容量，满足了不同学生的需求，从而提高了课堂的教学质量。

新媒体的迅猛发展冲击了传统的文学阅读，这尤其应该引起文学教育的深刻关注。现代教学技术进入课堂，才能真正提高课堂教学效率，才能把学生从繁重的课外负担中解放出来。在教学过程中，教师在新媒体教学手段的引导之下，可以将文学问题中比较复杂和比较难懂的知识点进行很好的转化，用最直观、最生动的教学方法将其呈现在学生的面前，这样就使学生在听课中减少了很多的思想障碍，使文学教学也变得更加直观有效。与此同时，学生的感受能力、认知能力通过这种灵活多样的新媒体形式也可以得到提高。在教学中运用新媒体的多种技术，可以把问题化难为易，使抽象问题具体化，便于学生阅读理解。如上文中提到的讲解《林黛玉进贾府》时，除了对名著进行有效补充外，对于文中人物形象的分析也可借助于影像资料的截取。林黛玉在本课中作为一位线索人物，主要作用是其初进贾府时展现的贾府风貌及人物整体感觉。在此仅以王熙凤为例，有"凤辣子"

之称的她大胆随性，然而懂得如何讨"老祖宗"欢心，人家都是细声细语，礼貌规矩，唯独凤姐是"未见其人先闻其声"的"先声夺人"，一连串炮弹似的发问表面是关心实则是在讨"老祖宗"的欢喜，做事未雨绸缪，安排得当，这些内容尽可以在影像资料中生动展现，且配合以人物的表情、声音、穿戴具体直观的表现，避免了传统教学的呆板、枯涩，而且使学生在听课过程中减少了很多的思想障碍，学习效果更加突出。

新媒体技术应用于文学教学可以加大教学内容，将课程内外知识有机地结合在一起，加之以学生课下信息的收集，从而增强了学习的互动性，提升了学生自主学习的能力。

（四）有利于增强学习效果

教学事实上就是教师和学生思想的碰撞，是教师和学生把教材中直接的和间接的知识汲取出来的过程。在现代教学中，虽然鼓励创新，但对于知识点的掌握仍是高中文学教学当中的重中之重。新媒体技术的优势在于，它能整合音频、视频、图片和文字，更迅速有效地传播，最为重要的是它的互动性和体验性，利于教学内容的展示和体验。新媒体技术辅助现代教学，有助于学生掌握知识，利用零散时间记忆知识点，更能激发学生的学习兴趣，从而提高其学习效率。教师在传授知识点的时候，不仅仅是语言的传授，也可以利用动画、音乐、影片，从感官上给学生最生动的学习体验。

新媒体计算机技术，不仅具有计算机的存储记忆、高速运算、逻辑判断、自行运行的功能，更可以把符号、语言文字、声音、图形、动画和视频图像等多种媒体信息集成于一体，使学生所学的历史知识以图表、彩色文字、动画、游戏等多种方式呈现出来，让学生动眼、动手、动耳、动脑，增强学生的学习热情和对知识的理解，使学生通过多个感官来获得相关信息，提高信息传播效率。科学研究已证明，人们通过各种感官获得的知识比率为：视觉占83%、听觉占11%、其他占6%，视听结合可获得几乎是最佳的知识保持率。特瑞拉在说明人类记忆与感官之间的关系时指出，人们一般可以记住自己阅读的10%，自己听到的20%，自己看到的30%，看到和听到的50%，交谈时自己所说的70%。心理学家研究记忆率时发现，对同样的学习材料，单用听觉，3小时后能保持所获知识的60%，3天后下降为15%；单用视觉，3小时后能保持70%，3天后下降为40%；如果视觉、听觉并用3小时后能保持90%，3天后可保持75%。由此可见，利用新媒体教学，能够调动学生多感官参与，对学生的开发智力、加强记忆和提高文学教学效率具有重要作用。最后，教师可以利用新媒体对学生进行德育教育，促进其全面发展。在素质教育的任务中，思想道德素质是灵魂和导向，应把其放在首要地位。过去我们也十分注意进行德育教育，但由于其内容死板陈旧，加上采用的方法不当，如说教法等，致使德育教育形同虚设，收效甚微。而新媒体教学对于文学教育有着非凡的魔力。以视觉和听觉感知为主的新媒体辅助文学教学以视频为主，声情并茂，它给学生的信息主要是听觉和视觉上的，易于学生接受。由此看来新媒体所呈现的"视听盛宴"对学生来说作用巨大，增强教学效果自然是情理之中的事，而增强教学效果也是所有教师的心愿，我们运用新的技术，不断地变换教学方式去吸引学生兴趣，努力地去呈现过程，突出重难点，加大教学内容以满足不同层次学生的需求，所有的这一切无非是为了使学生在有限的时间内能够学习更多的内容，从而增强学习效果。

此外，新媒体还可以优化诗词教学过程，我们都说兴趣是学生最好的老师，学生如果对诗歌感兴趣，就会主动去学习。如果教师能够积极运用新媒体技术，展现诗歌声情并茂、情景交融的一面，不仅能为学生带来更好的感知体验，而且可以在教学中对学生进行启发，激发学生的兴趣。在讲授《春江花月夜》时，教师可以借助新媒体播放微视频，让学生感受月色夜晚的壮丽景象，通过微视频创立教学情境，调动学生的视听感官，激发学生的学习兴趣。相比教师言传身教的传统方式，新媒体教学更容易被学生接受和感知，学习氛围也更加融洽。

例如在教授《雨霖铃》时，教师就可以这样启发学生，播放一段送别的情景，配合诗词来理解诗词的内涵。让学生穿越时空体会诗人的内心世界，令学生感同身受。

（五）有利于学生实现自主学习

运用新媒体教学能够提高学生的自主学习能力，能提高教学效率。由于新媒体信息量大，传递速度快等特点，因而新媒体辅助教学的效率较高，有利于培养全方位人才。

比如在讲解《李商隐诗两首》一课时，由于李商隐诗用典较多，诗文的隐含意义厚重，需要学生了解文字后的典故。尤其第一首《锦瑟》句句用典，具体讲解每个典故耗时耗力，而且学生在此时容易乏味，注意力不集中，从而造成教学质量下降。但是新媒体的使用就可以帮助我们巧妙地克服这一难题。教师可以用新媒体以课件形式展现典故，创设不同典故的不同情境，牢牢地吸引住学生的视线，生动直观地讲述各个典故：

典故一：庄生晓梦迷蝴蝶

用了《庄子》寓言典故，庄生梦见自己变成一只蝴蝶，一觉醒来，自己还是自己，而蝴蝶却不见了。借此比喻虚幻缥缈的梦境，隐喻年轻时沉迷美好的情境。

典故二：望帝春心托杜鹃

周朝末年，蜀地君主杜宇禅让之后，国家破亡，身死之后化作一只叫声凄惨的杜鹃鸟。诗人借此表达思念。

典故三：沧海月明珠有泪

珍珠生于蚌，蚌生于海，每当夜晚，河蚌张开，珍珠得到了月光的照耀，变得光滑；南海有一个鲛人流下的眼泪颗颗成珠。诗人表达了一种怅惘情怀，既有对其高旷浩净的欣赏，又有其凄寒孤寂的感伤。

典故四：蓝田日暖玉生烟

蓝田的玉山被阳光照耀，远远看上去好像腾起烟气。诗人借此抒发对高洁的事物无法接近的怅惘。

教师可以录制小视频把这部分知识点的精髓呈现给学生，也可以在群里发布投票或者讨论来了解学生的兴趣点和知识盲点，从而与学生一起分析《锦瑟》的多重主题，多角度解读。这样一来，在《锦瑟》的分析中用新媒体课件快速、生动地讲述各个典故，大大地节省了教学时间，并且引起了学生的学习兴趣，有效地提高了教学效率。新媒体教学形式新颖，丰富了教学内容，对于提高课堂教学的效率很有帮助。教师应积极寻找新媒体教学与传统教学的结合点，让新媒体教学为文学理论教学更好地服务。

除此之外，在文学理论教育课堂运用新媒体技术不仅有利于提高教学效率，而且可以提高学生的自主学习能力。现代教育不仅要教会学生知识，更要教会学生掌握学习知识的方法，锻炼学生自主学习的能力，授之以渔。

新媒体具有信息量大、信息传播速度快的特点，方便教师随时随地将最新的知识点引入课堂教学。第一，新媒体技术的介入使学生的学习已经不单是课本知识，而是要广泛地汲取知识，这就要求学生具有收集整理信息的动手能力，促进学习方式的转变。第二，新媒体技术在教学中的运用，可以强化学生的交互性体验，可以让学生听到更多的观点，打开思维，以达到让学生进行交互式学习的目的。文学教材体系，选取的都是一些经典著作，作为典型学习，如课本在唐诗的选取中，选择了李白、杜甫、白居易、李商隐的代表诗作，并且符合学生的认知规律，难易程度适中，但是唐诗的优秀作者和作品还有很多，还有大量的学习空间可供开发，退一步讲，"诗仙"李白、"诗圣"杜甫仍有大量的优秀之作需要大家欣赏感受和学习。那么举个例子，教师可以在讲授李白的《蜀道难》后，在下课前展示一些李白其他的作品，也可以简单分析以激发学生的学习兴趣，或是推荐一些诗作让学生课下阅读学习，学生在课下用网络媒体学习，还可以与教师在线交流，从而培养学生自主学习、独立学习的习惯和能力，进而培养学生"终身学习"的习惯，这对于学生的长远发展意义深远。

综上所述，新媒体技术应用于文学理论教学的优势如下：

第一，应用新媒体技术，可以把音、画、图、文结合起来，让文学教学更加活泼生动，又能寓教于乐，锻炼学生的学习技能，激发学生的学习兴趣，让学生在学习中找到乐趣，活跃学习气氛。

第二，在文学教育教学中，应用新媒体技术可以将知识的过程呈现，使学生对知识点的理解与掌握顺理成章，水到渠成，消除了"只知其然不知其所以然"的弊端；此外，新媒体的使用还有利于突出重点，淡化难点。传统的讲授，只是教师的言传，长篇大论下来既不能更好地吸引学生的注意力又不能更好地突出重点，而应用新媒体课件则不同，它可以把知识系统化并突出重点地讲解，遇到难点还可以将知识直观生动地展现，从而淡化难点。

第三，在文学教育教学中，应用新媒体技术可以加大教学内容，用新媒体课件可以节省板书的时间，更多地展现教学内容，并且将课内外知识有机结合，从而进行更多内容的讲解。它在展示更多内容的同时可以与学生课下的自学相结合，对学生课下的学习进行有效的整合，帮助学生了解更多的文学知识，提升学生的文学素养，这样一来便增强了与学生的学习互动性，并且提高了学生的学习能力。

第四，在文学教育教学中，应用新媒体技术可以有效地增强学习效果。与传统教学方式相比，新媒体更能激发学生的学习兴趣，使学生在其创设的教学氛围中感受学习，在图文并茂、影音资料的配合下更好地理解与掌握，并且在课件的使用过程中，它将课内外知识有机结合以展现更多的内容，从而获得更好的学习效果。

第五，在文学教育教学中，应用新媒体技术可以提高教学的效率，实现学生自主学习。新媒体的使用可以节省许多板书和抄写习题的时间，并且做到了让学生更生动直观地学习，从而提高了教学的效率；运用新媒体还能够拓宽学生的知识范围，留给学生空间自主学习与思考，从而提高学生的自主学习能力。

总之，新媒体突破了时间、空间、宏观、微观的限制。将丰富多彩的外部世界带入课堂，为教学提供强心剂，激发学生兴趣，不但使学生掌握了知识，也能陶冶学生的情操。如果学生在学习的时候如看电影、玩游戏一般热情主动，那么教学目标的达成，自然轻松许多。

尽管在文学教育教学中应用新媒体技术的作用优势众多，让我们对新媒体教育充满信心，但我们同样还要用冷静、客观的眼光分析对待我们要注意的一些问题，并有效避免，合理、有效地运用新媒体技术才能获得良好的教学效果。

第六章　新媒体与文学理论教育教学的融合

一、新媒体时代文学理论教育的特征与要求

（一）特征

准确把握新媒体背景下的文学理论教育的特征是有效开展文学理论教育的前提和条件。对于文学理论教育来说，新媒体的介入是一个必然趋势，新媒体与文学理论教育的结合也是历史的必然。新媒体的发展不仅是一场新技术的革命，它给人们带来大量信息，极大地方便了人与人之间的交流，更是一次观念转变的革命。新媒体时代的文学理论教育，是在科学掌握现代传播技术和手段的基础上，通过制作、传播和控制网络信息，引导学生客观理性地接触信息，正确、合理而准确地选择和吸收信息，采取灵活多样的形式，对学生施加有目的、有计划、有组织的影响和教育，它以社会主义核心价值观引导学生们成为我国社会主义事业的合格建设者和可靠接班人。

1. 文学理论教育环境的复杂化

新媒体打破时空限制、消解主体边界的特点，在拉近线上距离的同时，一定程度上也可能疏远了现实距离，人的交往能力下降，容易引发心理信任危机和人格障碍等心理问题，学生"网络迷恋症""网络孤独症""手机综合征"等现象屡见不鲜。与此同时，新媒体不仅提供了娱乐休闲、寻求精神安慰、控诉发泄等逃避现实活动的家园，也提供了引发各种病态人格和网络犯罪的土壤，传统的教育与社会制的力量随着新媒体时代的到来也失去了原有的优势，文学理论教育引导与规范的难度日益加大，环境越来越复杂。

2. 文学理论教育主体性特征的明显化

新媒体时代文学理论教育主体性特征包括两方面：一是教育者的主体性。新媒体使得文学理论教育的方式变得灵活，教育者要想收到最好的教育效果，就必须充分发挥其主动性和积极性，努力探索新媒体环境下文学理论教育的有效途径。二是海量信息给予了学生根据自己需要选择信息的机会，这满足了学生广泛参与和接受教育的积极性，尊重和发挥了受教育者的主体性，可以使教育更具有针对性。在传统文学理论教育中，教育与被教育现实存在的关系，使得教育者往往被看作是文学权威进行文学理论灌输。在新媒体时代，现实社会中的性别、身份和特权等因素都在弱化，每个人都可以平等地发表意见和寻找交

流对象。这会颠覆权威意识和等级观念，极大提升人们尊重个体尊严、承认个体权利的文化意识。所以，新媒体时代文学理论教育中传授双方的平等地位，会大大降低受教育者的排斥情绪和戒备心理，因双方的亲和力和人情味而变得容易接受。此时，教育者的身份转为传播中的"把关人"，他们收集、筛选、编辑、传播和监控信息，兼具信息传播者和文学理论教育者的身份，以引导取代说服。

3. 文学理论教育信息来源的立体化

传统的文学理论教育的重要的信息大量来自于理论方针政策，其政治性强，加之有限的信息量和内容的滞后性，缺乏时代感、吸引力。在前面论述新媒体概念的时候，已经对新媒体的能力和其对新媒体文学的影响加以论证，新媒体的影响力度呈现立体化，已经远远大于过去任何一种传播手段。教育者或者受教育者只要拥有一台联网电脑、一个 iPad、一部移动手机，就可以方便快捷地获取和传播大量的即时信息，了解国外经济、文化、思想、社会生活，同时还可以随时随地进行思想和信息的交流，此时国界、时空、种族、性别、年龄已经被跨越，信息来源和传播渠道变得立体。新媒体克服了传统文学理论教育中信息资源单调和陈旧的弊端，实现了文学理论教育与其他传播媒介的优势互补。来自社会这所大学校里的名家辅导、经典案例、专题影像等，以学生容易接受的图像、文字、音视频等多种形式出现，全方位影响学生的思想、价值观念和行为习惯。因此在新媒体背景下，学生所获得的文学理论教育的信息形态从静态走向动态，从平面性走向立体化，教育效果明显增强。

4. 文学理论教育手段的多样化

文学理论教育的时空限制已经因新媒体而发生了迁移，传统的教育方式是学生必须在规定的时间内到规定的场所接受教育，而在新媒体时代，教育者和受教者可以在任何一个设有终端的地方随时传播和获取所需知识。同时，教育者可采取的教育形式也趋向多样，比如可以充分利用新媒体的多重功能，组织学生收看优质视频公开课、看电影、大讨论、网上作业、聊天谈心等。教育手段也趋向现代化。传统的文学理论教育，大都采用课堂讲授这种古老的方式，教育者需要花费大量时间和精力查找纸质资料并撰写课堂讲稿，布满血丝的眼睛、厚厚的讲稿和一本正经的灌输，似乎效果甚微。如麦克卢汉所言"媒介是人体器官的延伸"，新媒体的运用，不仅减轻了教师的备课负担，也提高了文学理论教育信息传播的速度和效率，多样的信息形态刺激多种感官，使学生易于接受。特别是虚拟信息传播技术的运用，活泼的全息影音动画以及其他多媒体仿真画面，可以使教学变得生动有趣，教学效果提升。

5. 文学理论教育效果的经济化

非线性传播的新媒体技术下的文学理论教育专题网站，或者各大门户网站上的专题讨论，或者各个话题的风起云涌，有一个共同的特点就是能实现资料的共享，这样既避免了人力、物力的浪费，又合理配置教育、教学资源。同时，学校、家庭、社会这三个文学理论教育环境可以形成一种教育合力，学校可以随时与学生家长保持联系，家长也可以随时在网上查询子女在学校的学习状况，社会各界媒体或者相关部门也可以监督文学理论教育工作的成败。

总之，文学理论教育只有与新媒体有机契合，以更为宽广的眼界观察世界，努力实现文学理论教育理念、内容、方法、体制等的全方位创新，才能获得新媒体环境中的价值性根基。文学理论教育需要通过新媒体技术来凝聚文学资源，加强教育引导，努力提高文学理论教育的吸引力、感染力，从而增强文学理论工作的针对性和实效性。

（二）要求

1. 找准着力点，拓宽文学理论教育的创新思维

当前文学理论教育的特征对文学思维方式提出了新的要求，这将直接影响到文学教育工作的实效。积极应对新媒体环境下的文学理论教育出现的新特点、新情况，需要文学工作者拓宽思维，找准逻辑起点。

创新思维最大的敌人，是习惯性思维。创新思维，得先从思维定式说起。思维定式是由先前的活动造成的一种对活动的特殊的心理准备状态，或活动的倾向性。实际上就是按照积累的思维活动经验教训和已有的思维规律，在反复使用中所形成的比较稳定的、定型化了的思维路线、方式、程序和模式。在环境不变的条件下，思维定势能帮助人们应用已掌握的方法迅速解决问题。而在情境发生变化时，则会成为人们采用新手段新方法的绊脚石。长期以来，人们习惯性地认为文学理论教育属于科学认识问题。我国长期赋予文学理论教育的显性意识形态教育的任务，认为文学理论教育是科学认识问题而非价值认识问题。这是一种概念思维，存在着抽象性和凝固性特征，与此相应地，在方法上，占主导地位的是灌输的教育方式，它把教育的重点放在理论、原则的传授上，而缺乏生成性，也就不能形成真正的素质教育。环境的变化，尤其是在新媒体背景下，这种习惯性的思维方式只是强调我们想教什么，而忽视研究受教育者的特点、需要等，未能把文学理论教育对象的主体性和客体性较好地统一，因而教育效果明显下滑。

文学理论要密切关注当下的文学创作和文学消费实际问题。新媒体环境下的文艺学实践教学，必须充分注意媒体环境对于学生感知方式和趣味取向的制约和影响，文学理论的活力在与现实的紧密联系中。理论的确是死的东西，但是，它必须脱离死的、僵化的刻板概念，成为一种指导文学活动与文学实践的工具，它必须也必然与当下的社会问题紧密相连，成为解决社会问题的话语体系。在文学理论课程的讲授中，要克服本质主义的思维方式和僵化的教学模式，时时注意其与当下现实生活与文学创作的紧密联系，使之成为解决社会问题的实用理论。

文学理论教育更主要的是能被学生认同、接受并付诸实践。显然，新媒体时代，来自各方的因素影响着学生的价值取向，文学理论教育必须正视和直面这些问题与矛盾，在实践中增强理论的说服力。如何才能增强理论的说服力呢？人的感情将会是一个突破口，列

宁指出："没有'人的感情'，就从来没有也不可能有人对于真理的追求。""人的情感能够将人与人、家与家、族与族胶黏在一起，使孤独者得到体恤，柔弱者得到关怀，贫寒者得到赈济，危难者得到扶助。情感对于人类生命的繁衍，其力量远远大于知识。"为此，文学理论教育工作需要切实做到关注、关心、关爱学生的全面发展和健康成长，动之以情、晓之以理。复杂的背景并不可怕，只要我们站在一定的高度，找准逻辑起点，就能化不利条件为有利因素，并将这有利因素发挥到极致。这里的逻辑起点，创新思维，需要充分展开深入的调查研究，科学分析新媒体时代学生的身心特点和发展规律，尊重学生的情感、兴趣和已有知识经验，积极创新文学理论教育话语、载体、内容结构等，以此来吸引学生。

2. 把握新媒体时代文学理论教育的原则

传统的文学理论教学，更多的是强调文学理论的内在逻辑性与思辨性，在概念、范畴、判断、推理、逻辑中生存，并不太注重历史感。而真正的理论都是产生于特定的语境中的。今天，新媒体时代的文学理论也有自己特殊的语境。在"日常生活审美化"的今天，一些非审美的服饰、家居、饮食、环境和广告等日常生活方式纳入到其视域中，并带来了研究方法的转向，当代日常生活审美化现象的研究尤其关注社会文化语境等问题。开辟新媒体环境下的文学理论课程教学的新模式，是新的历史语境下的必然选择。传统文艺学课程教学存在师生信息源不对称、价值坐标不统一、课堂内外的热点不同步、感性理性不协调等问题。文学理论教学利用新媒体环境这一现实因素，坚持信息同源、热点统一和知识建构的感性化，使得理论的实践性与网络信息环境充分结合，从而实现新媒体环境下文学理论教学的新模式。

文学理论教学的"开放"首先是指文学理论教育自身的开放。即文学理论教育必须随着新媒体时代的发展，不断整合各种有利的资源，拓宽文学理论教育的渠道。虚拟性、自由性、主体性、多样性、开放性是这个时代的元素，教育主体（教育者）和教育客体（受教育者）共生于一个开放的世界中；教育介体从固定走向移动、从可控走向不可控；教育环体也突破现实走向虚拟、由有限走向无限，这使文学教育能够紧贴时代发展，及时回应时代问题。其次是指教育对高校学生文学素养思维发展的开放性。实际上，作为价值认识的思维，高校学生的价值观、道德思维等都是处在不断发展之中的，其个人的体验也在随着环境与教育的发展而不断修正。这就要求文学理论教育不能以封闭学生的思想为目的，而要促进学生的思维发展，积极引导学生树立科学的文学价值观和文学道德观。

新媒体环境下，文学理论教育不仅是一个开放的系统，更是一个互动的系统。平等，则有利于教育者与被教育者的对话与交流，能激发受教育者参与及接受教育的积极性。不平等，则教育者与教育对象无形中存在隔阂甚至对立。单向的灌输则忽视了学生的独立性和创造性，无法激发学生的兴趣和主观自觉。新媒体的平等性满足和迎合了学生对于平等和尊重的需求，向文学理论教育的权威性和主导性提出了前所未有的挑战。平等互动的理念，将有利于创造和谐共生的生态环境，将有利于师生相互尊重和共同探讨，也有利于尊重教育对象的主体性，使得文学理论教育更具有亲和力。平等理念有利于开拓文学理论教育的主体性。在新媒体时代，一个人同时拥有了实在主体和虚拟主体两种不同的身份，这两种身份在交往中实现了辩证统一。新媒体环境下的教育介体和教育环体为主客体提供了平等的交流机会，这就激活了主客体的主体性，充分开启了主客体的自主性、能动性和创造性。在学生文学理论教育中，教师要尊重学生的主体地位，通过创新情景和激励引导等途径，唤起学生的主体意识，激发学生主体的自觉性、能动性和创造性，以使其达到自我教育、自我锤炼、自我修养的效果，从而取得文学教育的实效。

要贯彻新媒体时代文学理论教育双方平等的理念，就要从关注文学理论教育的可接受性和关注文学理论教育对象的个性特征着手。在针对学生的同类本质进行整体教育的同时，还必须针对学生的个性进行具体教育、个体教育。从而培养学生独立思考和主动参与的意识、提升自我教育能力、道德认知、判断、反思能力，帮助他们实现由他律走向自律的转化，实现人的全面发展。

文学理论教育的目的是必须服务于学生的成长、成才和成人的需要。在新媒体时代，高等学校文学理论教育要突出服务理念，全面把握学生实际情况，帮助他们解决理论学习、生活交往、情感控制、择业就业等方面遇到的实际困难，全面开展有针对性的工作。服务理念的导向体现在突出的教育性和针对性。

通过新媒体平台，教师能充分了解高校学生的文学思想动态，增强文学理论教育的有效性，促进学生的成才。新媒体时代，纷繁复杂、良莠不齐的信息在扩展学生视野的同时，也会引发心理问题，甚至出现一些漠视生命的现象。因此，教师要全面树立以生为本的服务理念，建立健全教育者和受教者的互动体系，及时洞察学生的心理，加强教育，预防和控制心理问题的产生。在教育的过程中，教师注重解决思想问题与实际困难，把学生文学理论教育落实到理解和关怀的基点上，贴近学生的生活实际，切实关心学生疾苦，这样才能使文学工作取得成效。

在新媒体时代，学生的生活方式、学习方式、思维方式、交往方式，甚至预言习惯都有极大的改变，思想意识、价值观念和道德行为也受到很大影响。为此，文学理论教育要以服务理念为导向，联系学生生活实际，贴近学生思想和情感，并通过多种新媒体形式，增强学生文学理论教育的吸引力和感染力，使文学理论教育真正收到实效。

新媒体时代的高等学校文学理论教育要树立全面的教育理念，以开放、引导、平等和服务的理念作为高等学校文学理论教育的导向，将传统文学理论教育和新媒体技术有机结合，探求两者的契合点，强调全面协调和统筹兼顾，取其精华，去其糟粕，彰显特性，取得实效。

3. 打通学科之间的关联

文艺理论的实施者和接受者都是人，马克思说过，人"不是处在某种幻想的与世隔绝、离群索居状态的人，而是处在一定条件下进行的、现实的、可以通过经验观察到的发展过程中的人"，"人的本质并不是单个人所固有的抽象物。在其现实性上，它是一切社会关系的总和"。就是说，人的社会性决定其必然与他人建立社会关系。所以，打通学科之间的关系也势在必行。文学理论研究的视角是广阔的，社会生活的急剧变化导致了文化领域的重大变革，新媒体环境影响传统文学理论的研究对象和学科范式，如何在新媒体环境下实现文学理论教学与实践教学的融合，成了当务之急。融合体现在理论讲授与学生实践的紧密结合上，理论是实践中的理论，实践是理论下的实践。这种结合不仅体现在课堂教学上，而且体现在课内与课外。融合是体现为学生实践与新媒体环境的契合，实践是新媒体环境中的实践，新媒体的文学现实是理论实践视野中的现实。理论讲授与实践教学一体化、同步化，需要开放的、多元的实践内容设计以及网络资源和多媒体技术的应用，并需要开发一套符合网络时代教学实际的教学模式，整合多媒体教室、网络教学平台，建立网络答疑辅导系统，资源共享，从而方便学生自学、交流、提问并且这也能连接好文学理论课堂教学与社会实践教学的关系，安排好社会实践教学内容的容量设计和课时比例分配。致力于采取"请进来、走出去"的实践教学模块方式，使经过优化的实践教学模块，不仅包含传统的学年论文和毕业论文，还包括邀请媒体负责人参加网络座谈会，邀请专家为学生分析文学现实，促使学生积极参与到文学现实中，并加强了文学理论教学与文联、作家协会、文艺批评家、平面媒体等的联系。

总之，在新媒体环境下，高校文学理论课程的教学应该扣紧时代的脉搏，把艰涩难懂的理论变成学生理解文学、把握生活的利器，为学生以后融入社会提供生存的手段。

二、新媒体时代文学理论教育实践的优化与融合

（一）积极引导学生关注和参与文学创作与批评实践

针对过去文学理论教学和教材中理论脱离实际的现象，我们特别强调文学理论教学的"实践性"。文学理论教学的实践性，首先指的是对文学创作和文学批评的实践。新时期以来，文学创作和文学批评的发展，促使文学理论要不断思考新出现的文学现象并做出新的理论概括。当下如严肃文学和通俗文学关系问题，大众审美文化问题，纸质文学出版物和网上文学作品关系问题，都需要文学理论和文学理论教学加以面对。虽然这些问题尚处于变动之中，有很大的不确定性，对它进行理论概括还需要一定的时间，但文学理论教学还是应当引导和启发学生面对新的文学实践，做出新的思考，提出新的见解，使文学理论教学永远同文学实践保持密切的联系。正是出于这种思考，笔者在讲解文学体裁内容时，在讲述了传统的诗歌、散文、小说、戏剧、影视等文学体裁之外，还特别对学生感兴趣的网络文学甚至手机文学和博客文学进行了专题讨论，要学生发表对这些新的文学样式的看法。因为学生大都在网上浏览过文学作品，也基本上都有手机，不少学生还有自己的博客，因此，对这些非常熟悉的文学现象，大家都很有话说，每次讨论都进行得非常激烈。令人惊喜的是，学生们的视野比想象中要开阔很多，在教师的引导下，他们由这些新的文

学样式的出现谈到了文学话语权下移的问题、文学性的问题、文学民间性的问题、文学的泛化问题，甚至对时下学界正在讨论的文学边界问题等，提供了大量的专业信息，达到了以往教师一言堂或满堂灌式的教学所不可能达到的效果，极大地激发了学生理论学习的兴趣。

概念诠释是文学理论教学的一个重要内容。概念是理论的基石，如果概念的内涵和外延不清楚，理论也就讲不清楚。那么，如何才能把文学理论的概念讲清、讲透呢？这也要求教师在教学时要把这些文学理论中的概念和相关文学作品有机地结合起来，最好是结合经典作品，使理论落实到具体的作品之中，帮助学生由感性认识上升到理性认识。比如，在阐述文学的倾向性时，教材中引用了恩格斯的观点："倾向应当从场面和情节中自然而然地流露出来，而不应当特别把它指点出来。"如果在教学中只讲恩格斯的这段理论，学生肯定难以理解或者即使暂时有所理解也印象不深。教师在讲解这一概念的时候，结合路遥的《人生》来能更好地进行阐述，在《人生》中，路遥表达了自己很多对人生的认识和情感倾向，如路遥认为人生应该懂得珍惜，一旦失去了将意味着永远失去；他还认为爱情与婚姻有别，爱情可以超越阶级、阶层，而婚姻必须得门当户对，但这些情感倾向作者并没有在小说中明说，而是通过高加林与刘巧珍、黄雅萍之间的感情纠葛，通过具体的故事和情节自然而然地流露出来的，让读者自己去理解和领悟。这个例子无疑就很好地说明了文学的倾向性的观点。

再比如同样是"真实"的概念，现实主义、自然主义、浪漫主义甚至现代主义对于"真实"的界定却不一样，如何才能区分这众多的"真实"的含义呢？可以分别结合学生比较熟悉的一些经典作品如《三国演义》《卢贡－马卡尔家族》《西游记》和《百年孤独》等来进行讲解。把理论、概念化入到相关作品当中，不但增加了课堂教学的生动性，而且也确实有助于学生对理论的理解和把握。

文学理论教学的实践性还包括要培养学生实际运用理论的能力，即理论思维的能力，培养学生正确的思维方法和理论概括能力。例如，可以采取三个办法：一是教师在每个学期布置 2~3 篇小论文，要求学生将自己感兴趣、有思考的理论问题写出来，交上来进行批改，作为平时成绩。二是在班上成立理论研究兴趣小组。教师每次在接手一个新的班级时，要针对学生的兴趣点和当时的热门理论话题，开出一些选题，在学生中组织成立几个理论兴趣小组，指导学生从事文学批评和理论研究。三是教师要经常组织和引导学生力所能及地参与到一些文学理论热点问题的讨论中去，运用所学的文学理论知识去解读当下所涌现出来的文学现象，比如对前两年学界激烈讨论的"审美日常生活化"的问题，组织学生进行讨论，力争把这一问题的来龙去脉弄清楚，并能让其站在一定的理论高度上形成自己的看法。通过这样一些努力，学生就逐渐养成了面对具体文本和鲜活的理论命题进行思考的习惯，在教师的引导下一步步地走向活跃的文本批评和理论研究，批评能力和理论修养得到了锻炼，文学理论课的教学也就在自觉或不自觉中去掉了理论的枯燥性和狰狞面孔。

（二）转"知"为"智"，在文学理论教学中巧妙地进行人文精神的培育

文学理论教学要力求转"知"为"智"，培养人文精神。著名哲学家冯契先生曾经说过，我们的思想理论，应当注重如何把知识转化为智慧，把理论转化为方法，把观念转化为德性。我们感到，这种转"知"为"智"的理念，对于文学理论研究与教学也是非常富有启示意义的。当我们面对各式各样的文学理论时，这些理论学说在我们眼里可能首先是一种知识，或者说我们首先是把他们当作知识来看待和了解接受的。但是，文学理论不仅仅是知识，它还是一种智慧，或者说在文学理论的知识形态当中包含着人类的生存智慧。文学是人学，文学理论也应当把文学当人学来认识和理解阐释，理应包含着人文智慧。事实上，一定时代的人们在对当时的文学现象进行认识和理解阐释时，表现了他们对社会、历史与人生的理解，蕴含着他们的生存理念，因此我们在进行教学时，就不能只是把文学理论当作知识进行教学，更需要引导学生从"人学"的意义来理解文学，通过对文学的理论思考来理解人生与社会，不断增长人生智慧和培养人文关怀的精神。

鉴于此，笔者在文学理论教学中经常结合一些文学作品和生活中实际的例子，比如关汉卿的《窦娥冤》、蒲松龄的《聊斋志异》、陈忠实的《白鹿原》、海子的《面朝大海，春暖花开》、屠格涅夫的《麻雀》、托尔斯泰的《复活》、海明威的《老人与海》、雨果的《悲惨世界》等等，教育学生要有一种大悲悯的人间情怀，要有一种普遍的人类自我关怀的精神，要对人的尊严、价值、命运进行维护、追求和关切，对人类遗留下来的各种精神文化现象高度珍视，对一种全面发展的理想人格进行肯定和塑造。比如教师在讲授文学的审美教育功能的时候，就可以联系屠格涅夫《麻雀》，该文通过写母麻雀为了保护那只行将被猎狗吞并的小麻雀，毫不畏惧、奋不顾身地从树上冲下来挡在猎狗的血盆大口前，虽然最后它自己都被吓死了，但凶恶的猎狗也被母麻雀的这种大义凛然的母爱所震退。作者写麻雀的这种爱，其实就是对人间大爱的一种渴求和肯定，这篇看似简单的小故事，实在是蕴涵了一种巨大的审美教育功能，使人震撼，催人向善。

此外，教师在讲到中国现当代文学理论在世界文论话语场中的"失语"这一问题时，也要上升到人文精神的高度，特别是要分析自 20 世纪初以来中国文学理论盲目西化的现象，对西方中心主义进行严厉的批判，要求学生在理论的学习和研究中一定要有一种忧患意识、本土意识以及民族尊严，要辩证地看待中西文学理论的冲突——西方的文学理论仅仅是对西方文学的总结和提炼。中国文学理论一定要面对中国自己的文学创作实践，要解决本土文学发展过程中所发生的文学问题，但同时我们又要有一种世界视野，不能把自己孤立起来，要积极参与到世界文学理论发展的大潮中去。这样来讲述这一问题，就使学生潜在地形成了一种文学理论研究的人文关怀和文化关怀的意识。

（三）提高教学趣味性，激发学生学习文学理论的兴趣

文学理论课抽象、艰深，若处理不好，就会使学生感到枯燥乏味。有的教师认为这是

课程使然，谁都没有办法，持一种"不作为"态度，其实，这是很不负责任的。虽然，我们也不能确保这门理论课程完全不艰深抽象，让学生一听就懂，一学就会，但这并不意味着教师在这方而就无能为力。为了使学生对这门重要的理论课程感到不那么枯燥乏味，甚至产生一定的兴趣，笔者在以下几个方面做出了初步的尝试和努力。首先，阐述理论时力求深入浅出，不要追求那种诘屈謷牙的表述，不要故做高深状，以显示其理论性。用浅显的话语把高深的理论表述出来，这应该是文学理论教学的一种追求抑或一种境界。其次，不过多地引述文艺理论家的论述，即使有所引用，也力求做到恰到好处，也就是说，不掉书袋，以显示自己学问精深，对那些必须引用而估计学生理解起来可能会有一定困难的论述，就尽量设法阐释清楚。再次，在讲解理论时，总是精选一些典型作品、音像资料或生活事例，来阐明所讲的理论，以帮助学生理论联系实际，更好地理解和消化。比如，每一届学生都要给他们看《帝企鹅日记》和《熊的故事》这两部法国影片，这两个片子都是通过写动物来讴歌人间真爱的，学生看了以后，无不感到非常震撼，大家都纷纷结合自己的人生体悟和所学的文学理论知识来对影片进行鉴赏、品评。这样，既对学生进行了爱的教育，更帮助他们深入地理解那些抽象的文学理论，还提高了文学理论教学的趣味性。一句话，在确保教学质量的前提下，可以设法弱化文学理论课程抽象艰深的特点，增强其趣味性，使尽可能多的学生喜爱这门课。

当然，因为课堂讨论是增进文学理论教学趣味性和生动性的一种有效手段，而且，文学现象复杂多变，也比较适宜于用讨论课，因此，在文学理论教学中还可以经常运用课堂讨论的方法，来激发学生学习文学理论的兴趣。一般地，文学理论讨论课有四种方式：第一种，自由讨论。教师事先不布置问题，让学生自己寻找问题和资料，学生根据已学的文学理论知识，提出新见解和有疑义的问题。第二种，有目的地讨论问题。教师事先布置好问题，让学生查看资料，做好充分准备。第三种，分组辩论式讨论。教师把学生分成几组，对同一问题，提出不同的看法。第四种，按座次发言讨论。笔者在教学中一般是交叉地运用上面四种方式。大多数的时候，是由教师提出一些有争议、有难度的问题来供学生讨论，因为作为教师，非常清楚文学理论研究中的一些难点、热点问题，也清楚哪些问题学生感兴趣或者有疑难。提出了选题以后，一般是先要求学生去查找资料，可以分组查找甚至分班级查找，也可以单独查找，对一些基础比较好的同学还要求他们事先形成讨论稿，这样就能够确保课堂讨论的理论深度和教学效果。每次在讨论的时候，学生可以自由发言，但为了调动那些性格比较内向或基础较差的同学的积极性，教师也可以采取点名的方式，可以一个一个争论，也可以一组一组进行辩驳。为了让更多的同学有发言的机会，也为了培养学生发言言简意赅、干净利落的良好习惯，教师可以有意识地限定每个学生发言的时间。在讨论的过程中，教师主要起一种引导、解惑的作用，通过提反面问题、近似问题、易混淆的问题、有漏洞的问题，一步步引导讨论向深度发展。如果讨论的问题较难，就需要教师循循善诱，旁敲侧击地启发引导学生；如果讨论的问题较容易，教师可以故意为学生设置障碍，激发学生思考的热情。如发现学生有错误观点，教师就必须及时纠正。学生在讨论中语言不简练，语言缺少逻辑联系，跑题，用结果论证原因等问题，也都要一并指出。最后，教师最好对整个讨论进行认真的总结，站在一定的理论高度上，把学生零散的发言归纳成几个方面，特别是对那些学生们思考过而又不会解答的问题，要进行深入的阐释，力求给学生一个比较圆满的解答。讨论结束后，碰上比较有意义的话题，可以要求学生写成小论文，写得好的推荐发表。

总之，文学理论的教学是一个系统工程，不仅要提高学生的理论修养，还要教会学生进行理论思维的能力和运用理论的能力，更要注重引导培养学生的充满现代性的人文精神，这是新媒体时代发展对文学理论教学所提出的新的要求和期望。从这种文学理论教学改革的探索中，我们又可以对当代文学理论建设作出某些反思，得到不少启示。

三、新媒体时代文学理论教育内容结构的优化原则

（一）整体与局部统一的原则

文学理论教育本身是一个由多个要素组成的复杂的动态系统，这些要素相互联系、相互作用的形式就是文学理论教育的整体结构，目前在学界其基本结构有"三要素论"（教育者、受教育者和教育环境）、"四要素论"（主体、客体、介体和环体），"五要素论"（主体、客体、内容、方式、目标）等等，无论是几要素，有一个共同的特点就是各要素相互影响相互作用而形成一个统一的整体系统，而在这一整体系统中，又分列为各子系统，即价值结构、目标结构、主体结构、客体结构、内容结构、过程结构、评估结构和方法结构等。在整体和局部之间的关系问题上，毫无疑问，整体是核心，但是有时候，局部优化和整体优化之间并不必然具有一致性，也带有一定的不同步性和不均衡性。因此，我们要坚持系统论中的整体性原理，在整体优化的基础上，坚持二者相统一的原则。在新媒体时代文学理论教育的内容结构优化问题上，我们不应该仅仅将文字、语言、理论等各子系统的内容结构进行优化整合，还要补充和完善每一个子系统的内容体系，更应该将这些内容放在整个教育系统中，综合考虑教育价值的实现。

（二）层次性和针对性相统一的原则

在文学理论教育实践工作中，教育内容呈现出来的诸如泛政治化、泛知识化、泛高理想化和泛统一规范化等弊端，严重影响到教育的实效。其实，在文学理论教育改革的过程中，层次性和针对性在文学理论教育对象、教育目标、教育内容和方式上都有一定的体现，在这里强调内容方面，文学理论教育内容体系是历史的产物，具有动态的特性。与文学理论教育目标的层次性相对应，文学工作教育内容也应体现层次性。一方面，针对不同的群体，文学教育内容应坚持先进性和广泛性的结合；另一方面，针对同一个体的不同阶段，文学教育内容应坚持历时性和共时性的结合，适当根据时代特征调整教学内容。

（三）提高要素质量和理顺要素关系相统一的原则

优化新媒体时代文学理论教育内容的结构，不能舍本逐末，对于文学教育内容来说，各内容要素都有丰富的内涵，各教育内容在体系结构中都应该具有相应的地位和排列顺序，倘若各要素排列组合不同，则功能便会迥异。假如各内容要素地位不明确，主次模糊，则结构便不合理。即便是地位明确，主次清晰，但忽视个别或某些教育内容，则会造成内容体系的不完整和结构的片面性，结构依然不合理。比如只重视和维护文学教育的主导作用，则容易限制视野，使得文学教育的内容单一，而不具有实效性。

（四）规划传播与有效控制结合的原则

传播学认为，正确合理的传播内容有助于优化传播的效果，文学理论教育作为一种特殊的教育传播活动，有其特定的内容与表达方式，并且由于社会经济政治发展和历史条件及其他因素的影响，需要对其内容进行必要的调控和限制。其实，文学理论教育作为文化基础内容的教育传播活动，本身就具有一定的社会影响力，这是维护社会发展的必然要求。文学理论教育作为思想的上层建筑、社会意识形态领域的一个重要组成部分，其内容既要由社会的经济基础决定，又要受制于政治上层建筑，必须具有鲜明的政治性和阶级性。因此，我国的文学理论教育，需要用正确的符合社会发展所需的思想观念、政治观念和道德规范来武装学生的头脑。而且，这也是建设中国特色社会主义市场经济体制的内在要求。"经济建设这一手我们搞得相当有成绩，形势喜人，这是我们国家的成功。"各类书刊、电影、广播电视节目、新闻报道、互联网信息、博客等随处可见的文化产品或服务，所提供的不仅仅是消息和娱乐，同时也是传播社会价值或文学观点的工具，最终，它们会对全社会的精神结构产生深刻的影响。各种跨时空的新媒体技术不仅给学生们提供了接受信息、选择信息和传播信息的自主权工具，同时还造成学校和社会舆论的引导和调控方面处境的困难，这突破了传统的文学理论教育权威部门控制话语权的格局，更加迫切需要加强对文学理论教育内容的控制。

四、新媒体时代文学理论教育内容的优化与融合

新媒体时代文学理论教育内容结构的优化或创新不是对传统文学教育内容结构的全盘否定，标新立异，而是在继承传统的基础上，结合时代特征，以包容的态度整合文学理论教育内容。要全面考量新媒体对文学理论教育的影响，在整体要求的基础上，根据原则，进行内容结构的优化，"优"是一个动态过程，表示着方向；"化"则是一个定量的表示，要以文学理论教育的目标和任务的实现为根本标准。

（一）拓展文学教育理论视野

文学就是文学，文学作品绝不是政治课本，绝不是科学讲义。闻一多先生曾高呼"用

'诗'的眼光读《诗经》",我们今天也要高呼"用文学的眼光读文学""把文学作品上成文学课!"怎样才算文学的眼光?文学课应该是如何上的?我们或许可以从狄尔泰的两段话中得到一些启示。

"最伟大的诗人的艺术,在于它能创造一种情节。正是在这种情节中,人类生活的内在关联及其意义才得以呈现出来。这样,诗向我们揭示了人生之谜。"

"诗与生活的关系是这样的:个体从对自己的生存、对象世界和自然的关系的体验出发,把它转化为诗的创作的内在核心。于是,生活的普遍状态就可溯源于总括由生活关系引起的体验和需要,但所有这一切体验的主要内容是诗人对自己生活意义的反思。""诗并不企图像科学那样去认识世界,它只是揭示在生活的巨大网络中某一事件所具有的普遍意义,或一个人所应具有的意义。"

狄尔泰在这里所说的"诗",我们完全可以把它理解为包括所有文学样式在内的一切艺术。社会的变乱,人生的沉浮,人际关系的种种纠葛,朝廷政治的倾轧斗争,外敌入侵的民族灾难……这些都可以通过作家的独特体验而交汇为某种特定的人生意义之谜,并最终伴随着作家的审美发现而凝结为充满文学光芒、穿越时空屏幕的审美形式。这样,用来解读文学的"文学的眼光"就应当是审美的眼光,应当是破译"人生之谜"的眼光。因为作品中的"人生之谜"是"作家的独特体验"的"交汇",所以这种"文学的眼光"还应当是伴随着强烈的生命体验的眼光。因此,我们可以把"文学的眼光"解释为"伴随强烈生命体验的审美眼光",作为文学的解读者,就应当如闻一多先生所说的那样去追寻:"艺术在哪里?美在哪里?情感在哪里?诗在哪里?"这就要我们在引领学生解读文学时,不可无视文学作品本体到处贴政治标签、作虚伪的道德说教、作技术化的肢解,而要以生命体验的方式化入作品之中,去破解人生和社会之谜;以审美的眼光化出作品之外,发现、感受生命与生活之美,最终使学生获得人生的启迪,实现生命的重塑。当然也不能矫枉过正,完全排除政治、道德、科学诸角度的分析,事实上,不少优秀的文学作品正是靠其深刻的政治思想、崇高的道德追求深深地打动读者的。"把文学教育单纯变成文学教育或与政治隔绝都是不正确的。"要真正把文学作品上成文学课,要在马克思主义教育理论的指导下借鉴和运用当代阅读理论、文学解读理论及语言哲学的基本思想,来开拓文学教育的理论疆域。下面我们仅以接受美学与语言哲学理论为例分析其给我们展开的比传统文学教育更为宏阔的理论视野。

1. 接受美学——读者中心理论

接受美学理论认为,在文本的解读过程中,读者及其具体化在其中占有中心地位。读者的具体化是作品意义的源泉,而未定性的文本只不过是承载意义的载体而已。读者不仅仅是鉴赏者、批评者,而且还是作者,因为批评、鉴赏本身就是一种创造和再生产。文学文本绝不可能只存在一种意义,其真正的价值在于读者所做出的种种不同解释。作品的真正生命在永无止境的读者解读之中。

接受美学理论文学接受理论学派的重要理论。伊塞尔从解读活动中读者与文本交流的相互作用上分析文本的生成及其意义的实现，阐释读者在解读集合文本意义的基本运作程序时，提出了"游移视点"的概念。所谓"游移视点"，就是描述读者如何解读文本、实现文本的一种方式——认为每一个文本中都存在着许多视点，包括"叙述者视点""人物视点""情节视点""读者专设视点"等等，各种视点通过语句得到显示。在解读过程中，读者不断游移文本里的各种视点，不断在文本的各视点转换。而每当转换一个视点，都显示一个清晰连接的解读瞬间，它使诸视点既相互区别又相互联系。读者正是通过游移文本中的各种视点，即从一个视点转向另一个视点，最后展开各视点的复合，才能穿越文本，从文本内部结构去把握对象，发现文本潜在的密码，挖掘文本意义，使读者得以与文本交流。

根据接受美学的这种理论方法，在文学解读教学的过程中便可以从多层次的"视点"来选择文本分析的角度，如"叙述者视点""人物视点"等等。应该用哪一种视点对文本进行分析和阐释，既取决于文本所给定的条件，也取决于读者角度的选择。而视点的选择与确立不是一成不变的，也不是呈单一性发展的，要根据文本内容的拓展而及时"游移"其解读的"视点"。如教师教学莫泊桑的短篇小说《我的叔叔于勒》时，如果开始是以作品中的"叙述者视点"进行解读，那么随着情节的展开，围绕着于勒的出走和复回，众生相粉墨登场，"人物视点"又成为解读的主要视点。于勒为什么过去是"全家的恐怖"，而现在则是"全家的希望"？这个令人关切的问题，也很快成为"读者专设视点"。于勒"赚钱来信"把"我"家的闹剧推向高潮："福音书"给姐姐的婚事带来了成功，由婚事的喜悦引出了全家的旅游，在旅游船上牵发出穷愁潦倒的卖牡蛎者于勒。又由于勒的出现带出"父亲"和"母亲"恐慌而气急败坏的表演……动人心弦的故事层层展开，"情节视点"又抓住读者的感情思维。于是，各种视点或交替，或交叉，或转换，或复合，不断"游移"读者的解读视野，从而获得对文本的理解，发现文本潜在的意义。借鉴读者中心理论的观点，我们可以说文学作品教学的过程是师生共同参与、发现和建构作品意义的过程。作品的教育价值，是师生在阅读鉴赏过程中实现的。文学作品的阅读鉴赏，难免带有更多的主观性和个人色彩。教师应引导学生设身处地地去感受体验，重视对作品中形象和情感的整体感知与把握，注意作品内涵的多义性和模糊性，鼓励学生积极地、富有创意地建构文本意义。当然教师也应引导学生通过查阅有关资料，了解与作品相关的作家经历、时代背景、创作动机以及作品的社会影响等，加深其对作品的理解，使其努力做到持之有据，言之有理，知人论世。

文本的召唤结构是接受美学的又一重要概念。英伽登认为，作品充满了未定点和空白图式结构，其中作品的未定点需要读者去确定，空白图式结构需要读者去填补。伊索尔在此基础上进一步认为，未定点和空白图式结构本身就是一种能召唤读者阅读的结构机制，并认为，文本中空白图式的连接存在着非连续性，或者叫空缺，它常常需要读者丰富而具体的想象去进行衔接。伊索尔还认为，读者对作品视域的突破，进而达到读者视域与作品视域的融合，也是一种召唤读者阅读的结构机制。可见，文本的召唤结构决不是外在于文本的东西，而是文本自身的一种结构特征。

美国的霍拉勃在《接受美学与接受理论》中认为，一切客体都具有无限的决定因素，认识活动无论如何也不能穷尽所有特殊客体的每一决定因素。一部文学作品中的对象，必须保持某种程度的未定性，因为它们是意义方面的意象性投射。文本中不可能使用很多的细节来填补所有的"间隙"和"空白"。并且，无论多少细节和暗示都无法消除未定点。理论上，每一部文学作品，每一个表现的客体或方面，都包含无数的未定之处。因此，读者最重要的活动就是排除或填补未定点、空白或文本中的图式化环节。

接受美学认为，文学作品的价值常常是由两极组合而成的，一极是具有未定性的文学文本，一极是读者阅读过程中的具体化，这两极的合璧才是文学作品的完整价值。任何文学文本都具有未定性，都不是决定性或自足性的存在，而是一个多层面的充满空白的图式结构。如果离开了读者的介入，它无法产生独立的意义。文本意义的产生，只有靠读者阅读的具体化才能实现。文本本身的价值和视域是有限的，而读者的具体化结果和充填的意义，随着时代的发展则是无限的，读者的视域也可以说是永无止境的。我们可以说离开了读者，任何文本都无法存在，都只是一个未完成的文学作品。甚至还可以说，延续不断的读者所创造的价值，要远远超过文学作品本身的价值。因此，在接受美学看来，读者对文本的具体化，也是文学作品的构成要素之一。读者对文本的接受，就是对文本的一种再创造，是文学作品实现其价值的必要过程。如果用这个观点来看中学文学的文学作品教学，可以发现，文学作品的教学过程也是一种在教师带动、指导和帮助下由学生独立或与他人共同实现阅读对象的开放性，并将课文中的空白点加以具体化或明确化的过程。期待视野是接受美学的另一重要概念。期待视野主要指读者在阅读理解之前，由读者文学解读经验所构成的思维定向或先在结构，对作品呈现方式、意义、结构等的预测和期望。它是由传统或以前掌握的作品构成的，由一种特殊的态度构成的。这种态度接受一种（或多种）类型的调节，并消解在新作品中。这种视野包括两大形态：一是由读者以往的审美经验（读者对文学类型、体裁、风格、主题、结构、语言等因素的理论储备和审美积累）所构成的文学解读视野，也可以称作个人期待视野。二是一种更为广阔的社会生活经验（读者对历史或现实社会人生的生活经验）所构成的文学解读视野，也可称作公共期待视野。它以一种十分隐蔽的方式制约、影响着个人期待视野的构成，并决定着文本在不同历史时期被解读的深度和广度。某一文本或某一读者的作用不能离开其受影响的社会历史条件。我们很难想象一部作品会处于知识的真空之中而没有任何特殊的理解环境。"期待视野"可以引导读者的接受和对文本信息的理解。

完全按照文本召唤结构去进行阅读的读者，就是文本的隐含读者。隐含读者深深地根植于文本的结构之中。可见，隐含读者决不等同于文本具体的实际读者，而是一种理想化的读者，超验型的读者，他是与文本的期待视野完全吻合的完美读者。而我们平时的文本实际读者，常常只是实现了隐含读者的一部分功能。

2. 语言哲学——对话理论

借助于语言文字，人类迈进了文明世界的门槛，踏入了一个无限敞开、不可穷尽的精神世界，从此，人就永远地把自己放逐在言说的途中。而语言自身，则像一条川流不息、奔腾不已的长河，一代又一代的言说者被它无情地抛在身后，而它，则独自吟唱着时代的歌谣，不知疲倦地涌向存在的彼岸。当海德格尔说不是我们在说语言，而是语言在说我们时，我们真正地陷入了人性的悲哀之中：世间万物都不能逃脱有限性存在的命运，都会被时间的车轮无情地碾碎、销蚀在茫茫的宇宙之中，人类自身也在劫难逃。然而，语言，人类最伟大的发明，却从时光的魔掌中逃脱了，隐身在文字的不朽之躯中，隐身在一代又一代人的言说中，获得了与天地同在的永恒性，因而语言与天道并立："言之文也，天地之心哉。"语言是常用常新，与时俱进的，人类在创制它时却忘记了给它携带上衰老基因。生命之树常青，而语言的家园则青春永驻，因此，语言把人类从有限的生命里拯救出来，把人类的历史连接成一个存在的整体，而每一个个体也正是通过语言的隧道达到了存在的整体。因为语言，人不仅是短暂现实性的存在，也是永恒历史性的存在；不仅是自然生物性的存在，也是文化价值性的存在；不仅是被动的存在，而且也是自由意志的存在。

语言是"言说"出来的，"言说"不是自我独白，"我"的"言说"是面向听者"你"的。人们的语言行为实际上是一种对话"结构"，是两个人在所谈对象上取得一致看法，并由此而相互理解的共同拥有的中部区域。作为一种语言现象，对话是普遍存在的，但在理论界，对话已超越原始的语言学意义而在哲学的高度上被人们所关注和探讨。最早提出对话概念并使其真正系统化、概念化和理论化的是俄国文艺理论家巴赫金。巴赫金认为：对话是人的存在方式。在他看来，对话可以从狭义和广义的不同层次上加以理解。从广义上讲，对话包括不同范围、不同层次的言语相互作用形式。理想的对话者之间的关系应该是平等的、相互尊重的，双方追求的共同目标是真理。德国的克林伯格认为，在所有的教学中，都进行着最广义的对话，不管哪一种教学方式占支配地位，相互作用的对话都是优秀教学的一种本质性标示。在他看来，教学原本就是形形色色的对话，具有对话的性格。对话不仅仅是教学信息的双向交流，不能简单理解为教学情况的及时反馈，它还有更深层次的内容，有其自身的存在价值与意义。它是一个意义生成的过程，对话本身的发展就应带动师生双方精神的发展。对话的过程就是思想、真理、意义、情感潜移默化的过程，是使一个人精神发展变革的过程。下面我们从两个角度来讨论对话理论对文学教育的影响：作为文学教学基本方式的对话和作为文学文本阅读的基本观念的对话。

首先，用对话思想来关照当今的文学教学，我们看到了对话是文学教学价值中的必然选择。教学是一种语言行为，或者准确地说是一种话语交往行为，这种行为必然是"对话"的，而不能是"独白"的，没有"视界融合"，没有"他性"因素的相互建构，也就没有文学教学。更进一步说，对话理论的重大价值应该是对教育视域中人的生存方式的恰当定位。真正的教育不是道德的灌输和被灌输，也不仅是知识的传授与被传授，而是基于人与人真实与真诚交往的平等对话，是既保持了个人的主体性，又超越了个人主体性，而在主体之间获得相互尊重与和谐的人格对话。通过"视界"的相互融合，"他性"的彼此渗透，而体现出的民主平等、沟通合作、互动交往，"充满了把学生从被动世界中解放出来的情怀。它要把学生培植成能动的、创造的、富有对话理性和健康心理的现代人。知识变成了'话题'、变成了手段、课堂，学校真正成为了育人、成人的乐园。"

其次，以对话理论来思考文学教学中的文本阅读，我们看到了迥异于传统阅读观的阅读教学新思路。阅读就是与文本的对话，而与文本对话，就不再把文本看作是僵死的材料，而赋予文本以生命；就不再把阅读过程看作是传授知识的过程，而是创造新意义的过程；同时，教师不再拥有绝对权威，而成为平等的指导者。在对话中，对话者与文本之间的"我"与"他"的对立，变成了"我"与"你"的亲和。而教师既与文本对话，也带领学生与文本对话。他一方面为学生的对话指点途径，另一方面也用自己的"视界"激发和补充学生已有的"视界"，使学生在阅读中达到与文本"视界"最大限度的彼此"融合"。

（二）发挥教师和学生在文学教育中的主体作用

1. 提高文学教师的文学素养

盛海耕先生曾出了一道评价一首诗的题目，近 10 年间曾请 500 名左右中学一级文学教师做这道题，结果做对的只有 20 来人，约占 4%。面对文学教育的现状，一个不容回避的事实就是中学文学教师文学素养普遍偏低。首先，许多教师自进入教师角色之后，已逐渐失去了关心文学发展、文学现象的兴趣，其知识大都停留在大学读书时的知识阈内；其次，教师在进行文学作品教学时，习惯于现成的结论，一切以教参为依据，不愿也不会去认真品味文学语言和意蕴；再者，当今乐于文学写作的文学教师已是凤毛麟角了。不少文学教师避重就轻，大搞自己熟悉的"三大文体"（记叙文、说明文、议论文）教学，漠视文学教育这块广阔而丰美的领地。新媒体时代的文学教育亟待教师文学素养的提高。

首先，教师自己要养成勤读文学作品的习惯。当一名有"文学味"的教师，广泛的阅读是基础。试想，如果教师不博览古今中外的文学名著，怎会有课堂上旁征博引的机智、信手拈来的潇洒呢？教师远离了文学作品的浏览，势必会在本文中兜圈子，也势必会使其语言枯燥、见识浅陋。只有自己成为精神产品的"美食家"，才能构建起丰富的内心世界。事实上，学生都喜欢知识面广、文学素养高的教师，而教师自身素养的匮乏，展现于学生的自然是面目可憎了。同时，丰富的阅读实践，对教师自我解读文本的能力具有积极的提升作用。一些教师疏于读书，懒于阅读，造成在教学过程中出现不认真解读文本的种种现象，或是别人代读的，或自己没有读懂，或是对文本庸俗的解读，更有甚者对文本作出错误的解读。

其次，教师要努力提高自己对文学的感悟能力。作为文学教学，其本质是审美的教学，理应以感性体验为主，以促进想象的灵活性和丰富性的提高为己任，而不能听任理性的分析取代感性的领悟。因此，我们要从文学的特点出发，树立起审美的观念，在这种观念下去进行文学教学，使美回归文学教学的课堂，使文学教学活动成为一种审美享受的活动、一种再创造的活动，让涌动着生命激情的文学教学活动唤起学生生命的激情，用美的火焰点燃美的热望。很难想象，一个缺乏文学素养、缺少感悟能力的文学教师能够把文学课上出滋味、上出精彩。那种絮絮叨叨的提问、匠气十足的诠释，是难以唤起学生的联想和想象，难以唤起他们对文学的激情的。文学作品教学的课堂应该是充满文学味的，这里有精心营造的文学欣赏氛围，有极富感染力的讲述；有对优美诗意的捕捉，有对深邃哲理的提炼。让学生置身于令人陶醉的意境，让学生的心灵沐浴明媚的文学之光，从而激发出学生对语言文学由衷的喜爱和对美好生活的热切向往。

（三）注重学生对文学作品的个性化解读和真实体验

张炜先生说："最好的文学课就是把它办成一场文学的盛宴，即搞成一堂集体欣赏课。尽可能地引得每一个体验者，让其个人经验复活，活生生地、一个一个地，从群体中分离出来。这样做的目的是让具体的生命有了具体的感动，而不是把大家的感受搅和到一起，模糊化和统一化，得出一个最大的公约数。""文学欣赏是一次充分激活，是一次呼唤，以此求得千姿百态。要获得淋漓尽致的体验与表达，就要尽可能地把这场盛宴上所有的能力、所有的可能性全部调动起来，从而形成极其活泼、极其冲动的局面，一瞬间让生命中最敏感的因子飞扬起来。感动、愤慨、回忆、痛苦，整个'合谋'所需要的这些因素全部焕发出来了——这才是一堂真正的文学课。"而文学课要上到这种状态要求我们注重学生对文学作品的真实体验和个性化解读。从方法上可以把握以下几点：

首先，精选解读视角。根据建构主义的学习观和接受美学的观点，文学作品的意义是学生在解读实践的过程中建构的，而学生的个性、生活经历、文化知识积累等许多方面都存在着较大的差异，所以，不同的阅读主体对同一部文学作品的兴趣点是不同的，甚至同一阅读主体在不同的年龄段也会有不一样的阅读兴趣。任何文学作品，一旦和个性鲜明的阅读主体连接起来，都会有其独到的阅读视角，对文学作品的鉴赏，无论是整体感知，还是局部欣赏，个性化阅读视角的选择就是个性化解读的开始。

其次，重视个性化解读的完善过程。文学作品的解读难以一次性完成，甚至永远也无法完成，它是一个不断修正和完善的过程。然而，正是这个过程，潜移默化地对阅读主体的思想、情感和价值观发生着作用，从而有助于阅读主体的精神成长。所以，在引导学生对文学作品进行解读的过程中，一方面，我们不必强加定论性的一元理解，另一方面，对学生难以避免的粗糙和偏狭，又要进行引导，帮助其作出必要的价值认定，尤其是创设一种氛围，让学生在对话、探讨和争论中调整自己的观点。倡导对文学作品的个性化解读，并不意味着鼓励学生固执地坚持自己偏激的和错误的理解，而是引导学生在论证中要么用自己独特的观点去说服别人，取得共识，要么，接纳别人与自己不同的理解，被别人说服。每一个学生都有自己的认知图式，都可以对某个问题形成不同的假设和推论，但各自的假设和推论又往往易片面和挂一漏万。组织有效的合作、讨论、交流活动，可以促使大家梳理、陈述自己的见解，学会聆听、理解他人的想法，使大家在相互接纳、赞赏、争辩、互助的过程中，通过了解问题的不同侧面，反思自己的感受，取他人之长，补自己之短，从而对自己所建构的"意义"产生新的反省，使之更趋独创性。

第三，依据文本，有理有据。虽然文学作品的阅读鉴赏带有很大的个人色彩，作品的文学价值也是在读者阅读鉴赏过程中得以实现的，但是，这并不意味着为了张扬阅读理解的"个性化"，就允许学生脱离文本天马行空式地驰骋想象。每一个文本都有其最基本的层面，这个最基本的层面是个性化解读的基础，是多义、多元解读的空间，也就是说，一千个一万个哈姆雷特也好，毕竟还是哈姆雷特，对文学作品的个性化解读，不能颠覆文本中最基本层面的意义，只有在这个层面上自圆其说、有理有据，所解读的意义才有价值，才是成功的个性化解读、真正的个性化解读。否则，就是对个性化解读的歪曲。

第四，引发、增进体验。可以说，没有体验就没有文学创作，也没有文学欣赏。课堂文学鉴赏也需要学生生活经验的参与。学生的体验一旦被调动，他们对文本独到的解读往往令人惊讶，有时甚至比教师"代劳"的解读更为准确到位。在教学中，教师不妨适时提示学生"如果你处在这种情景，你有何感受""设身处地想一想"……这其实就是调动学生生活经验的方式。此外，许多活动式阅读指导如排演课本剧、人物角色转换等，都是调动学生生活体验的有效方式；教师利用图片、影像、音乐等方式也可以唤起学生的生活体验以帮助其对文学作品进行解读。当然，立足于文本的经验的唤醒依然是文学教育的主要渠道。

文学欣赏需要借助读者的人生经验，同时，文学欣赏也在拓展、丰富着读者的人生经验。文学以其千姿百态的生活场景、细致入微的人生体验、独特的心灵感悟而使读者的精神世界呈现出多姿多彩的风景。文学教育就是这样，既要引发学生的体验以帮助其阅读欣赏，又应借助阅读欣赏增进学生的人生体验。

（四）教师要加强媒介素养

媒介素养是 20 世纪 30 年代，英国学者率先提出的教育概念。1992 年美国媒体素养研究中心对媒介素养作出定义：媒介素养是指在人们面对不同媒体中各种信息时所表现出的信息选择能力、质疑能力、理解能力、评估能力、创造和生产能力以及思辨的反应能力。概括而言，媒介素养就是指正确地、建设性地享用大众传播资源的能力，能够充分利用媒介资源完善自我，参与社会进步。主要包括公众利用媒介资源的动机，使用媒介资源的方式方法与态度，利用媒介资源的有效程度以及传媒的批判能力等。

随着西方传媒业对公众的影响日益加大，媒介素养渗透到英国日常教学和学生学习当中，英国将媒介素养教育运动纳入国家正规教育体系，随后欧美各国也纷纷效仿。

而美国正规媒介教育素养直至 20 世纪 60 年代才开始起步，虽然远落后于英国、加拿大、澳大利亚等一些国家，但是美国推行媒介素养的成果非常显著。美国教师教育项目明确指出了培养具有数字媒介素养的教师的重要性，教师教育机构认证专业标准中也指出：

教师应了解媒体对人类认知与传播行为的影响，因此，教师应采用各种各样的方法教学生构建媒体认同，理解数字文本的意义，以及了解视频、图形、摄影、音频等多媒体形式。美国英语教师委员会也制订了行动方案与教师发展计划，培养具有数字多媒体与多元媒介素养的师范生、在职教师与教育系统员工。

相比之下，我国虽然没有明确提出关于媒介素养的要求，但是新媒体时代的到来，要掌握新的现代教育技术，要跟得上教育技术的发展，就要求教师必须会使用新媒体技术。教师学会了才可以教会学生如何使用和筛选有效信息，才能教会学生如何在媒介环境下生活。

1. 新媒体时代下要求教师要学会使用新媒体技术

随着新媒体时代的到来，现代教学面临着更多的机遇和挑战，特别是文学理论教师的媒体素养水平，直接影响到教学。教师是新媒体技术的直接使用者和受益者，它的出现为教师施展才华提供了契机。教师应该加强新媒体技术学习，不断探索新媒体技术在教学当中的应用，挖掘课程资源，让新媒体技术更好地为教学服务。所以，作为一名新媒体时代下的教师，必须掌握新媒体技术的使用方法，具有操作和使用新媒体的能力，具有运用现代教育理论进行教学设计的能力，具有运用新媒体技术与学科课程整合的能力。这既是提高教师运用新技能的要求，也是教师自身综合素质提高的需求。教师要开展新媒体技术与课程整合的实践与研究，不仅要会使用新媒体，还要让新媒体用在实际的文学教学中，与教学设计和方法相结合，研究新媒体技术下的教学成绩，以改进教学手段，创建新型教学结构，构建新的教学模式，以优化教学过程，提高教学效率与质量。

2. 新媒体时代下教师要教会学生如何使用新媒体

在教学中应用新媒体技术，就是要教师和学生通过新媒体进行互动，这就要求教师必须教会学生如何使用新媒体。新媒体是什么，新媒体都能做什么，如何通过新媒体检索我想要的信息，这些都是教师应该教会学生的内容。这样才能让学生拥有检索信息的能力，学会运用多种工具筛选信息。例如：学生想查某一汉字的意思，学生可以查字典，也可以借助手机 APP "新华字典" 等应用软件来查询。

3. 新媒体时代下教师应该带给学生健康的媒介生活方式

新媒体是基于网络而兴起的，尽管新媒体有各种各样的优势，但是对于日常教学来讲，它仍是一个开放的环境，不利于管理。学生能接收到各种各样的信息，也可以自主选择各种各样的信息。在这个过程中，教师要进行正确的引导，帮助学生树立正确的价值观和人生观，要教会学生正确看待新媒体，不可过分依赖。另外，教师在实施新媒体教学过程当中，应该注意 "度" 的把握，适当运用新媒体辅助教学或者布置课下作业，切不可一味求新，顾此失彼。

4. 课堂交互性叙事

在新媒体技术飞速发展的今天，从叙事的角度考虑新媒体与精神生态意义上的交互，并将其应用于现代教学中，能促使课堂教学模式由单向性向交互性转变，推动人机交互的艺术发展，使精神生态意义上的交互更加人性化，文学情节更加生动，教师教学过程更加体验化。在课堂中运用新媒体技术，应该始终坚持教师是课堂的引导者，学生是课堂的主力军，将真正的课堂交给学生，引导学生发现生活中的真善美，从而实现文学到人学的转变。

交互性叙事是一种交互性的带有娱乐意味的活动，它借助新媒体创造了相应的故事环境，学生在其中扮演故事的主角，在课堂教学的交互性叙事中，学生是交互活动的控制者，可以与其他学生形成虚拟的学习共同体，他们通过彼此间的交流合作，融入故事的情节发展中去。

例如：在实际教学操作中，教师可以通过运用微信或者 QQ 建立班级群组的方式，把学生组织在一起，表演某一段课文中的情节，或者戏剧情节。学生可以自由选择场景，自由选择角色进行扮演，台词也可以自己设计，学生可以自己掌握剧情的发展，并通过在群组里更改备注名称，确认扮演角色身份。学生通过自己扮演的虚拟人物，以对话的方式，推动故事情节发展，完成整个剧的表演。这样，在虚拟世界学生直观感受到自己的角色对整个戏剧发展的影响，从而更加深刻地体会到戏剧的内在逻辑，领会戏剧的真谛。

这种在群组里进行的教学实践，类似于过去课堂中分角色朗读或者表演课本剧，但由于虚拟空间不受时空地域限制，每个学生无论在哪里都可以直接参与到戏剧中来，符合个性化教学的需要。

例如：在教学过程中，教师可以利用视频资料辅助学生对生涩的文言文进行解读，如百家讲坛当中一些讲解片段、电视诗朗诵、影视作品等资料的运用，都可以帮助学生通过视听结合的方式，多维度、多感官的刺激来感受文言文所要表达的内容。

5. 新媒体环境下多信息源的聚合

新媒体是基于网络发展起来的，网络上的信息多而杂，我们要检索到全面的信息，往往要浏览很多信息。这样工作量大，而且容易有疏漏。对教师来说如此，对学生来说更是如此。所以在遇到这类问题时，许多年轻教师选择通过运用新媒体的手段来提高检索速度，省时省力，而且能达到锻炼学生检索能力的目的。

例如：在做一道文学题的时候，大家对某一个词语的选择产生了几种不同的观点，这时候，教师可以组织学生拿起手机或者移动终端进行在线检索，在浏览的过程当中，大家就会看到类似的答案该如何辨析、如何选择等一些分析，这样每个人都在寻找答案的过程中掌握了知识，选错的纠正了观点，选对的加深了印象。这种做法快速而高效。

例如：教师在课下布置一些检索搜集类的作业，"请上网查一查，有哪些描写春天的诗句"，描写春天的诗句有很多，如果让学生自己去想，得到的答案较为单一，如果让一个学生去网上搜，得到的结果也不会很全。如果教师想归纳整理关于春天的诗句，可以通过 QQ 邮件、QQ 群组、微博、微信等方式向同学们发布作业，集合众人之力，找到的诗句基本上就全了。在这个过程中，学生也可以通过群组讨论，你找了哪两句，她找到了哪两句，直接在微信或者 QQ 群里留言、汇总。学生直接得到了交流和沟通，也营造了一个比较轻松的课下学习氛围。

6. 在网络环境下对学生进行文学思维训练

文学思维训练并不是简单的 $2+2=4$，它是一项复杂的工作，文学思维训练不是通过短期的训练就能够获得长足的进步，其形式的渗透性就是文学理论思维的重要表现，它需要经过一段时间的有意识的训练。渗透性是指在听说读写实践中，通过知识教学、情感熏陶、潜移默化等，以达到思维训练的实效。课程选材一般都有较强的语言美、结构美、形象美等特征，所以当教师以真挚热情的情感，指导学生分析比较、理解消化和欣赏一篇文章时，思维的形式正悄悄渗透到学生心中。

例如：许多教师都玩微博，他们经常把一些优美的文章转发给学生，转发的同时加上一小段简短的评论，评论内容围绕文章展开，或评论文章主题，或评论语言风格，或评论写作手法，短短几句，让学生看到了老师对这篇文章的态度，学生很自然地带着这样的感觉去读，认同的学生会在老师的评论中点赞，不认同老师观点的学生会给老师留言，和老师还有其他同学一起探讨，这就形成了一个小的讨论组。对学生文学思维的训练就这样潜移默化地进行了。

例如：新媒体上经常流传一些时下流行的小段子，字数不多，却很有新意，或惹人一笑，或耐人寻味，许多教师也经常在朋友圈发上这样一条信息，给学生布置这样的课外作业，仿照这句当下流行语，写几组句子。这种形式对学生来说，喜闻乐见，而且随手就能完成。同学们可以在留言中查看彼此的答案，形成小的讨论组，而教师适当地加以点评，学生们都会看到，培养学生的文学思维在非常轻松愉快的方式下得以进行。学生们没有抵触心理，反而更乐于参与。

7. 利用移动媒体交流学习信息

新媒体最为广泛的应用就是移动终端的普及。移动终端几乎占据了人们所有碎片化的时间，例如等公交车的时候，学生们不自觉地掏出手机翻看，回家的路上也会掏出手机来翻看。很多学生可能没有大块的时间去做一件事，但是他们有很多碎片化的时间是可以被利用起来的。

例如：许多教师还经常利用 QQ、微信等聊天软件进行一对一的作文批改和辅导。学生可以把作文拍照发给老师，老师可以随时批改，随时提出指导和修改意见，形成学生和教师一对一的交流。这大大节省了作文的批改时间，针对教师提出的问题，学生可以有针对性地和教师探讨，直接而且方便。

例如：许多教师也把自己平时积累的文学常识、近义词辨析、常见通假字等一些学习内容整理发布到 QQ 空间里，方便班级同学随时查看，或者下载打印。

8. 利用慕课的教学视频资料探索文学翻转课堂

慕课是一种在线课程开发模式，它发展于过去那种发布视频资源，学习管理系统以及将学习管理系统与更多的开放网络资源综合起来的旧的课程开发模式。慕课是大规模网络开放课程，具有很强的开放性，任何人都可以参与，上课地点、时间不受限制，只需要新媒体技术的支持即可。一些教师都开始尝试引入慕课的视频教学资源，利用慕课视频资料进行翻转课堂的探讨。

例如：明天就要学习课文《装在套子里的人》，教师一般会在授课的前一天把慕课视频资源发布到班级 QQ 群或者微信群里，让大家自己在课下提前学习，第二天上课让学生直接讨论学习成果，讨论学习中遇到的问题和难点。这实际上是翻转课堂形式的探索和尝试。

例如：一些教师在课下利用 QQ 群组开视频课，现场播放自己录制的慕课内容给学生们学习观看，让学生们提出问题，第二天课堂上再解决问题。

（五）开展丰富多彩的文学教育活动

一般说来，生活中的文学欣赏往往表现为带有个体随意性的自由活动，而学校的文学教育则是一种有组织、有计划、有具体教育目的的群体性教育活动，是在以特定的系统结构、特定的运作方式和特定的目标指向的规范下对人进行陶冶和塑造的教学过程。我们尝试把学校文学教育活动分为三类：文学欣赏教育活动、文学批评教育活动及文学创作和作品扮演教育活动。

1. 文学欣赏教育活动

课堂导读。课堂导读是文学欣赏教育的最基本的教育形式。它是通过教师规范有序的课堂引导过程，使受教育者在一定的指引下进行文学欣赏的教育活动。课堂导读的操作环节主要是课前准备和课堂引导。

课前准备要做好两件事。其一，篇目的选择。教师要针对具体的教育对象和教育目标选择进行文学欣赏教育的作品篇目。对选篇的思想内容、艺术特色、作者情况以及作品在文学史上的地位影响等，教师要有足够的了解和认识。虽然这些东西并不完全需要向学生一一介绍，但作为施教者本人却应该心中有数。因为，只有在对作品透彻了解的基础上，教师才可能在深层意蕴上把握作品，也才能够诱导学生去感受体验作品的意境、意蕴。其二，阅读布置。由于课堂导读时间有限，大部分作品（特别是中、长篇作品）都不可能利用课堂时间阅读，所以要规定一定量的课前业余时间进行阅读，可以采取几种方式：一是学期初或期中，还可以是前一学期的期末，教师根据教学计划开列书单，布置学生业余阅读；二是课前一周或几周布置具体欣赏篇目的阅读。当然，有些短篇作品或诗歌也可以当堂阅读欣赏，甚至有些作品放在课堂导读后再进行业余自由阅读欣赏也未尝不可。

教师在课堂引导中要适当介绍背景情况，如作者的生平和创作、作品产生的时代背景和地位影响等，目的在于开阔学生的欣赏视野，深化欣赏层次。

引导学生进入作品意境是课堂导读的主体过程。教师可以采取多种方式，如可以按照文学欣赏的一般过程，先带领学生进入艺术感受阶段，通过教师或学生的复述和描绘使大家初步了解作品的人物、情节或情景画面，激发情感；在此基础上进行审美判断，这里教师可以设计一些提问或展开讨论，让学生充分联想、想象、比较、判断、发现并概括出文学形象的魅力和意义；最后进入寻索玩味阶段，由作品展开联想，师生共同畅谈由此引发的对社会人生的思索。

导读过程可以不拘一格，既可以师生共同讨论，也可以教师自问自答，还可以请某个有准备的学生作欣赏讲演。而且，导读也未必局限于对一部作品欣赏的整体过程，可以根据具体教学目标对学生进行专题欣赏训练，如"想象力训练"，可以围绕一个人物形象或一段景物描写而进行想象描述，"理解力训练"则可以就某作品的意境意蕴畅谈独特感受和体验。

朗诵会。朗诵会是具有更大自由度的文学欣赏教育活动。通过声情并茂的朗诵，学生可以自由驰骋于欣赏空间，从而获得能力的培养、性情的陶冶。

朗诵会的形式可分为专题朗诵会和非专题朗诵会。专题朗诵会是以一定专题或主题为中心的朗诵会，可以根据不同的教育目标和对象设定不同范围的专题或主题，如"爱国主义诗歌朗诵会""山水田园诗朗诵会""五四新诗朗诵会"等专题朗诵会，或"我眼中的世界""我与时代""歌唱理想"等主题诗歌朗诵会。专题朗诵会的直接功效是以专题为导向，有计划、有目的地定向培养和塑造学生的品格。非专题朗诵会可以让学生自由选择朗诵题材和体裁，这样可以使其在一个更广阔的艺术空间中充分突出其个性特点。

由于这种朗诵会是学生直接参与的教育形式，因而它在具体目的上有别于一般的文艺演出性质的朗诵会。它的目的是进行教育，它的过程和结果是同等重要的。实际上教育过程从朗诵会的准备阶段就开始了。受教育者在选篇过程中就蕴涵着大量的欣赏和思考，这中间还有师生和学生与学生之间大量的指导、切磋、交流，这本身就是一个教育过程。所以，充分把握朗诵会前的一系列准备过程，是最终实现朗诵升华的重要铺垫。

无论专题朗诵还是非专题朗诵，其目的都在于使受教育者通过朗诵进入作品境界，在艺术感染中进行情感体验和人生领悟。这就是说，朗诵的过程就是体验和领悟的过程。因此，朗诵会的情境创设是取得成效的一个重要因素。情境创设包括会场环境布置（如会场装饰）、朗诵者形象设计（如服饰要求）、现场氛围烘托（如穿插音乐欣赏或配乐朗诵）以及听众的规模和范围等，这些都需要在朗诵会前精心策划。

畅谈会。在畅谈会上，受教育者通过自己对文学作品的欣赏畅谈或聆听别人的欣赏畅谈，使心灵受到震荡，获得审美享受和思想教育。

畅谈会既可以是课堂导读后的心得体会交流，也可以是朗诵会后的再欣赏，还可以是自由选篇欣赏或专题、主题作品欣赏。对于课堂导读来说，它是一种对文学接受的检验。导读中主要是教师的诱导，而受教育者的个体接受却是千差万别的，对同一篇作品见仁见智的欣赏将使畅谈会充满启迪而别具一格。对于朗诵会来说，这是一种欣赏的深化。朗诵是一种精神体验，而将这种体验表达出来并与别人交流，则是一种深化和强化。

在某些畅谈会中师生可以适当加以讨论和总结。如专题作品欣赏会或规定作品欣赏会，师生可以就欣赏体会展开讨论或发言，或对欣赏的艺术感受加以比较，或对欣赏的审美判断进行讨论，或对欣赏的寻索玩味再作阐释。讨论既可以显示出个体主观差异性的独特魅力，还可以使欣赏的教育功能大大强化。同样，适当的总结也可以强化教育功能，教师在会中或会末的总结往往会收到画龙点睛的特殊效果。

2. 文学批评教育活动

一般的文学批评是批评家通过对文学作品及文学现象的分析评价，阐发其意义价值，从而对文学创作、文学欣赏以及社会生活产生一定的影响。但在文学教育中，文学批评是受教育者开发智力、提高认识、训练能力和把握艺术规律的一种教育途径。因此，文学教育中的文学批评在题目的选择、方法的运用以及批评目标的设定等方面都应该在教育计划的规范下有序进行。

课堂导评。课堂导评是文学批评教育最基本的教学活动。它是在充分的课前准备的基础上，按照一定的教学要求并在教师引导下进行的有关文学作品的评论或批评的教育活动。

课前教师选择好批评作品的题目。教师要按照一定的教育目的和教学对象选择批评对象，并对所选篇目的思想内容、艺术特色、作者情况以及在文学史或社会生活中的地位影响有充分的了解和认识。教师在篇目确定后还要确定批评指向，即划定作品思想内容或艺术特点等方面的批评范围及目标定位，然后布置学生阅读。布置学生阅读的作品应视篇幅长短设定提前量。当然，短篇作品亦可当堂阅读。布置阅读时应提出具体的要求和有关的思考问题。

在课堂操作过程中，教师应首先适当介绍所选篇目的背景材料，如作品创作的社会时代背景、地位影响、前人批评成果及作者情况等，然后进行作品分析品评。这是课堂导评的主体过程，主要是教师引导、带领学生进行分析和品评，可以根据不同的教学目标的要求采取多种方式。

当然，实际课堂操作是千变万化、丰富多彩的，需要教师根据具体情况运用自己的教育机智。课堂导评中教师的启发引导是实现预期目标的关键，因此，教师在吃透篇目、设计论题、把握进程、点评总结等方面的主导作用尤为重要。

批评习作。文学批评习作是一种受教育者自主性较强的文学教育活动。它不同于课堂导评那样在教师的步步引导下进行，而是充分发挥受教育者自主研究的创造性，独立完成其批评成果。

教师要根据教学目标选定批评作品。选篇的思想内容或艺术特色一定要具有针对性，与教学目标相符合。布置时教师应适当介绍作品的背景材料，并提出批评的具体要求。如是长篇作品，应增加一定的阅读时间。

写作过程是这一教育活动的主体。在写作过程中受教育者应把握住以下环节：

其一，认真阅读作品。在欣赏的过程中，用自己的知识、经验、情感去感受、领悟、判断作品。在审美感受的基础上，将艺术感受抽象为理性认识，进入对作品的审视、鉴别和评判。通过阅读，对作品的思想内容和艺术形式形成深刻的理解。

其二，确定批评角度。根据教学目标确定是就作品的思想内容进行文本解读，还是就作品的艺术特色进行艺术品评，或者是其他的品评角度。

其三，深入分析批判。要用心思考，开掘新意；情理相彰，论证充分；联系实际，启迪心灵。

最后，教师要认真评改每一篇批评文章，做好课堂讲评。

争议作品讨论会。对有争议的作品进行讨论是解读和品评的一种强化形式。所谓争议作品，一是指在社会上或学术界引起争议的作品，二是指文学教育中由于受教育者的生活经验、思想水平、知识结构、感悟能力以及个性气质等因素而引起争议的作品。争议作品讨论会通过对作品思想内容和艺术形式等方面的讨论争鸣，使受教育者在思辨中提高对生活的认识和对艺术规律的把握。

争议作品的选择关乎教育成效的取得，因而应特别注意。作品的选择可以根据当前文艺评论中出现的争鸣情况进行选择，也可以根据文学教育中出现的受教育者认识分歧而确定，还可以直接从文学史上选择篇目进行再评价和争鸣。篇目的选择要适应受教育者的思想水平和认识能力，以保证收到积极的正面教育效果。

争鸣氛围的创造也不可忽视。争议作品讨论会这一文学批评教育活动的重点在于各抒己见的讨论过程，其教育成效即在于经过充分论争而实现知识视野、认识水平、思辨能力等方面的提高，因而创造一个自由争鸣的氛围十分重要。首先，充分倡导各抒己见。无论是课堂讨论的口头形式，还是论文写作的笔头形式，都应该充分倡导各抒己见的自由论争，而不应该先入为主地设定一家之言的既定框框，使学生的思维空间受到限制。其次，科学地进行讨论总结。对于一部作品的讨论和争鸣来说，任何人的评价都不是终极裁判，而只能是一时一地的见仁见智，因而争议作品讨论会的结论也不可能是盖棺定论。所以，对于讨论会的总结，应着眼于对受教育者精神驰骋的肯定，而不是简单的是非评价。成功的总结应该是对各方观点给予科学的梳理并阐发积极意义，使受教育者从中受到教益。

专题辩论会。专题辩论会是一种综合性较强的批评教育活动。在一定形式下进行面对面的辩论，可以使受教育者的认识能力、思维能力、语言能力等多种能力得到培养锻炼。

会前进行充分准备。其一，选拟辩题。题目的拟定可以由教师确定，也可以在学生中征集，还可以从课堂导评、批评习作或争议作品讨论会的篇目中选取。题目的确定要联系文学教育实际，具有理论或实践价值，具有充分的论辩性，并适合受教育者的知识能力水平。其二，确定辩手和辩方。可以通过多种形式确定辩手和正反方。辩手应对自己的正方或反方辩题作充分的知识准备、论证准备以及心理准备。应考虑受教育者的全体参与性，可适当划分小组或以"智囊团"等形式充分调动全体学生的积极性。其三，其他准备工作。主持人、评委、"拉拉队"、奖品、会场布置等方面的准备。

会场操作可选择限时限人、分阶段等规定性论辩和自由阐释、自由辩驳、观众提问等辩论形式。最好由评委或教师给以总结性评论、确定名次及颁奖等。

辩论会的形式可多种多样，随机掌握，如课堂即兴辩论、分组辩论、师生辩论等形式亦可收到不错的效果。

3. 文学创作和作品扮演教育活动

文学创作是一种审美创造活动。一般的文学创作活动的成果是以对象的创造为标志的，其目的是为了艺术形象的塑造。在文学教育活动中，文学创作是作为一种教育方式而存在的，它在创造对象的同时更强调创造主体，或者说它的直接目的就是为了创造主体，使主体通过文学创作获得陶冶和塑造。所以，在文学教育中，创作活动便作为教育方式和手段被纳入特定目标指导下的文学创作训练。作品扮演是学生以一定的角色表演将文学作品的故事情节表现出来的文学教育活动。在这一活动中，受教育者直接进入作品角色，参与作品内容的表现，因而可以更加真切地获得情感体验和生活感悟，而扮演过程的多个环节也可以使受教育者的多方面能力素质得到培养锻炼。不少人回忆自己的成长经历时认为，中学时代参加的文艺活动给他们难以忘怀的启蒙和教育。同时，在一定范围内的演出，还可以使受教育者在观看演出的过程中接受文学艺术教育。

课堂训练。课堂训练是文学教育创作活动的一种基本形式。它是在教师的引导下，运用一定的课堂形式进行有组织、有目的的文学创作训练。这一训练应在教师的精心组织下完成。通过训练，应该使受教育者的各项基本能力和综合素质获得有效提高。

课前，教师要根据教学计划确定本节课的教学内容，吃透知识讲授部分的内容，设计好训练形式（口头、笔头或其他形式）和训练题目，充分估计到教学对象的实际水平和反应状态，做好启发、示范设计及时间安排。在课堂操作中教师可选择口头训练、笔头训练或其他形式，可以以一种形式为主，也可以几种形式综合运用。其一，口头训练。课堂安排可分为两部分：理论讲授部分和操作训练部分。操作训练部分可按照设计的题目提出要求，提问或依次让受教育者按要求进行口头应对，教师适当进行启发、总结。其二，笔头训练。教学内容也可分为两部分：理论讲授部分和操作训练部分。操作训练部分可按照设计要求，留一定课堂时间让学生按要求进行笔头作业，也可让学生在课外时间完成习作。教师对习作要认真评改并进行适当的课堂讲评，对典型习作可示范朗读并点评。

专题习作。教师在课堂训练的基础上可对学生进行专题习作训练。专题习作是一种类似于命题作文式的创作训练。它不是课堂训练那种带有即兴性、片断性的单项训练，而是综合运用各种能力并创作完整的文学作品的习作训练。首先教师要根据教学计划选定体裁和题目。体裁选择以短小为宜，如诗歌、散文、短篇小说、杂文等。在习作前教师应适当讲授相关文体知识及写作方法。题目的选定要切合受教育者实际，布置时，明确写作的具体要求，最后进行评改总结。教师在认真批改每一篇习作的基础上要总结普遍性问题并进行课堂讲评。专题习作的特点是综合性，如散文创作，立意、构思、谋篇、选词、抒情、想象等各种能力都得到了训练，所以这项训练可以放在各单项能力训练之后进行。

习作朗诵会。习作朗诵会是兼具创作和欣赏的文学教育活动。从习作内容来说，是创作教育；从朗读形式来说，它又是非常好的欣赏教育。而且，由于与受教育者自身生活的贴近，这一活动具有更大的教育空间。首先涉及选篇的问题。可以从个人习作中任选，是为非专题朗诵会；也可以选择专题创作作品，是为专题朗诵会。无论非专题或专题，都应该强调全体参与，因为作品创作是第二位的，主体陶冶塑造才是第一位的。只有受教育者的亲自参与，才可能直接获得审美享受和境界升华。然后是情境创设。情境创设包括朗诵会的会场布置、朗读者形象设计、现场气氛烘托等全部氛围条件。精心策划和营造这一条件，可以使活动获得突出成效。

创作谈。创作谈是一种创作心得交流活动。由于创作过程中各种心理机能的和谐运作，使创造力得以集中体现，同时，其中还蕴含着创作者对生活的理解认识和情感体验，所以创作过程充满着对主体的陶冶塑造。及时总结、交流创作心得，可以强化其中的体会体验，这对创作教育具有重要意义。创作谈可以采取座谈会形式也可以采取其他形式，可以即兴发言也可充分组织准备。交流内容既可以是创作过程的描述，也可以是创作收获的总结，还可以是对创作中存在问题的质疑和讨论。

文学社、刊、网。文学社、刊、网是一种业余性的、长期性的创作教育活动形式。文学社、刊、网可以吸引或集合一批文学爱好者，他们在课堂训练之余更长期地进行文学创作活动，从中获得文学教育。同时，通过社、刊、网的方式，还可以培养文学新人，活跃校园生活，并以其营造校园文化氛围，使更多的人处于文学熏陶之中。文学社的活动可以丰富多彩，内容可包括创作、欣赏、讲座、经验交流、QQ互动以及举行朗诵会等校园活动。文学刊物或网络是发表作品的园地，可以和文学社结合起来，定期或不定期地发表校园文学佳作，探讨热点文学问题等。

作品扮演。文学和戏剧是既有联系又有区别的两种艺术类型。将仅供阅读的文学作品变成舞台表演的戏剧形式，首先碰到的就是剧本设计问题。首先，选篇的内容要适合受教育的对象，符合教育目的；其次，选篇必须适合舞台演出，进行扮演的文学作品应该具有一定的叙事性，如小说、叙事散文、叙事诗等，且人物、情节、环境不宜过于复杂。然后是作品的改编的问题。将文学作品改编成受教育者演出的舞台剧本，一般有三种情况：一是基本保留原作品的对话，进行简单串场即可。比如，契诃夫的短篇小说《变色龙》，作品本身就是由大量人物语言构成的，改编时只要理清头绪就行。二是根据原作品的题材和主题重新设计人物语言和进行场景设置。比如，鲁迅的短篇小说《孔乙己》，原作品人物语言并不多，改编成剧本就要设计大量的人物语言和场景等。三是对原作品的人物、情节、主题等进行顺向或逆向的生发再创造。比如，对一些古典作品如《陌上桑》《木兰诗》等，就完全可以用现代观念进行生发，而生发本身就又是一种想象力或创造力的培养训练。演出过程就是一个接受教育的过程。首先，从表演者来说，进入表演必须全身心地进行角色置换，因而这就从一般性阅读欣赏飞跃为身临其境的角色体验，其艺术感受和生活感悟也会随之真切而深刻，而且，受教育者进入表演，在艺术感受和生活感悟的同时，其语言表达、形体动作、心理素质、创造力等方面也得到了相应的训练，就这一意义而言，作品扮演的原则应该是过程重于结果。其次，从观看者来说，舞台艺术本身就是一种艺术类型，受教育者观看作品扮演，本身也就是在接受艺术教育。

当然，教师的引导把握应贯穿作品扮演的各个环节，如选篇的把关、作品的推荐、改编的审定、演出的指导以及最后的品评总结等。引导的形式可以和其他的艺术教育形式结合起来，如欣赏导读、创作训练、品评畅谈等。

（六）不断提升文学教育的境界

"境界"在古汉语中原指"疆界"或"疆域"，如"当更制其境界，使远者不过二百里"中所用之意，后"境界"一词用来翻译佛典，如《无量寿经》上："比丘白佛，斯义宏深，非我境界。"佛学中的境界，其内涵由现实转为精神。中国近代著名学者和文学批评家王国维（1877—1927）将"境界"用作了重要的美学范畴，指艺术造诣和情蕴内涵所达到的层次高度，如"词以境界为最上。有境界则自成高格，自有名句。五代北宋之词所以独绝者在此。"再如"古今之成大事业、大学问者，必经过三种之境界：'昨夜西风凋碧树。独上高楼，望尽天涯路。'此第一境界也。'衣带渐宽终不悔，为伊消得人憔悴。'此第二境界也。'众里寻他千百度，蓦然回首，那人却在，灯火阑珊处。'此第三境界也。"美学范畴的境界似乎允许我们作静止的界定和微观的分析，但它又追求一种不可分割的浑融的整体效果。我们无意在此对境界这个美学范畴作出明确的界定，只是想借用这个概念来描述文学教育的三个递进的层次或曰维度，这三者各有区别但又浑然一体、既有包容又有递进，或许境界一词真能担当描述它们的重任。我们把这三重境界称之为语言境界、文化境界和心灵境界。

提出文学教育的三重境界，首先是基于文学文本本身的层次性。中外文论史上，都曾有人把文学作品的构成看成是一个由表及里的多层次的审美结构。中国古代的《周易·系辞》在探讨哲学思想的表达时，就提出了"言、象、意"三个要素。后来三国时期的著名经学家王弼在对《周易》进行诠释时，则更为详明地理清了三者之间的关系。他说："夫象者，出意者也。言者，明象者也。尽意莫若象，尽象莫若言。言生于象，故可寻言以观象；象生于意，故可寻象以观意。意以象尽，象以言著。"这些论述为人们分析文学作品的文本结构层次启发了思路。比较而言，西方文论由于其表音文字的特点，所以对文本结构的划分，着意将语言的声音和意义区分为两个层面予以强调，而中国古代文论由于汉字的表意特点，则首先考虑到的不是声音，而是作品的言意关系。两者的划分虽各有特点，但是在大体上，中西文论对文学文本基本构成方面的理解是相通的。文学理论家们在汲取和借鉴中西文论的基础上，将文本的结构划分为三个层面，即语言层、现象层和意蕴层。

文学作为"人学"，实际上是人的本体要素的全面展开，所以文学文本的本体与人的本体有明显的统一性。以文学文本为媒介的文学教育活动随着文本本体的层层深入，实际上是对人的本体的理解和探究。卡西尔说：人是符号的动物。语言是人类最重要的符号系统，我们也可以更确切地说人是语言的动物。文学正是人类语言才能的高度发挥，是名副其实的语言艺术，所以文学教育的第一境界是语言境界。其次，文化是人类的生存方式，是人和动物的重要区别，文学展现的总是一定文化中的人和一定人类的文化生活，文学教育担负着传承人类文化的重要职能，从而促进社会的文明进步，所以文学教育的第二重境界便是文化的境界。再者，只有人才有丰富的精神生活和心灵世界，而文学似乎正是为了展示人类心灵的丰富性而存在的。文学教育的最终目的是丰富人的精神世界、构建心灵的家园，所以文学的第三境界就是心灵境界。简言之，文学教育是以语言为媒介、以文化为内涵、指向人的心灵的人性教育。

从文学活动要素链的角度来分析文学教育的三重境界，我们可以看出不同境界的文学教育涉及或注重的要素是有差别的。把文学作为语言使用的范本，作为学生模仿的对象，这实际上主要是涉及了文学活动四要素中的一个，即"作品"，而且着重于作品的语言的模仿、把玩和品味，这便是文学教育的第一重境界。通过文学教育增加学生对文化某一"层面"的了解，扩大他们的知识面，开阔他们的视野，这主要是关注了文学活动四要素中的"世界"，即文学所描绘的人类文化意象，此为文学教育的第二重境界。文学教育丰富了学生的心灵世界，坚定了学生的信念，完善了学生的人格，这便关涉到了文学活动四个要素的全部，即以"作品"为媒介，作为"读者"的师生与"作者"进行精神的沟通，领悟作品所反映的"世界"，丰富了师生的心灵世界，此乃文学教育的第三重境界，也触及到了文学教育的旨归——构建心灵的家园。

第七章　新媒体成为文学理论教育的载体合力

文学理论教育载体在文学理论教育体系中居于重要地位。新媒体时代对文学理论教育的影响体现在包括载体在内的方方面面，加上文学理论教育社会化趋势的日益彰显，文学理论教育主客体及其身份呈现出多样化的趋势。为适应新情况新变化，解决新问题，文学理论教育工作者应以跨界思维为理性向度，创造覆盖面更广、承载信息更多的载体，并且生成"载体合力"，这不仅是加强新媒体时代文学理论教育的新平台，也是增强文学理论教育实效性的迫切要求。

一、新媒体时代文学理论教育载体的运行现状

（一）文学理论教育载体的内涵及形态

学界普遍认为，"载体"最早是一个应用于化学领域的科技术语，是能贮存、携带其他物体的事物。20 世纪 90 年代"载体"引入文学理论教育。最初，人们习惯使用"途径""手段"和"方法"等提法来作为文学理论教育的承载和传导过程的中介。当前，学术界对高校思想文学教育载体的研究还比较少见，多围绕基本形态及特点、运用和创新等主题。随着新媒体时代的到来，新媒体对文学理论教育的影响研究正日益受到学术界的关注和重视。从活动主体和方式的差异性进行划分，可将其划分为课程载体、活动载体、管理载体、大众传媒载体、谈话及咨询载体五大类。本文认为文学理论教育载体的形态应围绕文学理论教育的活动过程而进行分类。

1. 课程载体

毋庸置疑，课堂教学是文学理论教育的渠道，是最显性的载体。这里的课程载体指课堂教学，主渠道是文学理论课，也包括其他人文素养课程和专业课程，这些课程载体对学生产生最权威的影响。课程载体具有很多明显的优势，即有明确的教育目标、内容和评价体系，载体形式相对稳定，而且有制度上的保障等等。

2. 物质载体

物质载体主要是指校园物质载体，包括校园的景观、校园建筑设计风格、楼宇道路、河流的名字、树影婆娑的校园生态环境等，学生学习生活在这样的现实空间场所里，潜移默化地接受着这些物质载体所传递的人文气息。它们因为历史的积淀和被赋予的文化价值

而承载着真朴、厚重的大学精神，其蕴涵的巨大的潜在的教育意义是家庭和社会所无法取代的。因此，校园物质环境建设历来被学校所重视，很多学校致力于创造积极、健康、绿色的校园物质环境，以充分发挥校园物质环境对学生道德情操的影响力。

3. 精神（文化）载体

精神（文化）载体主要是指各种校园文化活动（如各级党团组织和学生组织的各类文体活动）以及谈话咨询（如心理咨询）活动，它是文学教育过程中相互传递信息的精神手段。把文学理论教育内容有机融入活动中，并组织学生参加各种活动，本身就是教育的过程。能成为文学理论教育载体的精神文化活动，必须是融思想性、科学性、趣味性和娱乐性为一体，令学生乐于参与的活动。通过各级各类活动的参与，受教育者能在受到潜移默化的感染熏陶的同时，又学会鉴别、比较、取舍、判断等，拓展知识的深度和宽度，养成竞争意识和团队精神，形成健康快乐、自信开朗的人格品质。文学理论教育工作者通过有目标有计划的校园文化建设，开展丰富多彩的校园文化活动，充分发挥精神载体的作用，使得学生在潜移默化中炼就品质人性。

4. 管理（制度）载体

制度载体主要是指学校的管理制度（包括管理制度所投射的管理理念、所使用的管理手段等）和管理体制所折射出来的服务工作。它包括教学管理、班级管理、宿舍管理、日常行为管理。其特点为：有一定的强制性和规范性，教育过程有明显的行政权威和制度威慑力的存在；教育者对载体的运用主要依托组织进行，依托组织纪律和规章制度，以书面的或者条文的形式表现出来，并具有经常性，致力于人的日常行为规范的养成。管理是一门科学也是一门艺术比如考试作弊行为，其实所反映出来的是诚信问题，对其加强管理，则会得到有效的控制。

5. 传媒载体

这里所说的传媒载体是指大众传媒向广大受众传播文学理论教育内容，使其在接受广泛信息的同时，受到文学理论教育。它既包括传统大众传媒即广播、电视、书籍、杂志、电影、音像制品等，也包括本文所研究的新媒体。传媒载体不仅形式众多，还超越时空给教育者和受教育者以无限大的选择和加工余地。此处的环境，其实也就是说由大众传媒所创造的虚拟的"媒介环境"，人们在这里看到的是被传媒理解和演绎了的世界。综合起来看，利用大众传媒进行文学教育，有着两大优点：一是能最大限度地扩大文学理论教育的覆盖面；二是能增强文学理论教育的时效性。对学生而言，他们对社会现实的理解更依赖于传媒，尤其是新兴传媒，新时期，大众传媒载体越来越成为文学理论教育研究关注的热点和实践运用的重要载体形式。

（二）传统文学理论教育载体运行中的缺失现象分析

文学理论教育载体与文学理论教育过程密不可分，当前高校文学教育载体建设有着突出成就，如多样化的形式、人文精神的建设与管理、职业化的队伍建设等。但由于文学理论教育工作者对载体的作用和功能缺乏清晰明确的认识，因而在运行中出现了以下缺失现象：

一是各种载体的作用力分散状态明显，导致了文学理论教育载体整体性功能的分化。文学理论教育系统是一个整体而非局部的、开放而非封闭的、动态而非静态的特殊生态系统。这个过程并不是简单地依靠文学理论课或者单纯的几次校园文化活动而产生效果的。而各载体力量间各自条块分割的问题明显，不同力量间缺乏彼此的呼应和配合，常常表现出自发、无序等离散状态，结构分布也并不合理。比如，作为文学理论教育主渠道的课堂教育，缺乏针对学生个人的文化关怀，再加上教学方法的传统与教学手段的单调，学生作为完全被动的受教育者，易于产生抵触心理，因而其功能并不能完全得到发挥。因此，整合各种载体力量，形成"载体合力"，正是在对这一时代图景的回应。

二是一定程度的盲目跟风，导致了文学理论教育实效的弱化。20世纪90年代以来，随着文学理论教育载体研究的逐步深入，文学理论教育载体的地位逐渐被人们所认知。但由于文学理论教育载体理论研究的滞后，加之有些文学理论教育工作者运用载体的能力的欠缺等因素，导致文学理论教育载体在运行过程中存在较大的盲目跟风和随意运用等问题，影响了文学理论教育载体功能的发挥。主要表现在新媒体的运用上，很多文学理论教育工作者授课热衷于网络上流行的视频和话题，或者只是机械地阅读课件，而不做深层次的讲解，课后通过QQ等通讯工具，取代传统有效的谈话和咨询载体，弱化了文学理论教育的效果。

三是对新媒体及其在教育系统中的作用认识不足，导致了新载体形态的挖掘不够。新媒体以其传播快捷、检索便捷、传播的交互性和方式的多样性而受到一定的关注，正在被高校文学工作者广泛运用；但另一方面，人们淡化了新媒体需要一定的技术投资和相关人员的观念，尤其是新媒体所带来的各种负面影响也是客观存在的，对此我们要有足够的认识，采取必要的规避措施，使其积极作用达到更广层面上的发挥。对新媒体在文学理论教育的认识要在跟传统媒体的比较中进行。

四是文学理论教育的传统传媒载体在新媒体时代出现盲点。与新媒体相比，传统媒体存在着重主流而忽视非主流的倾向、重单向传输轻互动对话的倾向，在新媒体时代信息的海量性及受众选择和接受信息的需求多样性的背景下，不仅减小了其影响力，也难以控制其接受度和认可度。对不同的受众群体来说，传播信息的内容是否有价值或者有多高的价值才是他们信息取舍的基本判定。因此，传统媒体的定位，不应该是主流和非主流的区别，而应该是媒体的品位和受众目标选定的价值定位。以文学理论课的教材为例，不可否认的是学生对教材的兴趣不大，甚至是持有适当的反感情绪。"8020法则"在这里同样可以得到体现，现代学生更热衷于出现在传统媒体之外的80%的非主流信息上，因此文学理论教育要关注新媒体时代不断扩大的非主流信息对学生的吸引力。此外，传统媒体因为客观上存在的原因（因技术等因素反馈难以迅速实现）及话语权的绝对掌控，使得现代学生对其接触量越发减少，纸质传媒和广播电视传媒对学生的影响越来越小。反之，新媒体信息的传播对大学生的吸引力会越来越大，并更容易被接受。

五是在市场经济领域中，媒体的公信力和信誉度考量着文学理论教育工作的媒体环境。当前，在商业化浪潮中，有一些传媒由于社会责任感和人文精神的缺失，往往缺少中肯的观点评论、深度的创意和人性化的活动建设，在不同程度上出现了空洞虚无、低俗、媚俗、庸俗的现象，不仅影响了自身的美誉度，也容易让受众对包括新媒体在内的其他媒体失去信任。

总之，新媒体时代，文学理论教育的载体运行也是一个系统，在这个系统中，呈现出三个比较突出的情况：一是单个载体的有效性问题；二是载体的综合协调性问题；三是对新的载体的挖掘度不够的问题。因此，需要我们以系统发展的眼光和跨界的思维，结合实际，打造一个合力平台，以高效地发挥文学教育载体的作用。

（三）新媒体时代文学理论教育载体合力的生成

文学理论教育是一个系统的过程，合力论和系统论为文学理论教育载体合力生成理念的形成奠定了基本的理论基础。"合力论"是恩格斯晚年提出的重要思想，他指出："历史是这样创造的：最终的结果总是从许多单个的意志的相互冲突中产生出来的，而其中每一个意志，又是由于许多特殊的生活条件，才成为它成为的那样。这样就有无数互相交错的力量，有无数个力的平行四边形，由此就产生出一个合力，即历史结果，而这个结果又可以看作一个作为整体的、不自觉地和不自主地起着作用的力量的产物。……每个意志都对合力有所贡献，因而是包括在这个合力里面的。"在这里，"总的合力"是由不同要素之间相互影响、相互作用而形成的，而不是由某一个单独要素的独立力量而形成的，任何一个个体力量都不能游离于整体力量之外，它们只有存在于力的整体之中并处于彼此协调互促的关系之中，才能最终为历史发展的合力贡献自己的力量。同时，各个个体的力量要素对于历史合力又具有积极的聚合作用，它们是主观能动的，而不是消极被动的，它们对历史合力的大小和性质具有重要影响。因此，历史的发展不仅要有整体观念，还应有协调观念，在整体中寻求各个力量要素的协调共处和最佳组合，才能获得社会历史发展的最大合力。恩格斯的"合力论"给文学理论教育以深刻启示：高校文学教育载体作为一个有机的系统，能否有效运行取决于系统内各载体形态的相互影响与相互作用融合成整体合力的结果。各种载体形态共同作用形成了一个整体，任何个体力量都不可能游离于整体之外，但各个个体力量在总合力中也不是消极被动的，它们的大小及其活动方向又都影响着总合力的运动和发展。只有求得各分力的最佳结合方式，才能使整体获得最大效率。因此，在高校文学教育载体合力的生成过程中，我们既要研究分析各个载体形态孤立因素的作用，更要研究它们之间相互作用的机制、规律，全面重视系统中所有载体形态因素协同并进的整合作用，从而调控和引导它们作用的方向与大小，使高校文学教育载体系统发挥出最大的整体效果和协同功能，进而促进系统的良性运转，实现最大合力。

"合力论"也是系统论的基本原理。系统论认为，整体性、联系性、层次结构性、动态平衡性、时序性等是所有系统的共同的基本特征。系统论的基本思想方法，就是把所研究和处理的对象当作一个系统，分析系统的结构和功能，研究系统、要素、环境三者的相互关系和变动的规律性，并以优化系统的观点看问题。

系统论对文学理论教育具有理论支撑意义。文学理论教育系统的构成要素是文学理论教育主体、文学理论教育客体、文学理论教育介体和文学理论教育环体。其中，介体包括内容、方法和载体，是共同构成文学理论教育主客体相互联系和作用的中介要素。介体的这三个组成部分在文学中起着不同的作用，内容是传递的信息，方法是教育主客体之间相互作用的手段的总和，载体是承载文学教育内容，并促进传播与交流的介质，这三个组成部分之间相互联系，有机统一。文学理论教育运行过程中，载体作为文学理论教育各种要素相互联系的枢纽，不仅能够促使各要素之间相互作用，而且能对各要素的协调一致产直接影响作用，进而产生总体合力。各要素是否协调一致受着诸多相关因素的制约和影响，如果载体选择恰当，运用合力就能促使各要素同向互动，使文学理论教育产生更好的效果，反之，则会使各要素相互牵制，阻碍其作用的发挥。系统论的基本观点（整体性观点、联系观点、结构观点、调控性观点和动态观点）告诉我们：在文学教育思想活动过程中，载体只有通过"合力"（作用在物体上所有的力产生的总的效果）才能发挥最大的运行效力，"载体合力"是将载体进行整合而实现"合力"推送。

（四）"载体合力"的生成特点

新媒体时代文学理论教育工作的开展，应以跨界思维为起点，坚持继承与创新、形式多样和统筹协调的原则，在实践的基础上，坚持以学生为本、以各项活动为主导、以新媒体为技术平台，加强信息资源整合，充分发挥各种文学理论教育载体的作用，使之形成强大的"载体合力"。同时考虑到新媒体对学生的影响，我们要充分挖掘新媒体平台的作用，寻求新的载体形式，以充分发挥新媒体载体的效应。"载体合力"生成具有如下的特点：

1. 体现了文学理论教育载体运行过程的系统性

长期的工作实践，将文学理论教育载体按照不同的划分标准区分出不同类型或部分，但这种区分只是形式上的区分，在实践中，虽然在实施教育过程中，载体各有特点，对文学理论教育的作用各有千秋，但是它们是无法分割的。一般来说，在文学理论教育活动中，主渠道或者主阵地是课程载体，基石是物质载体，动力是精神（文化）载体，保障是制度载体，平台是传媒载体，它们相互影响、相互作用，共同构成了文学理论教育载体的有机整体。

2. 体现了文学理论教育载体资源的共享性

新媒体时代的文学理论教育，应该树立一种载体合力观。新媒体载体与其他载体看起来相互独立，但实际上是联接在一起的，联接的主线是以人为中心、以各项教育活动为主导来进行排列与分类，并发挥新媒体所具有的海量信息、图文并现、声情并茂、快速传播、交流便捷的优势，这样能够更好地推进各种载体之间的资源共享和信息交流与互动，能够将各种载体的系统性凝聚成强大的"合力"。基于此，文学理论教育工作者要善于把握载体的系统性，通过新媒体技术整合各种载体资源，运用载体合力效应，以增强文学理论教育的效果。比如南京前几年的"舌战金陵"风暴，由江苏新闻广播联合南京大学、河海大学、南京师范大学、南京航空航天大学共同举办的在资深新闻媒体评论员或大学教授与各高校学生辩手之间的精英辩论联赛，掀起了一波又一波的热潮，深受观众喜爱。贴合学生生活的选题、前期的宣传、过程中的精彩辩论和专家的点评，带给广大学子和社会一次又一次的惊喜，这离不开模式中各类载体发挥作用，传媒特别是诸如微博等新媒体为其提供了一个虚拟但却其实存在的平台，实现了资源的共享。

3. 体现了文学理论教育主体的可控性

传统文学理论教育载体借助新媒体，搭建了一个基本的平台，发挥着其积极的作用。它通过各类课件制作、发帖子、电子邮件、短信、微博、微信、网上聊天、网上访谈讨论以及博客和播客等工具的使用，使文学理论教育载体能为教育主体所把握和操作，能够实现文学理论教育的目的，能够将教育主体的要求转化为教育客体的思想意识和行为习惯，从而成为文学理论教育过程中的一个自觉、有为的要素。

4. 体现了教育者和受教育者之间的平等性

新媒体时代，共享平台为教育者与受教育者的共同参与、双向互动提供了可能。教育者和受教育者因新媒体而享有更多的话语权和主动权，实现了教育者与受教育者之间的平等对话。在这一过程中，载体的传递沟通功能、有效反馈功能等也显而易见，这不仅能促进教育者和受教育者的有效沟通，让教育者及时总结与反思，也能激发学生自主学习。学习者个人在其思想意识的形成过程中，并不是消极地接受外部信息，而是积极主动地摄取。这种建立在双方的充分理解、信任和尊重的基础上的传播与反馈，使人在成长过程中实现了相互启发、相互影响、教学相长和共同进步。而边界开放、容量无限、形式多样的新媒体，则为文学教育主客体之间提供了更多的主动权和话语权，使这种平等性更具可能。

二、新媒体为"载体合力"提供可能

（一）新媒体在打造文学理论教育"载体合力"上的优势

第一，新媒体能够为文学理论教育载体合力的形成提供平台。新媒体技术的先进性带给受众以海量的信息，传播方式的交互性和平等性、传播手段的兼容性，为文学理论教育载体的合力运行提供了宽广的选择空间。新媒体技术转变为各种影响力量都可共享的信息平台，这为形成合力提供了信息资源和技术上的便利。比如文学课堂教学，在进行传统的教师讲授方法之外，还能引用先进的多媒体技术，实现实时的线上线下的互动交流，可以随时随地链接网上的各种资源，不受时空限制，有效打破国家和地区之间的各种壁垒。

第二，新媒体能够吸引教育者和受教育者更积极地参与。新媒体开启了个性化时代，新媒体语言也推动了个性的张扬。教育者和受教育者只要拥有电脑或手机终端，就可以随时随地上网浏览、刷微博、发微信、进行 QQ 聊天、转发各种信息，甚至连网络游戏中的游戏人物的精神都可用以进行文学理论教育；新媒体语言的简洁性、直观性等特点，也形成了话语优势，拉近了教育者和受教育者之间的距离，在互动过程中，受教育者在进行提出反馈意见等活动时，由于新媒体信息的虚拟性特征，受教育者享有更大的安全保障的可能，这些都让全体师生的广义的文学理论教育变得越来越强势。

第三，新媒体强大的信息整合能力为文学理论教育载体合力的实现提供可能。兼具人际传播与大众传播功能的新媒体，还具有强大的信息整合能力，能通过"媒体联动"等方式来加快信息汇集，加速信息的传播和扩散，并实现资源共享。随着 3G、4G 宽带网络的普及，新媒体意味着集视频、音频于一体的网络型信息传播方式的普及应用，以期实现强劲的视觉冲击力、强大的数据库和精准的信息搜索能力，这都会成为新媒体的优势，这也凸显其信息选择、集成、整合、优化、运用和互动传播等强大的生命力。比如汶川地震中的感人事迹、最美教师张丽莉、最美司机吴斌等社会上的真善美之举，因新媒体技术迅速传递的"大爱思想"和民族凝聚力，都体现了新媒体的威力，从而加速了载体运行的功能。

（二）以微博、微信在汉语国际教育中的应用为例分析新媒体应用的可行性

下面，本文将以微博、微信在汉语国际教育中的应用为例，分析新媒体对文学教育的影响性。

1. 背景分析

首先，对学习者尤其是学生是否愿意采用微博、微信平台进行移动学习，设计了一份调查问卷，标题为"是否愿意用微博、微信等移动学习方式进行对外汉语教学"。

调查报告共 75 人参与投票，调查对象包括汉语国际教育专业的学生，郑州大学国际教育学院的留学生，以及其他人员，其中有近 50% 的对象是学生，智能手机使用者占 97.33%，下载微信、微博的用户分别达到了 100%、76%，而用户每天花在微信上的时间达到 40 分钟以上的竟然达到了 72%，在微博上的时间超过 30 分钟的占到了 26.33%，而关注微信、微博学习类课程公众号、订阅号的比例分别是 72%、60%；对于微课程的时间设计，40% 的投票者选择的是 5~10 分钟，所以在课程设置上应尽量短。从以上数据我们可以发现，一是使用以微信、微博为代表的新媒体的用户数量大，二是学生每天花在这两类社交软件上的时间长，对移动学习的微课程可接受。

其次，通过对媒体应用介质——手机进行对比，我们发现，智能手机在潜移默化中给

我们的生活带了巨大的变化。最开始，我们使用手机是为了通讯联系，现在的手机使我们的各种需求都能够满足，学习也不例外。比如微博，已升级到了7.6.2，群微博可以使那些拥有相同爱好的博友聚集在一个圈子里，大家畅所欲言，对参与其中的成员来说，组建成一支新的交际队伍，交流更加方便了。同时，经常玩微博的用户会了解，微博对每个用户设置了相对应的身份属性，比如明星、普通用户、微博达人，还可以获得数量可观的粉丝，同时具有达人标签的用户，还可以享受特殊身份带来的各种福利。

微信，作为当今国内第一大手机应用软件，其个性化人性化的设计让众多的使用者由衷喜爱。值得一提的是，微信公众号的功能区，为我们的生活开启了订阅各种报刊的大门，每天的固定时刻有更新，想看就看，不想看就不打开，完全是自主选择。这与之前流行的QQ、MSN等通讯应用相比，有其独特的优势：不用下载可以直接打开，而且能长时间、永久性地保存；定时推送各种学习资料包，图片、文字、语音、视频，等形式多样，它最快捷的操作方式即关键字自动回复功能，所有操作通过移动互联网，无须花钱购买，节省资金。教师和学生可以在这一公共平台上建立学习关系，教师负责引导、推送，学生可以获取一手的学习资讯，还能实现随时随地的互动。

如果师生想了解一些关于汉语学习方面的资料，可以在添加朋友里搜索公众号，然后输入"汉语学习"，就会出现全部相关的运营商，所以操作方便简单。其次，关键词自动回复功能，需要我们在后台提前做好技术上的支持，只要学生输入关键词，就能获得想要的内容，充分发挥了学生的自主学习性，教师也不用一直坐在电脑前或拿着手机不放开。同时，我们也可以效仿英语学习平台的功能，比如设置自定义菜单栏、学习汉语的自我测试区、自我纠正区、交流区等一站式服务，让学生感受能新媒体教学的乐趣。

第三，移动终端的应用胜在学生可以随时随地学习。新媒体下移动学习突出的特点之一就是：不受时间和地点的限制，学习者可以随时随地进行移动学习。比如：在等公交车的空闲时间，在乘坐地铁的零碎时段，学习者可以随时打开手机，学习相关的知识。这种学习的主要使用情况分为两类：一是课堂上"吃不饱"的学生，课程学习时间是固定的，教师传授的内容也是有限的，来华留学生遇到这种情况，相对来说资源比较丰富，可以和中国朋友进行交流取经；二是对于国外学习者来说，借助新媒体的移动学习，是解决他们问题最好的资源。同时，汉语水平不高的学生，可以利用碎片化的时间，通过移动学习来提高自己的汉语能力，比如：打汉字游戏，打不对就不能通关，融趣味性与有效性于一体。

2. 新媒体在汉语国际教育中应用的具体形式

新媒体在对外汉语中的表现主要是移动学习。所谓移动学习，就是学生在自己时间空余或者想要去学习的时候，拿起自己手中的移动设备进行学习。以下是常见的一些新媒体在学习中的应用形式：

一是微博，微博是传统博客的升级版，是典型的自媒体。它改变了过去博客单一的通过名人、公众人物进行信息推广的状况，变为所有网民共同参与的发布传播，极大地提高了网民的参与度和交互性，让所有网民都能够自发地参与进来。传播源的增加必然会使信息传递的速度呈几何式增长，微博用户通过网页、移动端等其他形式均可进行操作，极大地地方便了用户的使用。微博的分享机制，提高了朋友之间的交流度，建立了稳定的用户群体。针对社会热点话题，通过由点及面的传播方式，也可以迅速形成社会性讨论，增强了普通民众的舆论参与度，更加有利于和谐社会的构建。

虽然至今为止，微博上专门针对对外汉语教学的服务应用还是空白，但是凭借已有的功能依然可以实现汉语传播。其中最直接的方式就是线上聊天，学习者通过查询用户名、微博文章、关键字等找到跟自己有相同兴趣的伙伴，直接交流心得体会。

二是微信，微信公众平台是以微信为基础构建的新的传播平台，但依然保持了微信私密和简洁的特点。微信公众平台对所有发布者限制了其推送频率，内容的减少促使发布者努力去提高其推送质量，从而抓住平台用户的眼球，这对于那些时间少，阅读要求又比较高的用户而言，再合适不过了。同时，公众平台的内容也不是孤立的，用户可以通过转载分享的方式在自己的朋友圈进行进一步推广，进一步发挥自身自媒体的传播优势。

2015 年第一季度，微信已经覆盖中国 90% 以上的智能手机，月活跃用户达到 5.49 亿，用户覆盖 200 多个国家，超过 20 种语言。此外，各品牌的微信公众账号总数已经超过 800 万个。由此数据观之，微信在教育教学领域有很大的应用前景，目前已有研究者开始关注微信公众平台在移动学习中的应用。

三是手机 App 应用。App 指的是智能手机的第三方应用程序，一般可以在手机的软件商城中购买下载。伴随着互联网技术的发展，App 创造的价值越来越被重视。App 开发的成功与否，最主要的标志就是被用户下载和注册使用的数量多少。而纵观其他类型 App 的设置和功能，我们发现开发一款新型的汉语国际教育的 App 软件也是势在必行的。北京语言大学的李聪等人在《掌上互动汉语教学 App 功能探究》中，结合汉语学习的现状，在掌上 App 的功能、研究价值、与其他软件的区别、可行性、应用前景等方面，都一一做了具体的分析和阐述。

在百度上搜索汉语学习 App，出现了几个非常实用的对外汉语教学 App，且属于专业性质的汉语国际教学软件。现列举三个具有代表性的在此介绍：

Art of Chinese Characters。此款软件适合那些刚接触汉语汉字者，功能特点有：15 种独特的汉子图画，89 个初级汉字和 163 个初级短语，同时兼有繁体和简体，并且配有动画展示汉字字源，最主要的是每个汉字和成语都配有真人发音。但是不足的是，它包含的汉字和成语有限，不能够完全满足生活交际需求。

Hanping Chinese Dictionary Pro。此款软件也是针对初级学习者而设计的，尤其是词典学习。它的特点有：包含 2200 多个普通话音频，且参与者都是发音准确无误的汉语专家，它可以像英语的应用软件一样，记录和标注汉字、词汇列表以及搜索结果，喜欢练习汉字书写的还能够尝试内嵌式的汉字输入。当然，它的不足之处也很突出。因其出发点是词典，所以无法整句翻译。另一方面，作为新开发的应用，它还有许多需要完善的地方，更新频率有待提高。

Hsk Level 4 Vocabulary List。此款软件包含了一整套的 HSK4 级词汇，定位于需要考取汉语水平等级的学习者，如英语应用百斩词一样，有一系列循序渐进的学习进程和学习内容。它的特点在于：翻页的完美设计，每个汉字都提供英文翻译，地道发音，另外可全屏预览，支持繁体和简体汉字。它的不足之处在于：只适合初级汉语学习者，因此不能够全面大范围推广，后续工作有待完善。

四是数字电视类节目。数字电视，即从一个节目的采集制作，到最后用户的接收，全部采取数字化系统。它最大的特点在于：现场直播、快速、同步进行。数字电视类节目在对外汉语教学中应用的最直接的表现形式，即"汉语桥"。"汉语桥"是孔子学院举办的中文比赛，每年一届，现由湖南卫视负责，主要是考核两方面内容：人际沟通交流能力和中华才艺。借助于多媒体，"汉语桥"活动开展得如火如荼，为更多的汉语学习者提供了一个相互交流，分享经验的平台，借助"汉语桥"，汉语学习者亲自感受到学习汉语的更多更好的方法，该活动也让全世界人民看到了一个发展中、现代化的中国。同时观看的用户人口数量也在不断增多，它打破了传统特定群体的限制，互动性越来越强，为我们进一步实现借助新媒体实施汉语国际教学提供了有利的保障和前提条件。

3. 基于微博的对外汉语学习

微博除了拥有新媒体的及时性、开放性、参与性等特点，还有其自身的一些典型性特点。如内容简短，门槛低。微博相对于之前的博客，除了固有的字数限制外，完全没有其他任何限制。微博内容可以是自身日常片段、经历体会，也可以是图片式分享，当然更可以是自身对于社会人生的一些感悟，自由随性的特点正是其受到广大用户欢迎的原因。因此，很多在华留学的留学生，往往将微博作为自己的首选社交平台。在微博世界里，每个人都是信息源，每个人都是发布者，信息以滚雪球的方式迅速传播，与电视新闻信息在速度和广度上相比，都丝毫不逊色。再如，微博发布信息的途径多样，操作简单。微博可以通过电脑、手机客户端、互联网、平板电脑等发布信息，可以随时随地发布和接收信息，文字、图片、视频都可以，因此用户能够保持移动在线状态。新浪微博还有"评论功能""回复功能""私信功能"，这些功能为用户彼此之间交流提供了便利，尤其是私信，为一对一对话提供了前提。一些热门的话题或者引人争议的回复，引起网民成千上万条转发，都是极有可能的。又如，微博消息能及时更新、且范围广。微博用户可以随时更新内容，让关注自己的人了解自己的现状。反过来，微博设有相互关注和订阅号的功能，从而可以第一时间了解他人在做什么，获取一手资讯。且微博的信息资源丰富又新鲜，再加上微博的共享性，无论对汉语学习者，还是汉语教学者来说都是宝贵的知识与材料积累。微博上经常有教材、论文、教学法运用、教学资源、讲座课程等新信息的发布。

鉴于微博的操作界面和信息是全中文的，这就要求使用者具备一定的汉语基础和汉字认读能力。因此它将适用对象定位于学过一年以上汉语的具有中级以上水平的在华留学生。这里从汉语学习者和汉语传播者两方面来进行差异性论述。

首先，从汉语学习者的角度来说。对于有一定汉字基础的学习者来说，学习是一个由浅入深、层层递进的过程，即使是在无人监管的微博平台上，学习者也应有一个学习规划。在刚开始的时候，初级的学生可以每天浏览 10 条微博，同时自己也尝试着每天发两条，给自己评论，也给朋友评论，前提都是使用中文。这主要是需要先营造一个学习的意识，有目标可循，在适应中学习微博上各项功能的运用。这样的状态持续一个月后，我们可以进入第二个学习阶段，巩固提高期。在这个阶段每天要浏览 20 条微博，最好能正确地标注出拼音，每天发三条微博，尝试着根据别人的评论给予一定的回复，每天在评论他人的基础上再额外回复 5 条，主要是量上的加大。同时，还需要关注一些汉语学习的官方机构，比如汉办等，加强与中国的关联性。这一时期可以规定在 2~3 个月内，学生可以进行自我测评。最后是冲刺阶段，学生可以下载安装客户端到自己的手机上，自由学习，就不用刻意地把微博当作一个语言学习的工具，毕竟微博的性质是社交软件，所以学习者要加强使用的频率，每天花 15~30 分钟的时间，浏览信息、在线学习、转发他人有趣的说说、发布自己的心情等，争取把自己的汉语水平推上一个新的高度。汉语学习者可通过微博进行以下活动：

合作小组：一个班级上或者相同阶段的多名学习者通过微博组建成一个学习小组，大家共同制定任务，一起分工协作完成，这样不仅可以增加学习的动力和乐趣，还能结识到相互学习的朋友，人多就会有不同的声音，讨论也激发人的进步，所有小组成员互相鼓励，携手并进，效果就会好很多。

形成自己的学习圈：网络上的资源数量多且繁杂，学习者要自己搜索，根据自己的情况，选择出适合自身需要的学习资源，整理归纳，存放到微盘上，视频、音频、文字、图片等分类别、分阶段建档，学习者可以在他人需要的时候给予分享，形成自己的学习资源库。

自我检测：从最初发布微博到后面的逐步跟进，每一条说说都记录着学习者的进展，这也间接形成了一个自我评价功能，学习者可以回顾每天发布的状态，每周每月养成总结反思的习惯，寻找不足，保持进步。

充分利用功能。这里要说的是分类检索功能，可以对各种信息资源进行归类，形成资源的优化，比如我需要搜索一篇留学生的汉语学习体会的文字，在高级搜索栏，我可以先输入"留学生"关键词，其次这篇文章要不要包含图片，是要去年的还是今年前 3 个月内的，是参考有名气粉丝多的名人微博，还是随便浏览一篇普通用户的，到底是选择发布地点是北上广的有意义，还是郑州的更适合，这个功能可以设置、检索符合我们条件的全部信息。简言之，我们有自己选择的权利。

其次，从汉语传播者的角度。作为汉语传播者，我们有责任去引导和激励学习者，发挥传道授业的作用，这直接关系到微博式的移动学习的有效运行。第一步，作为传播者，我们要积极引导和协助学生注册微博账号，互相关注对方为好友，为接下来的监管做好准备。汉语学习者刚开始由于语言以及其他方面的因素，活跃度不高，传播者要确保每位学生都及时收到自己的消息，鼓励学生多发言、多说话。其主要任务包括评论学生发表的说说，如果有语法和拼写上的错误，要能快速纠正；抽查学习者发表的微博量是否到位。第二，对学习者当天的情况给予反馈，可以是良好的学习资料的推荐，也可以是因材施教，履行管理的职责，帮助学生取得最有效的成绩。汉语传播者可进行的活动：

组织微班级群：在微博的工具栏里有群微博，汉语传播者可以组建班级，邀请班上成员加入，把传统课堂延伸至网络，打破以往的束缚和约束，有助于班级师生间的互动和感情提升。

集中分享学习资源：这里的资源不一定都是中规中矩的语法知识讲解、近义词辨析，而是多样化的传播内容，例如：旋律优美，歌词简单的中文歌曲，一段幽默搞笑，学生能够听得懂的小视频，或者仅仅是一张图片，只要是对学习者有价值的资源都可以分享，使学生在枯燥的语言学习中，既掌握吸收了知识点，又能体验到轻松愉悦的学习环境。

热点专题大讨论：针对学习者有争议的话题，以及中国当前的热点，传播者要扮演好教师的角色，提倡学生说出自己的想法，再根据大家含糊不清的地方，统一解释，打造一个头脑风暴式的学习乐园。其中起关键性作用的汉语教师，要清晰地定位好自己，在最适合的时机给出最精准的答复。

4. 基于微信的对外汉语教学应用

微信是腾讯公司继 QQ 之后，又一款即时社交软件。与 QQ 的开放性不同，微信更加注重个人的私密性，其交流方式也更加安静，对用户各种防骚扰设置的努力也使得交流性更加纯粹，并且系统操作十分简单，整体风格简洁，十分适合生活节奏快、拥有碎片化时间的年轻人和对于软件接受较慢的中年群体。据统计，2015 年 4 月份微信用户达到 6.40 亿。微信可以更加便捷地实现师生间、同学间的学习交流，构建新的课外学习网络，给予学生更多的选择。这不仅充分拓展了微信的应用领域，也是顺应社会潮流、积极推广汉语国际教育传播的一大优良渠道，将会极大地提高汉语学习者的热情。

微信以智能手机为媒介，除具有新媒体软件的基本特征外，还有其独特的优势：微信注册简捷，注册方式简单，只需输入手机号，就可以生成。在微信上添加朋友，途径多样，微信添加朋友有多种方式，同时还有另外一特点，打开新邮件，不需要下载，可以直接打开，不用再重新登录 QQ 页面，这是一大创新，我们仅借助流量就可以实现在线浏览。朋友圈是目前微信最受欢迎的功能之一，每天上班、上学途中刷刷朋友圈，已经成了大多数群众生活学习的一部分，尤其是微信新版本 4.0 升级后，用户发布的形式更加多样化，既可以发图文，又能够通过微拍，发布视频到朋友圈，简短且现场感强，好友们可以点击观看、发表评论和点赞。而且值得一提的是，用户只能看到共同好友的点评，对使用者和评论者来说都是一个隐私保护。

微信在对外汉语国际教育中的具体运用可通过以下两个角度阐述：

个人用户。这里的个人传播模式，主要是针对一对一或一对多的非正式班级团体，汉语学习者根据自己的需求，与朋友结成互帮互助的关系，通过日常的聊天沟通，形成零碎化的知识板块。这种互助式、自发式的学习方法，优势在于学习双方是固定的，在方法和沟通上能够达成一致，相对来说，效率高，进步速度会快些，适合小众学习。无论是个人还是公众号运营，与微博一样，使用者需具备一定的汉语基础，这是开展新媒体移动学习的前提和保障。个人用户授课的对象群体有限，适合一对一或者朋友间的互助式学习，也可以作为师生课下的交流平台，融隐私性和个性化教学为一体。基于我们课题研究的对象人数众多，所以还是以微信公众号开发应用为主，个人用户为辅。

公众号。微信公众平台是腾讯公司在微信的基础上推出的一点对多点的信息推送平台。通过简单的页面注册申请，个人和企业都可以打造一个属于自己的微信公众号，并在公众号平台上以群发方式推送自主经营的产品，可以是心灵读物，也可以是实物销售，也可以是个人情感表达。公众号具有分组设置和关键词自动回复功能，既能有区别地选择，也能实现一对一交流，还能够和特定群体，通过文字、图片、语音，进行全方位沟通与互动，创造一个全新的社交平台。

组建学习群。首先，教师要通知学生注册个人账号，讲解基本工具的使用。教师可以通过拉人（在朋友栏中多选），以及面对面建群的方式，组成学习小组，自主命名，加强归属感。利用群聊和语音短信功能，学生和教师之间可以就相关问题进行交流，学生用语音和文字表达自己的观点，从而提高学生的汉语口语表达能力和写作能力；学生与学生也可组建成独立的小组进行讨论和交流。

设计关键词回复。这个模块学生只要输入关键字词，就能快捷地获取相关信息，充分发挥了学习者的主动性与自觉性。这里就需要后台运营技术的支持，公众号必须提前设定好相关的一系列关键词输入，这样学生才能通过回复，得到对应的答案，及时解决自身的问题。这种方式避免了重复性问题的回答，是大数据下的一次资源聚集。这还可以增加学习的趣味性，一定程度上能够督促学习者主动学习。

群发功能，每日推送。微信公众号的一大标志特征就是，每天更新推送内容。通过运营者的后台运营，公众号选择群发功能发布适合学生的学习资源，不同层次有不一样的课程设置，按照难易程度，分别标注出初级、中级、高级等具有提示性的关键词，让阅读者清楚地打开适合自身的学习资源。且公众号上发布的资源可以重复使用，永久保存，只要不删除，学习者完全可以根据自己的时间安排，随时随地学习，这无疑是对传统课堂教授的一次挑战与创新。

设立自我测评区域。网络移动学习，意味着学习者不能面对面接触，所以可以在自定义菜单中增加这一选项。学生根据自己的学习进度，一定学习期后可以自我测评，方便给自己做出指导，及时知道自我掌握比较薄弱的知识点，为下一阶段的学习提供依据。依托互联网，整合有效资源，建立汉语学习与测评一体化的题库，这在当今大数据时代，是可以执行的。

5. 新媒体应用的定位及建议

针对新媒体移动学习在汉语国际传播中尤以微博、微信为代表存在的普遍性问题，我们在这里做以下补充说明，目的在于：使汉语学习者和汉语传播者对新媒体时代下汉语的"学"与"教"，有更加客观全面的认识，既不盲目跟风，又能运用自如。

新媒体移动学习作为汉语国际教学新型的传播方式，有许多传统课堂无法比拟的优势，但是我们必须明确其在汉语国际教学中的角色定位，使其在发挥价值的同时，能更好地促进汉语国的际化传播。它可作为辅助性工具，但不是取代传统课堂。以微博、微信为代表的新媒体移动学习方式在汉语国际教学中的开创性应用，一定程度上可以提高学习效果，能够极大调动学习氛围和热情，但是我们必须做到"心里有数"，即它是辅助性传播学习工具，不可能完全替代传统课堂。原因有两方面：社交软件是虚拟性平台，是建立在网络空间的人与人之间的交流。而传统面对面授课，师生间可以进行情感对话，学生是否认真听课，是否理解了知识点，教师可以直接感受到。而且师生、生生间的感情，建立在日常的生活学习琐碎中。新媒体移动学习，以微博、微信为例，学生接收到的信息数量庞大，其辨别能力有限，频繁接触会产生负面效果，学生主体地位会削弱。

在日常学习中，新媒体可以以学生课余学习为主，教师课堂教学为辅。围绕汉语学习者课下是如何练习巩固汉语的这个问题，笔者对郑州大学国际教育学院的厄瓜多尔和越南留学生进行了询问，结果显示他们都是利用微信来取得联系并进行练习的，教师在这里布置作业。通过反馈修改文章，学生同时订阅一些中国新闻、汉语学习方面的微信公众号。因为他们的课堂学习时间有限，最主要的锻炼提升还是靠课余的积累。鉴于此调查结果，笔者认为，以微博、微信为主的新媒体移动学习方式，应以学习者的课余应用为主。

教师课堂教学。现代化信息技术发展日新月异，教师作为教与学的主导者，应积极思考如何使传统课堂教学更加完善，这也是本课题所研究的意义，即如何让新媒体移动学习有效地运用其中。传统课堂上，有时为了学习一个语法难点，学生们要抄上十几个句子。这样的课堂练习枯燥且意义不大，而将新媒体的移动学习引入传统课堂教学，利用微博、微信浏览信息，发表说说，回复、评论他人一样能够达到练习语法的效果。有了语法点练习这块的经验，教师的课堂教学就可以借助、融入新媒体社交软件。

总之，通过这次的调查来看，在新媒体时代下，互联网技术日新月异，对外汉语传播如火如荼，以微博、微信为代表的新媒体移动学习方式，是学习者的自发性学习，以学习者自己为主导，与传统课堂教师引导学生的格局不同，新媒体移动学习方式充分尊重学习者的主体地位，学习者通过裁判自身特点，制定自己的学习任务。这种渠道影响下的汉语学习，教师只是一个小助手，起辅导协助的作用，学习者依托借助大数据、云计算，创造模拟真实的学习环境，在探索中学习，乐趣成为主要的驱动力，能充分调动学习者的个人主观能动性。而且网络资源数目庞大，包罗万象，网络资料形态多元化，音频、视频、图文并茂，各种创意性的成果，更是数不胜数，因此，相比于传统课堂，微博、微信为代表的移动学习，气氛轻松，课程时间虽然短暂，学习效果是可以展望的。同时移动学习加强了人与人之间的交流，情感升温。移动学习本身就是一个相对自然的学习平台，没有课堂上的规章制度，没有教师的监管，所以学习者和汉语教师具有最生态的相处原则，拥有真实愉悦的语言环境，这将会进一步增加学习者学习的激情，这样互动感高了，学习者与教学者的关系便融洽了。

三、新媒体时代文学理论教育载体合力的动态生成

新媒体时代文学理论教育载体合力的形成，是一个动态生成的过程，既要继承，又要创新。当前，选择文学理论教育载体合力生成的路径，可从以下几个方面着手：

（一）在课程载体方面，打造"网络教学平台和教学资源中心"

与其他文学课程载体相区别，文学理论课程载体具有很强的稳定性和权威性，教育者的主导性比较强，并且该课程有科学的体系和一整套教学评价系统。因此，我们要沿袭和演绎传统的课程载体的运行方式，发挥理论灌输的作用，但同时，要擅用新媒体技术，使理论灌输富有新意。

1. 鉴于新媒体的影响力，进行学习资源内容的设计

文学理论教育内容涉及的面比较广，可以从政治层面、思想层面、文化层面等方面来进行设计。为方便设计，在这里可以将课程载体的设计分为主干内容设计、辅助内容设计和扩展内容设计。主干内容设计是所传授的核心内容，教师可以在网上以文本、图形、图像、音频和视频等多种现代手段凸现出来，将其化抽象为具体，变枯燥为情趣，使之成为学生乐于主动接受文学教育的主阵地和主课堂。辅助内容设计则包括与主干内容相关的背景知识介绍、评述、阐述，如教案、参考资料、典型案例以及与其相关的链接网站等。扩展内容设计包括指导、帮助、测试和讨论等，如新观点、优秀成果、名师讲座、道德讲堂等。教师能够通过精心设计和完善学习资源内容，实现课堂教学和互动，让文学教育润物细无声般进网络、入头脑。

2. 创新教学方法和手段

课堂教学重点解决青年学生的深层思想问题，这种深层次的理论是活动无法完全实现的，必须要依靠具有一定理论深度的系统的课程教育来对学生进行正确的引导，用科学的理论武装人，用深刻的道理说服人，帮助学生正确运用马克思主义理论解决现实生活学习中遇到的种种问题。学生的思想普遍比较活跃，而且需求多样多层，传统的满堂灌、填鸭式的教学方法很难再吸引学生的注意力，无法让学生对教育的内容感兴趣，所以，文学理论教育理论课的教学方法必须要进行改革和创新，转灌输、封闭和被动型教学为引导、开放和主动型教学。教育者要针对学生的身心发展特点和实际需求，针对不同时期和不同阶段的学生所面临的不同问题，开展教学，以便更好地激发学生的学习兴趣。当然，形式多样是必要的，各种类型的教学活动如演讲朗诵会、辩论赛、分组讨论、撰写论文等形式，将会把学调动起来，使学生在充满兴趣、积极思考的氛围中掌握所学知识。另外，文学理

论教育课程载体，并不仅仅是文学理论课所承担的责任，专业课的教学在除了传授知识以外，也应有机融入文学理论教育内容。如在专业课程中，教师在适时加强文学精神、奋斗精神、科学精神、人文精神及创新思维的教育渗透。

（二）在物质载体和管理载体方面，建立导航系统和特色网站

这里的导航系统包括内容检索和路径指引，将学校物质要素（校园风貌、建筑风格）、制度要素（管理与服务）与学生共享。其主要的方式是打造特色网站，如在校园网上建立"图片鉴赏"和"视频新闻"，可以将静态的学院风貌和建筑风格等以直观的视觉冲击展现出来，传递大学的文化与精神。通过图片的点击，能够以其直观性和超语言性潜移默化地影响学生的价值观、人生观和道德情感，这也有利于让学生在不知不觉间受到感染和熏陶，启迪学生的理性，激励学生的意志，督促他们自觉地修身立德。

（三）在校园文化建设方面，丰富和延伸校园文化功能

校园文化活动是以学生为主体，以课外活动为主要内容而开展的一定的积极向上的校园文化活动。和谐而健康的校园文化对于净化学生的心灵，端正学生的行为起着很大的作用。新媒体语境下，高校文化建设需要将新媒体文化建设纳入到校园文化建设中，拓展校园文化内涵，延伸校园文化功能。我们要通过不断改进和加强大学生文学理论教育的信息化、数字化、网络化和多渠道建设，促进文学理论教育与新媒体价值影响的相互协调，形成高校校园文化建设和学生文学理论教育之间的信息回路和资源整合，更好地营造健康向上、生动活泼的校园文化氛围。如在传统的校园文化即学术讲座、艺术交流、娱乐文化、辩论演讲、游戏竞技等活动过程中，学生的风采会凸显出来，学校将这些彰显大学精神的鲜活的材料和生活在身边的优秀学生的先进材料及时地挂到网上，成为众人点击的目标，这不仅发挥了榜样的育人作用，更使得这浓郁的校园文化氛围在不知不觉中提升了学生健康、高雅的人格。

（四）在教育者团队建设方面，打造师生信息快捷传递通道

施教者对受教者的影响在于自身的理论水平和个人魅力，而这些源于教师、班主任和辅导员等的道德和学识力量。传统的谈话和咨询活动延伸到这一模式上，则表现为教师和辅导员个人通过开设空间、撰写博客文章、上传学习辅导材料、讨论话题等，在网上公开自己的 QQ、MSN 等联系方式，建立微信平台和 QQ 群，与学生进行心灵接触，保持信息快捷传递和工作通道的有序畅通。教师应以"学高为师，身正为范"为准则，通过经营个人空间和撰写博客文章等手段，彰显从事文学理论教育的基本能力，内强素质外树形象，不断以自己正确的文化方向、高尚的道德情操、严谨的治学态度和独特的人格魅力，影响和带动学生锻就高尚的品质，使他们自发地在内心深处激起同样的心理体验和理性反思，产生共鸣，这对会文学理论教育的整个过程，产生一种神奇的效果。

（五）在载体合力的功能延伸方面，高度重视相关媒体平台建设

1. 校园网建设

新媒体环境下，抢占新阵地最为直接、方便、快捷、有效的举措是校园网建设。这是文学理论教育者走进学生的一项重要工程，它能把高校校园网打造成为文学和文化传播的重要平台，充分发挥校园网络阵地的作用，加强大学生文学理论教育的重要阵地和全面服务学生的重要渠道，有效地引导学生成长成才。为了能够真正成为学生文学理论教育的通道，文学理论教育者必须对校园网的性质、功能等进行定位，校园网首先应该成为学生们信息共享、查阅资料、经验交流、在线学习、情感诉求的服务性平台，在此基础上，校园网承担着高校文学教育的功能和责任。为此，在进行校园网建设的时候，需要把握以下几点：

一是关注学生需求，发挥校园网服务功能。新媒体时代，学校校园网应该成为主流渠道，利用校园网进行文学理论教育，已经成了一种最为方便、快捷的文学理论教育渠道。校园网不仅仅有发发通知、查查学习成绩的作用，这个网站，应该是一个融知识性和趣味性、思想性和关怀性的平台，是一个服务功能强、覆盖面广、信息量大的文学平台。在这里，学生们不仅可以获取他们生活、学习所必须的讯息，还可以充实学生们的精神文化生活。

二是建设校园网站的子网（文学理论教育网），开辟文学理论教育的特色专栏。专业的文学理论教育需要通过专题的网站来进行，只有专题性质的网站才能够实现。这是因为专题网站能将文学基础知识引入到对学生的文学理论教育中，可以通过活泼的案例，引导学生树立人文精神信念。

三是及时更新和补充信息资源，吸引学生主动点击。新媒体时代，信息呈现裂变趋势，校园网要留住学生，让学生停留在网上，要积极建设和适时补充包括教学软件库、素材库的网络课程库，同时，教师要以学生为本，针对学生的学习生活、就业指导等方面展开网上交流，同时可以借助网络媒体开展网络学术交流、科技交流、娱乐活动、艺术探讨等丰富多彩的校园活动。校园网致力于为师生之间的学习交流互动搭建一个便利的平台，切实拉近师生之间的距离，帮助教师省时高效地发现和解决学生的相关学习生活问题和心理问题。

四是发挥学生主体作用，积极投身校园网建设。校园网建设并不只是学校和教师的事情，学生作为校园网的主要服务对象，同时也是校园网的主人翁，也应该积极地参与到校园网的建设中去，积极鼓励大家自我参与、自主建设、自主管理、自我维护和自我完善。为此，学校和教师应着重培养学生参与校园网建设的激情与热情，既能利用网络资源对学生进行文学教育，又能以学生的智慧推动校园网建设向全方位、高层次的方向发展。

2. 手机媒体、即时通讯和 SNS 等建设

手机媒体建设。新媒体时代，特别是 4G 网的到来，使得手机已经成为一种综合性媒体，

展现出其独特的传播优势，截至 2012 年 12 月底，我国手机网民规模为 4.2 亿，较上年底增加约 6440 万人，网民中使用手机上网的人群占比由上年底的 69.3% 提升至 74.5%。短信、手机报都是最基本、最常用的手机媒体运用形式。

高校学生是手机最忠实的用户群体之一，很多学生甚至全天 24 小时"手机 QQ"不离线，随时随地与自己的好友保持联系，拓展了手机作为人际交往工具的固有功能，使得用户的社交网络变得触手可及。因此，文学理论教育工作者要积极研究和探索依托手机媒体开展文学理论教育的新途径。

首先搭建高校手机短信平台。文学理论教育工作者要完善学生管理服务信息系统，将各类信息以短信群发或点对点的形式传递给学生。当前，很多高校在新生录取通知书上，都已经为每名入学新生配备"校讯通"手机卡，并纳入信息服务系统，将手机与校园网络绑定，加强了学生与学校的沟通，同时也为传播主流价值观念搭建了平台。以"手机 QQ""微信"为代表的手机即时通讯早已渗透到大学校园的每一个角落，手机 SNS 也与学生形影不离。

其次，加强针对性，制作手机文学理论教育资源。因高校学生的手机基本都是智能机，具有多媒体功能，高校可以利用手机杂志、手机图片、手机音频、手机视频等形式制作能在手机上使用的文学理论多媒体课件，也可以开发基于手机媒体的学生文学理论教育理论课的手机软件系统，充分利用现代移动通信技术的成果，增强理论教学的吸引力和感染力，提高学生文学理论教育的时效性。

即时通讯建设。即时通讯，是一种以软件为执行手段，依靠互联网平台和移动通讯平台，以多种信息形式（文字、图片、声音、视频等）沟通为目的，通过多平台、多终端的通信技术来实现的同平台、跨平台的低成本、高效率的综合性通讯工具，根据装载的对象可分为手机即时通讯和 PC 即时通讯，手机即时通讯的代表是短信、网站、视频；即时通讯如：YY 语音、QQ、MSN、新浪 UC、阿里旺旺、网易泡泡、网易 CC、微信等。近年来，它以强大的信息实时交互、接近真实的交流情景、平等的传播方式、群体沟通功能，被人们广泛运用。即时通讯除了能加强网络之间的信息沟通外，最主要的是可以将网站信息与聊天用户直接联紧在一起。通过网站信息向聊天用户群及时群发送，可以迅速吸引聊天用户群对网站的关注，从而加强网站的访问率与回头率，这些都让众多网友爱不释手。在学生中，广泛使用的是手机短信、微信、QQ 等。为发挥新媒体的功能作用，我们应把握好两个方面：

首先，要利用即时通讯拉近与学生的距离，实行个性化的沟通。高校文学教育工作者利用即时通讯，既给学生提供了表达观点和倾诉情感的时间和空间，也拉近了与学生的心灵距离。即时通讯还可以实现一对一、一对多、多对多、多对一等多种交流方式。对于部分存在心理问题的学生，文学理论教育工作者可以通过这种方式接近他们，了解他们的现实生活和心理特征，发现其文学思想的所在，轻松、友好地与他们进行交流，在获取他们信任的基础上因势利导，纠正他们的认知偏差，引导他们走出误区。

其次，要建立即时通讯群组，实现群体交流与管理。文学理论教育工作者还可以和学生共建即时通讯群组，如QQ群、微信群等。"群组"可以实现多人交流，也可以进行好友的分类管理，比如建立班级群组、学生会干部群组、学习小组群组等等。除了在群内聊天、实现信息群发之外，很多即时工具还提供了"群空间"服务，如QQ群共享，用户可以在群空间中使用论坛、相册、共享文件等多种便捷的交流方式。在新媒体时代，学生的班级概念逐渐淡化，同学间的交流减少，容易缺乏集体荣誉感和社会责任心。群组功能可以帮助学生把集体搬到网络和手机上去，在新媒体上建立交互性的信息活动平台。同时，大学生在群组里进行交流，可以不受课堂教学的时间限制，同学们之间进行充分的对话、交流与合作，以此来感受学校、班级集体的力量、教师的关怀和同学的友谊。这种方式，不仅简单快捷，而且可以获得特别的教育效果。

SNS建设。百度百科上关于SNS有三种解释，第一种即：社会性网络服务，专指帮助人们建立社会性网络的互联网应用服务，也指社会现有已成熟普及的信息载体，如短信SWS服务。二是常用解释：即"社交网站"或"社交网"。第三种解释是：社会性网络软件，是一个采用分布式技术的基础软件，通俗地说，是采用P2P技术构建的下一代基于个人的网络基础软件。

本文中所指的是常用的第二种解释，即"社交网"，专指帮助人们建立社会性网络的互联网应用服务。如"人人网""朋友网""开心网"等，均为社交网络服务网站。SNS平台核心理念在于构建用户之间的人际网络，因此它更强调用户的真实性，用户的网络ID大多是实名，信息的真实度高，它逐步聚合了包括博客、电子邮件、即时通讯等传统互联网应用，还提供了社交游戏、微博等互动类应用，已经成为互联网上最新发展的潮流，成为生活、学习和工作的重要载体，深受广大高校学生喜欢。

文学理论教育工作应关注这种趋势，在学生聚集的SNS网站上注册自己的实名账号，推动教师利用SNS网站作为个人搜集资料、学习授课、表达思想的平台，分享教育资源，交流教学心得，让教育主体的SNS账户成为文学知识库，以此形成教师、学生互动的教育系统，实现以丰富的内容吸引学生、以积极的思想引导学生的教育目标。

3. 搭建微文学平台

微文学的内涵是很丰富的。"微"，从哲学意义上来说，"微"即"温暖"或"生命本微"。微文化，是新媒体时代文学理论教育载体功能延伸的新体现。在新媒体时代，对学生来说，他们最关注的不是德育理论的高深和德育学科的系统性和严谨性，海量的具有草根化和个性化的信息以及交互的平台，刺激着他们的神经，并影响着他们的价值观。因此，搭建微文化平台，有助于新媒体功能和价值延伸得到充分的体现，有助于文学理论教育载体合力的正能量得到最大发挥。基于此，当前在搭建微文化平台方面，我们需要做好如下几点：

一是观察"微现象"，发现"微问题"。发现问题的过程往往是提升意识的过程，也是体现文学理论教育工作者能力的过程。微文化工作者要善于用心观察学生文学学习方面的"小现象",从"小现象"中抓住受教育者思想、学习和生活中"容易被忽视的环节",并从中抽象提炼成问题,分析问题产生的原因,迅速解决问题,提升其文学素养。

二是搭建"微组织",创造"微平台"。变革传统组织形式,搭建"微组织",是顺利实施新媒体时代微文学的重要一环。为此,我们要建立与"微文学"相适应的微型化组织,为开展学校微文化提供组织保障。如在学校班级这个基层单位中,可以建立党团小组,学生之间可以组建各种小型社团;在组织运行过程中,学生要将学校的常规制度衍生为每个微型组织的组织章程,将学校的大型活动转化为每个微型组织自主开发的常态性活动。同时,这些学生自组织又是动态的,甚至小组成员是可以互相交换甚至借用的,他们及时分享快乐体验,发挥微文化中的"长尾"力量。进一步拓宽渠道,创造"微平台",这是顺利实施新媒体时代微文化的着力点。"长尾理论"中强调的"畅通的交互渠道与平台",可以通过新媒体技术下的各种信息化教学平台来实现。其中 Web2.0 这种个性化的传播方式、交互式的表达方式、社会化的联合方式、标准化的创作方式、便携式的体验方式和高密度的媒体方式,为微文化中的应用提供了有力的技术支撑。例如在教育博客的专题式维客上,微文化工作者可以通过标签技术和简单聚合技术的应用,就某项专题或某个话题,引导学生进行问答、对话、交流,或者参与评论和话题讨论,以实现博客共享,做到各尽所能、各取所需、互助协作、教学相长。

三是激发"微活力",打造"微活动"。对于文学理论教育而言,相比较传统的课堂主渠道,各种各样的来自基层的校园文化活动显然是其重要的载体,而多彩的校园文化活动不仅丰富了校园生活,也锻炼了学生的心智和各方面的能力。但不可否认,目前学校尤其是高等院校中会出现这样的现象:每一项活动似乎只有少部分积极分子(主要是班级或校系学生会干部及社团人员)是主力和活跃参与者,大部分学生往往更愿意观望甚至漠不关心。新媒体时代及其相关的无穷选择正在改变文化需求,需要我们把多数学生能得到综合素质的锻炼、在锻炼中能形成良好的文学素养,看作活动成功的关键。为打造好各项"微活动",当前我们需要在三个方面加以改进:

在活动组织上,我们要充分发挥学生的主体作用。要树立一切以学生需求为出发点的工作理念,精心组织,充实和加强学生的力量,大力探索开展适合各类学生发展的不同层次的"微活动"。

在活动方法上,我们要有选择性地降低活动的难度,多组织一些容纳性大、低门槛的活动,扩大参与面,让尽可能多的学生参与到活动中来。

在活动内容设计上,我们要适度包容,重视研究学生多元化的需求,对那些不被多数人接受或者参与面小的活动,要正确地加以引导和整合,以增强学生的归属感和主人翁精神,真正体现德育无微不至的关怀。

总之,创造"微平台"是一个新尝试,对此需要强调的是:在教育定位上,它既要适合不同学生自身的特点，也要与其发展方向向相吻合；在教育设置方面，既要精心构建微型化的专题教育体系，满足学生的多样化选择，也要完成不同需求下的微文化体验，引导学生进行自觉的道德约束。

当然，在新媒体语境下形成"载体合力"，提高文学理论教育的实效性，还存在着机制形成、技术开发、制度保障等更为丰富和更深层面的问题，这些都值得文学理论教育研究者的持续关注。

结　语

　　新媒体正在深刻地改变着世界。我们的生活已经越来越离不开各种新媒体设备，并且这些设备正在变得越来越智能化、个性化，越来越理解人的需求。对于新媒体而言，媒介不仅是人的延伸，而是正在变得越来越像人自身，在很多时候甚至比人们自己还要了解自己。例如，网站可以通过分析用户过往的一系列上网行为，为用户制定精准的个性化方案，让用户在不费任何精力的情况下就能得到想要的内容。新媒体正在融合成为人的一部分，就像人体的一个器官一样，科技公司投入巨大精力正在进行研发的可穿戴设备就是对此进行的探索，并且这个领域被视为未来重要的科技发展方向。在这方面极具代表性的就是谷歌公司推出的谷歌眼镜，相较于智能手机、平板电脑而言，这个设备带来的变革就在于它不再只是一个外围设备，而是能与人的身体融合在一起，能够取代人类的双手自动完成抓拍、上传照片和视频等一系列复杂的操作，并可以提供背景提示、运行应用等服务，从而令世界上每个人、一草一木都收揽其中。如果新媒体的影响力已经让它与人自身融为一体了，那么，在本文探讨的新媒体时代下，文学理论发展的碰撞、变革及存在方式的转型过程将是不言而喻、不证自明的了。

　　"文学理论"作为汉语言文学专业的一门基础课程，它广泛地联系着文学专业的其他课程，也与诸多人文学科关系密切，是其他的文学专业课程学习的理论基础。"文学理论"也是一门理论性很强的课程，其本身的抽象性决定了学生理解的困难程度。而且文学理论研究在近几十年取得了快速的发展，使得这门课程本身就蕴涵了巨大的信息量。因此，"文学理论"的教学和学习，内在地包含了超过其他文学专业课程的难度。特别是对那些生活在这个所谓的"新传媒时代"，伴随着影视、网络成长起来的当代大学生而言，他们不但缺乏相应的理论基础，而且在相当长一段时间内难以适应由具象到抽象的思维方式的转换，因而存在着比较大的学习和理解障碍。因此，如何适应这种专业特性，适应新的时代特征，改变当前教学中的困难局面，是当前的文学理论教学工作者普遍关注的课题。新媒体的发展，形成了独具个性的新媒体文化，但这种文化显然还有些稚嫩，需要吸收更多有益的精神养分，才能真正发展壮大。而这正是文学的强项所在，文学教育关注的正是人类深层的精神世界，文学的精神文化价值总是能够在历史的长河中历久弥新。文学教育教学在新媒体时代也遭遇到了巨大的挑战，传统的文学观念、文学教育体制已经不能完全适应全新的社会文化环境，当代文学教育教学的发展需要注入新鲜的血液。

　　笔者在书中写出了一些自己一直在思考着的关于新媒体与文学理论教育教学如何关联的内容。新媒体和文学教育这两个看似不相关的领域却都对笔者产生着强烈的精神吸引，文学对人的精神世界的滋养作用自然无须赘言，新媒体世界里孕育出的那种自由开放、极具创新和活力的精神也令人深深着迷。笔者尝试着将这两者从更深层次的意义上结合起来，因为其深信它们是有着密切联系的。只是碍于自己的认识水平，不少内容只能做到浅尝辄止，未能很好地深入。这一切就权当作抛砖引玉吧，留待对此领域感兴趣的其他研究者继续挖掘下去，笔者也将对这一领域保持持续关注。

参考文献

[1] 佟雪霏. 新媒体时代下美术教育的现状探讨[J]. 赤子(上中旬). 2015(05).

[2] 王久才. 新媒体时代大学生美育教育及高校辅导员美育策略[J]. 艺术教育. 2015(04).

[3] 林晓龙. 新媒体时代下高校美术课程的改革研究[J]. 美与时代(中). 2016(05).

[4] 赵晶,王高媛,彭迪. 基于新媒体时代背景下当代大学生自我价值构成体系的多样性研究[J]. 山东纺织科技. 2017(03).

[5] 朱孔阳. 新媒体时代大学生思政教育工作的思考[J]. 教育现代化. 2017(17).

[6] 王莎. 高校辅导员工作的新媒体时代[J]. 高校辅导员学刊. 2017(03).

[7] 黄瑚. 新媒体时代专家型新闻人才的认知与实践[J]. 新闻大学. 2016(06).

[8] 黄思瑜. 关于新媒体时代高校大宣传格局构建的探讨[J]. 亚太教育. 2016(33).

[9] 张金媛. 新媒体时代高校辅导员工作模式创新研究[J]. 湖北函授大学学报. 2016(08).

[10] 马杰. 新媒体时代大学生网络自律教育[J]. 新闻知识. 2016(11).